Gaby Hauptmann
Hängepartie

PIPER

Zu diesem Buch

Eigentlich ist er es: der Mann fürs Leben. Denn David hat alles, was sich Carmen von einem Mann wünscht – er ist humorvoll, klug, attraktiv. Und wenn sie ihn berührt, prickelt's immer noch in ihrem Bauch. Aber wann berührt sie ihn schon mal? David jedenfalls scheint darauf gar nicht mehr scharf zu sein. Und deshalb muss man ihn vielleicht scharf machen, denkt sich Carmen und macht sich rar: Spontan geht sie auf das großzügige Angebot einer Bekannten ein, an deren Stelle nach New York zu fliegen. Und zwar nicht allein, sondern mit dem charmanten Steffen, der auch nicht ganz zufällig auf diese Reise geht. Am Ende erleben alle drei ihre Überraschung …

Gaby Hauptmann, geboren 1957 in Trossingen, lebt als freie Journalistin und Autorin in Allensbach am Bodensee. Ihre Romane sind Bestseller, wurden in zahlreiche Sprachen übersetzt und erfolgreich verfilmt. Außerdem veröffentlichte sie mehrere Erzählungsbände, Kinder- und Jugendbücher.

Gaby Hauptmann

Hängepartie

Roman

PIPER

Mehr über unsere Autoren und Bücher:
www.piper.de

Von Gaby Hauptmann liegen im Piper Verlag vor:

Suche impotenten Mann fürs Leben	Das Glück mit den Männern
Nur ein toter Mann ist ein guter Mann	Ticket ins Paradies
Die Lüge im Bett	Hängepartie
Eine Handvoll Männlichkeit	Gelegenheit macht Liebe (Hg.)
Die Meute der Erben	Wo die Engel Weihnachten feiern
Ein Liebhaber zuviel ist noch zuwenig	Liebesnöter
Fünf-Sterne-Kerle inklusive	Ich liebe dich, aber nicht heute
Hengstparade	Liebling, kommst du?
Frauenhand auf Männerpo	Zeig mir, was Liebe ist
Yachtfieber	Die Italienerin, die das ganze Dorf in ihr
Ran an den Mann	Bett einlud
Nicht schon wieder al dente	Scheidung nie – nur Mord!
Rückflug zu verschenken	

Das Zitat auf Seite 234 entstammt dem Song »Good Bye«, Text und Musik von Wolfgang Muthspiel, und ist auf dem Album »Beloved« von Rebekka Bakken und Wolfgang Muthspiel, Material Records, zu finden.

MIX
Papier aus verantwortungsvollen Quellen
FSC® C083411

Originalausgabe
1. Auflage Mai 2011
6. Auflage April 2017
© Piper Verlag GmbH, München 2011
Umschlaggestaltung: Cornelia Niere, München
Umschlagmotiv: David Slijper / Trunkarchive, Abel Mitja Varela / iStockphoto
Satz: Uwe Steffen, München
Gesetzt aus der Garamond Pro
Druck und Bindung: CPI books GmbH, Leck
Printed in Germany   ISBN 978-3-492-27179-0

Für alle Davids dieser Welt …

DER FRÜHE WINDSTOSS FÄHRT IN den leichten Stoff und bauscht den Vorhang vor dem offenen Fenster auf. Der Stoff tanzt hin und her und entlässt den Störenfried schließlich mit einem leisen Rascheln ins Zimmer. Mit ihm zieht der Duft nach feuchter Erde und herben Kräutern herein.

Carmen zieht ihre leichte Sommerdecke etwas höher. Sie möchte noch nicht aufwachen, sich dem Tag noch nicht stellen. Sie möchte weiterträumen. Träumen ist so schön, so weit weg von allem, was im Büro auf sie wartet. Sie vergräbt den Kopf im Kopfkissen, doch dann dringt der werbende Ruf des Amselmännchens an ihr Ohr, und während sie seinem Gesang lauscht, fängt ihr Gehirn an zu arbeiten und stellt fest, dass Sonntag ist.

Carmen hält die Augen geschlossen, aber sie sieht den Morgentau auf dem Gras vor sich, den blauen Lack ihrer Gartenbank und das Amselnest im alten Apfelbaum. Und sie freut sich für die Amselmama, dass ihr Mann so nett um sie wirbt.

Es muss früh sein, sagt sie sich. Für einen freien Tag sehr früh. Zu früh.

Noch immer hält Carmen ihre Augen geschlossen. Wenn sie sie erst einmal geöffnet hat, wird sie nicht mehr einschlafen können. Vielleicht kann sie die schönen Bilder, die sie in ihrem Kopf hat, in den nächsten Traum einweben. Manchmal kann sie das.

Carmen versucht, dem Geruch, den Bildern und dem Vogelgesang eine Geschichte zu geben, irgendetwas, das sie zurück in einen Traum ziehen kann, aber gleichzeitig spürt sie, wie ihre Sinne erwachen und gegen den Schlaf ankämpfen. Sie fühlt ein Kribbeln die weiche Innenseite ihrer Beine heraufziehen und sich mit forderndem Pochen und Ziehen in ihrem Schoß vereinigen. Die pure Lust. Carmen genießt das Gefühl und überlegt, ob sie so früh am Morgen schon hinüberlangen kann, hinüber zu David, dem dieses Pochen und Ziehen gilt. Ihre Hand stiehlt sich auf die andere Seite des Betts, langsam und tastend. Noch immer hält sie die Augen geschlossen. Sie möchte ihn erfühlen, seine bettwarme Nähe, seinen vertrauten Körper.

Doch da ist nichts. Da, wo David normalerweise liegt, ertastet ihre Hand nur kaltes Leinen, die Decke sorgfältig zurückgeschlagen. Carmens Augendeckel klappen automatisch hoch, und als sie sich jetzt ruckartig aufsetzt, spürt sie einen Adrenalinstoß, der mit ihrer Lust von eben nichts mehr zu tun hat.

So früh, denkt sie. So früh! Wo ist er hin? Was tut er?

Ihr Blick wandert zur Uhr. Sieben, sagt ihr Wecker, der sie heute mit seinem kreischenden Hahnenschrei verschont hat. Der Schrei wäre auch nicht nötig gewesen, sie ist auch so hellwach.

Und sie fröstelt. Das muss von innen kommen, denkt sie, denn draußen kündigt sich ein traumhafter Sommertag an.

Wo ist David?

Sie stellt ihre Füße nebeneinander auf die dunkelbraunen Holzdielen, dann steht sie auf. Nackt geht sie um das Bett herum, schaut kurz ins Bad und läuft dann die Treppe hinunter ins Erdgeschoss in die große Wohnhalle, deren

8

offen stehende Terrassentüren direkt in den Garten hinaus-
führen.

Sie sieht ihn, aber er hört sie nicht kommen.

Schon wieder, denkt sie und spürt, wie ein Gefühl der
Verlassenheit in ihr aufsteigt, während sie ihren Schritt ver-
langsamt und dann betont munter auf ihn zugeht.

»Na«, sagt sie, »wächst alles?«

David schaut vom Monitor hoch. Im blauen Morgenmantel, den sie ihm vor drei Jahren geschenkt hat, lächelt
er sie an und drückt nebenbei seine Zigarette aus. Carmen
kann nicht anders, sie zählt vier Kippen. Also sitzt er schon
seit gut einer Stunde hier.

»Die Farm wächst und gedeiht«, berichtet er. »Dirk hat
mir fünf Katzenbabys geschenkt, die haben jetzt auch eine
Heimat.«

Ihm, der Katzen im wahren Leben überhaupt nicht ausstehen kann.

»Schön«, sagt sie. »Kommst du jetzt wieder ins Bett?«

David nickt. »Gleich«, sagt er und greift nach seiner Kaf-
feetasse. »Das eine Feld muss ich noch abernten und die
Hühner noch füttern – alles andere habe ich schon erledigt.
Dann bringe ich dir einen Kaffee mit.«

Eigentlich wollte sie keinen Kaffee. Eigentlich wollte sie
ihn.

»Ich dachte an ein bisschen Sex«, sagt sie und wirft ihre
langen roten Locken nach hinten. Er schaut sie an, und
Carmen hat nicht das Gefühl, dass er eine nackte Frau sieht.
Was sieht er überhaupt, wenn er sie sieht?

»Sex?« Er lacht. »Auch gut. Junge Ferkelchen habe ich
auch gekriegt. Von meinem Bruder. Langsam wird die
Farm zu voll, ich muss wohl anbauen …«

Carmen schaut ihm zu, wie er seine virtuellen Tiere liebevoll begutachtet, und sieht auf dem Bildschirm die ganze Farm mit den hübschen Farmhäusern und gemütlichen Ecken, die er gebaut und eingerichtet hat. Es gibt Ziehbrunnen und Feuerstellen, Hollywoodschaukeln und Saunahäuschen.

Und im wirklichen Leben gibt es sie, Carmen.

»Kommst du?«

»Ein paar Minuten«, sagt er, und sie schleicht zurück ins Schlafzimmer. Das Ziehen im Bauch wird stärker. Zehn Jahre, denkt sie. Was war das für ein Aufflammen, für ein Begehren, für eine Liebe Tag und Nacht. Wo waren sie nicht überall übereinander hergefallen, konnten die Finger nicht voneinander lassen, waren unmögliche Gäste, weil sie immerzu nur mit sich selbst beschäftigt waren.

Was war nur passiert seitdem?

Im Bett zieht Carmen die Decke über beide Ohren. Sie möchte nicht darüber nachdenken. Sie möchte diesen frühen Sommertag genießen, noch einmal zurücksinken in das Gefühl des anbrechenden Morgens, der stürmischen Liebe zwischen Tau und erstem Sonnenstrahl.

Seufzend tastet sie unter der Decke nach unten.

Als David mit zwei Tassen Kaffee kommt, verbreitet er mit seiner dicken Zeitung unter dem Arm genau die Stimmung, die Carmen früher so an ihm geliebt hat. Gemütliches Aufwachen im Bett, Kaffee trinken, Croissants essen, Zeitungen aufschlagen, sich gegenseitig etwas vorlesen, diskutieren, lachen, lieben.

Aber in letzter Zeit hat sich das Morgenritual verändert. David reicht Carmen die Kaffeetasse, sodass der lockere

Milchschaum fast überschwappt, zieht seinen Bademantel aus und legt sich mit der Zeitung auf seine Seite, den Rücken ans Kopfende gelehnt. Carmen überlegt kurz, stellt die Tasse ab, dann kuschelt sie sich an ihn heran.

»Schon wieder wurde ein Bauprojekt abgelehnt«, sagt er und tippt mit dem Finger auf eine Stelle im Lokalteil.

»Ach ja?« Carmen schaut ihn an. Er ist noch immer der Mann, den sie haben will, den sie liebt. Seine türkisfarbenen Augen haben sie damals in ihren Bann gezogen und tun es noch heute. Nur heute lesen sie voller Hingabe einen Artikel über das städtische Bauamt und haben keinen Blick für sie. Und Carmen denkt zum ersten Mal darüber nach, ob er sie plötzlich unattraktiv finden könnte.

Gut, sie ist zehn Jahre älter geworden, er aber schließlich auch.

Und ihr Spiegelbild stellt sie noch immer zufrieden, obwohl sie mit fünfundvierzig Jahren den einen oder anderen Abstrich machen muss. Dafür hat sie an Lebensqualität, an innerer Sicherheit und an Esprit gewonnen. Und eigentlich, so hat sie bis vor Kurzem noch gedacht, lebt sie ein rundherum erfülltes Leben.

Bis David damit anfing, immer später ins Bett zu kommen und immer früher aufzustehen.

Wo schläft er überhaupt?

In seinem Büro?

Gut, Architektur ist ein schwieriges Handwerk geworden. Es gibt zu viele Architekten und zu wenige lukrative Aufträge. Zudem vergällen einem Bauherren, die von Anfang an auf abzugsfähige Fehler sinnen, die Freude am Beruf. David ist Mitte vierzig und spürt, dass er nicht der Macher ist, der die Architekturwelt erobern wird. Er ist keiner, der auf andere zugeht. Er hat das Kämpfen nicht gelernt. Immer sind da andere gewesen, die ihm den Weg geebnet haben. Und sie haben ihn darin bestätigt, dass er nur warten muss, bis alles von allein passiert. Aber jetzt passiert nichts, und es kommt kein Auftrag.

Carmen hört ihm zu, wie er mit verächtlicher Stimme eine kurze Passage vorliest, und gibt es auf, an Sex zu denken. Vielleicht ist es eine Art Midlife-Crisis, überlegt sie. Vielleicht hat es gar nichts mit ihr zu tun, sondern umgibt ihn wie eine Mauer, über die er nicht mehr hinwegkann. Oder will.

Kann sie ihm helfen? Soll sie ihn darauf ansprechen?

Sie sieht im Reiseteil einen Artikel über japanische Liebeshotels.

»Würde dich das anmachen?«, fragt sie. »Ein Hotelzimmer, das eine reine Sexspielwiese ist?«

Er schaut kurz darauf und schüttelt dann den Kopf. »Nein«, sagt er. »Wieso? Braucht man das?«

»Vielleicht mal zur Abwechslung«, meint sie und fragt sich, welche Abwechslung eigentlich?

Aber er ist mit seinen Gedanken schon wieder woanders.

Den ganzen Sonntag über beschäftigt sie diese Frage. Es ist wie verhext. Selbst als er sie am Nachmittag fragt, ob sie mit ihm am See entlangjoggen will, denkt sie sofort an Glückshormone und dass eine entsprechende Endorphinausschüttung Wunder wirken könnte. Sie sieht sich schon im Wald mit ihm, leidenschaftlich an einen Baum gelehnt oder am Seeufer gebückt hinter dichtem Schilf. Ihre Phantasie kennt keine Grenzen, und je mehr sie träumt, umso aufgeregter pulsiert es zwischen ihren Beinen.

Der Waldweg ist wunderschön, besonders jetzt im Sommer, wenn sich Licht und Schatten abwechseln und der kleine See voller Leben ist. Und er ist noch immer ein Geheimtipp, sodass nur wenige Spaziergänger und Jogger unterwegs sind.

Carmen atmet tief durch. »Das ist eine gute Idee«, sagt sie und spürt, wie sich ihre Nerven beruhigen und sie sich auf die körperliche Anstrengung freut. Die spätere Ausgeglichenheit ist der Lohn, denkt sie, das gute Gefühl, etwas getan zu haben.

»Und nachher ein Pils«, lacht David.

Auch sie muss lächeln. Seine jungenhafte Art fasziniert sie immer wieder aufs Neue. »Und einen Wurstsalat«, fügt sie an, und dann laufen sie gemeinsam los.

Erst langsames Einlaufen, dann schneller, normalerweise laufen sie im gleichen Tempo. Aber heute läuft David, als wäre der Teufel hinter ihm her. Carmen, die regelmäßig trainiert und eine gute Ausdauer hat, verliert ihren Rhythmus. Nach zwanzig Minuten bekommt sie heftiges Seitenstechen und bleibt gekrümmt stehen.

David bemerkt es erst nach ein paar Metern und kommt mit fragendem Gesichtsausdruck zurückgetrabt. »Was ist?«

»Du bist heute schneller als sonst.« Carmen versucht ihre Atmung zu regulieren. »Ich habe Seitenstechen!«

»Hm.« David betrachtet sie. »Schlecht!«

Carmen nickt.

»Das ist mir gar nicht aufgefallen«, sagt er. »Tut mir leid!«

Carmen nickt erneut.

»Geht's besser?«

Carmen wiegt sich prüfend in der Hüfte und schüttelt dann den Kopf. »Lass uns einfach ein paar Meter gehen.«

David nickt, rührt sich aber nicht von der Stelle.

»Philipp hat den Auftrag an Holzer & Partner gegeben«, sagt er unvermittelt und kickt mit der Fußspitze einen Ast weg.

Das muss wehtun. Mit Philipp ist er seit seiner Kindheit befreundet. Dass ihm dieser alte Freund seinen Umbau nicht zutraut, wird David sicherlich getroffen haben.

»Oh!« Carmen greift spontan nach seiner Hand. »Und warum nicht?«

»Ich habe ihn nicht gefragt.«

»Du hast ihn nicht gefragt?«

»Wenn er es mir hätte sagen wollen, hätte er es mir gesagt.«

»Und du willst ihn auch nicht fragen?«

»Wenn er es mir nicht sagen will, brauch ich ihn auch nicht zu fragen.«

Carmen überlegt. »Aber vielleicht ist es nur ein Missverständnis? Vielleicht bist du zu teuer? Vielleicht könnt ihr euch doch einigen?«

David schüttelt langsam den Kopf, entzieht Carmen seine Hand und geht voran. Carmen, die Hand in ihre Hüfte gestützt, folgt ihm.

»Da gibt es nichts zu einigen«, sagt David und wirft ihr einen Blick zu. »Geht's wieder?«

Carmen ist wie vor den Kopf geschlagen. Warum ruft er Philipp nicht an und klärt das Ganze? Vierzig Jahre kennen sie sich, da wird man doch einmal eine Frage stellen können, ohne dass eine Freundschaft daran zerbricht. Was wäre so eine alte Freundschaft sonst wert?

»Meinst du nicht…«, beginnt sie wieder, aber David trabt schon wieder locker an.

»Das verstehst du nicht«, sagt er über die Schulter.

Nein, denkt Carmen und läuft ebenfalls wieder los, das verstehe ich wirklich nicht.

Ihr Versicherungsbüro in der Altstadt hat Carmen in den vergangenen zehn Jahren gut ausgebaut, und ihr Fels in der Brandung, Britta Berger, hat sich in dieser Zeit zu einer wichtigen und loyalen Mitarbeiterin entwickelt, die jeden Kunden und jeden Aktenordner kennt. Und nicht zuletzt auch die Stimmungen ihrer Chefin.

Als Carmen am Montagmorgen hereinkommt, fragt Britta sie gleich, ob sie einen Cappuccino möchte.

Carmen setzt sich hin. »Sieht man mir das an?«

»*Mann* nicht, aber ich schon.« Britta zeigt ein leichtes Lächeln, und Carmen ist fast versucht, sie zu fragen, ob in ihrer Partnerschaft noch alles stimmt. Aber sie will jetzt nicht irgendwelche Themen aufbringen, zu denen sie sich selbst nicht äußern möchte.

Britta geht in den kleinen Nebenraum, und Carmen hört, wie sie einen Kaffeepad auswechselt. Dann faucht die Kaffeemaschine. Warum hat ein Kaffee immer etwas so Tröstliches, vor allem, wenn man ihn serviert bekommt?

Carmen lehnt sich zurück.

»So.« Britta kommt mit der Tasse herein und legt sogar einen kleinen Keks dazu. »Guten Morgen. Fröhlichen Montag.«

Carmen verzieht leicht grinsend das Gesicht. »Danke, sehr lieb.«

Britta trägt ein rostrotes Kostüm. Warum macht sie sich eigentlich immer älter, als sie eigentlich ist? Und diese biedere Frisur, dabei ist sie erst Mitte dreißig.

»Sie sehen heute Morgen wieder toll aus.« Britta wirft ihr einen bewundernden Blick zu. »Haben Sie ein schönes Wochenende gehabt?«

Carmen ist irritiert. Das hat Britta noch nie gefragt. In zehn Jahren nicht. Warum gerade heute? Und – *hat* sie ein schönes Wochenende gehabt? Eher nicht. Oder noch besser – sie hat keine wirkliche Meinung dazu.

»Ja, geht so«, antwortet sie ausweichend und taucht ihre Lippen in den weichen Milchschaum. »Und Sie?« Eigentlich will sie es gar nicht wissen.

»Wir hatten unser Fünfjähriges.« Britta strahlt.

Ach ja, denkt Carmen. Was sind schon fünf Jahre. »Schön«, sagt sie.

»Und beim Abendessen haben wir über unsere Familienplanung nachgedacht.«

Das darf jetzt aber nicht wahr sein, denkt Carmen.

»Und wir haben beschlossen, Eltern zu werden.«

»Kann man das denn so einfach beschließen?«, fragt Carmen und sieht mit Verwunderung, wie Britta rot wird.

»Jedenfalls wollen wir es probieren.«

»Probieren«, echot Carmen und spürt, wie sie Britta anstarrt. Sie kann sich ihre Mitarbeiterin beim besten Willen nicht beim Sex vorstellen. Mit diesem Mann, der so teigig und leblos wirkt.

»Aber dann würde ich in die Elternzeit gehen, das wollte ich nur frühzeitig ankündigen.«

Carmen nickt. Elternzeit. Bevor überhaupt etwas angesetzt ist. »Hat das vielleicht … gestern Nacht schon geklappt?«, fragt sie, ohne weiter zu überlegen, und hätte es auch sofort danach gern wieder zurückgenommen, aber Britta schenkt ihr ein glückliches Lächeln.

»Vielleicht«, sagt sie. »Vielleicht auch schon früher. Schön wär's.«

Carmen nickt ihr freundlich zu. »Ich hoffe es für Sie.« Das kann doch nicht wahr sein, denkt sie und hält sich die Kaffeetasse vors Gesicht.

Britta Berger hat Sex.

Und was hat *sie*?

Am späten Nachmittag trifft sie sich mit Laura, ihrer besten Freundin. Das muss jetzt einfach sein. Den ganzen Tag lang hatten sie nur Unsinn auf dem Tisch, ständig seltsame Fälle, die viel Recherchearbeit erfordern und wenig Geld bringen. Zudem hatte sie in der Toilette eine Weile vor dem Spiegel gestanden und sich wie ein fremdes Wesen betrachtet.

Groß und schlank in ihrer schwarzen Jeans, der weißen Bluse und dem gut sitzenden Jackett, die vollen Haare fallen in Naturlocken rötlich über ihre Schultern, und ihr Gesicht ist trotz der kleinen Fältchen unter den Augen noch sehr attraktiv, schmal und ausdrucksstark mit den großen blauen Augen. Wie fünfundvierzig sieht sie nicht aus, findet sie.

Oder doch?

Sie zieht ein bisschen an ihrem Gesicht herum, strafft nach oben, strafft nach unten. Aber schöner wird sie dadurch nicht.

Trotzdem, denkt sie sich, irgendwas läuft schief. Früher habe ich die Kerle doch um den Finger wickeln können. Wie hat Britta Berger mal gesagt? Ich könne keinen mehr wirklich schätzen, weil ich zu viele haben könnte.

Das war nicht einmal falsch gewesen.

Bis David gekommen war. Ihn wollte sie haben. Wirklich haben.

Carmen zupft sich ihre Bluse zurecht. Tailliert und von einer Designerin aus Berlin. Ein Hingucker. Aber jetzt betreibt Britta in ihrem rostroten Kostüm Familienplanung, und David sitzt am PC und bewässert eine virtuelle Farm.

Laura hat nicht viel Zeit. Ihre neunjährige Tochter ist beim Reiten, und sie selbst muss vor den Schulferien noch die Zeugnisse für ihre Klasse fertig schreiben.

»Kann es sein, dass du am Telefon irgendwie komisch geklungen hast?« Zur Begrüßung nimmt sie Carmen in die Arme und deutet dann mit dem Kopf auf den Bistrotisch. »Ich habe uns zwei Campari-Orange bestellt, ich nehme mal an, du bist nicht schwanger.« Sie lacht.

»So ist es«, erwidert Carmen und verzieht das Gesicht.

»Was?« Lauras Gesichtszüge verändern sich sofort, und sie bleibt abwartend stehen.

»Du hast das Problem erkannt, aber es ist anders gelagert«, erklärt Carmen und setzt sich an das Bistrotischchen. Es ist ihr Lieblingscafé am Marktplatz, eine Mischung aus hochmodernen Accessoires und Erinnerungsstücken an die gute alte Zeit. Und immer liegt ein Duft nach Zimt und Bratäpfeln in der Luft, selbst jetzt im Sommer.

»Nun geht's mir schon besser«, sagt Carmen und streckt die Füße aus. »Das muss an dir liegen. Oder am dem Ort hier. Vielleicht gibt es irgendwelche Schwingungen, die mir guttun.«

»Klar!« Laura hebt das Glas, und ihre braunen Augen glitzern. »Schwingungen. Die spüre ich auch. Von morgens bis abends.«

Carmen muss lachen. »Also gut.« Sie stößt mit Laura an. »Wenn du nicht viel Zeit hast, mag ich dich mit so einem

18

Kram eigentlich gar nicht belästigen – und überhaupt erscheint mir das alles jetzt nicht mehr so wichtig.«

»Aber wichtig genug, um mich vom Schreibtisch wegzureißen, doch allemal, oder?«

Carmen nimmt einen tiefen Schluck, dann stellt sie ihr Glas ab.

»Laura«, sagt sie und beugt sich etwas vor, damit sie ihrer Freundin direkt in die Augen sehen kann. »Schau mich an.« Sie macht eine kleine Pause. »Was siehst du?«

Laura runzelt die Stirn. Dabei stößt der lange Pony ihres dunkelbraunen Haares auf ihre Augenbrauen und teilt sich in einzelne Haarsträhnen.

»Ich sehe eine attraktive Frau, die voll im Leben steht. Eine Frau, die weiß, was sie will und mit Volldampf vorausgeht. Eine, die ihr Leben bisher sehr gut gemeistert hat.« Laura schaut sie aufmerksam an, während sie das sagt.

Carmen nickt. »Bisher gab es ja auch nicht viel zu meistern«, sagt sie und hält sich an ihrem Campariglas fest.

»Ist was passiert?«

»Ich habe keinen Sex mehr«, sagt Carmen leise. »Das kann doch nicht sein! Seit Wochen denke ich, es ist unwichtig, zwischendurch habe ich es fast vergessen, aber gestern Morgen kam die Erkenntnis mit voller Macht. David kommt spät ins Bett und stiehlt sich früh hinaus. Er weicht mir aus. Sein Körper weicht meinem aus. Und ich weiß nicht, warum.«

Es ist still. Beide Frauen schauen einander an. Nur die Geräusche um sie herum sind noch da. Schließlich fasst Laura über den kleinen runden Tisch nach Carmens Hand.

»Denkst du…?« Sie zögert. »Denkst du, er hat eine andere?«

Es trifft Carmen wie ein Glockenschlag – sie zuckt zusammen. »Du meinst ...« Sie starrt Laura an. »Daran hab ich überhaupt noch nicht gedacht!« Ihr Blick löst sich von Laura und wandert durch den Raum. Eine andere, denkt sie. Dass er fremdgeht? »David?«, fragt sie eher sich selbst als Laura.

»Warum nicht David?« Laura zuckt die Schulter. »Millionen von Menschen gehen fremd.«

»Aber David?«

Laura hebt beide Hände. »Entschuldige«, sagt sie. »Er weicht dir aus, vermeidet Berührungen, was soll das denn sonst sein?«

»Ich brech zusammen!« Carmen schüttelt den Kopf. »Das kann ich mir einfach nicht vorstellen!«

Laura nimmt einen Schluck. »Klar, eure Geschichte war ja auch einmalig. Du, die du von diesen überpotenten Männern die Nase voll hattest und per Annonce einen impotenten Mann gesucht hast, und David, der dir vorgespielt hat, was er nicht war, nur damit er dich nicht verliert.«

»Ja«, sagt Carmen, »und jetzt braucht er es nicht mal mehr zu spielen!«

»Er ist doch nicht impotent!«

»Nein!« Carmen holt Luft. »Aber für mich ist es doch genau das Gleiche! Was soll ich tun?«

»Red mit ihm!« Laura schnippt mit dem Finger. »Oder versuch ihn zu verführen.«

»Mit Spargelmenü, Zimteis, gespickt mit Ingwer und Galgantwurzel, und Mannstreu unter dem Kopfkissen?«

Laura muss lachen. »So wie damals? Warum nicht, hat doch fast geklappt.«

»Klar, bis er aufs Klo rannte ...«

»Vielleicht dosierst du diesmal die Zutaten besser.«

Bei der Erinnerung muss Carmen ebenfalls lachen. »Ich glaube, ich würde die Zutaten gar nicht mehr zusammenkriegen.«

»Das stand doch alles in diesem mittelalterlichen Buch …«, erinnert sich Laura.

Aber Carmen winkt ab. »Alles gut und schön, aber wenn er eine andere hat, nützt auch die größte Galgantwurzel nichts.«

Wieder schauen sie einander an.

»Versuch's auf irgendeine Art«, rät Laura. »Inszenier die große Verführung. Und wenn dann nichts läuft, dann frag ihn, oder schau dir mal sein Handy an.«

»Das würde ich nie tun. Totaler Vertrauensbruch. Nie im Leben!«

»Fremdgehen ist auch Vertrauensbruch. Was ist dagegen schon ein Handy!«

Carmen fühlt sich seltsam, als sie an ihrer Wäscheschublade steht und nach einem besonderen Teil fahndet. Mein Gott, was da alles zum Vorschein kommt. So weit unten hat sie lange nicht gekramt. Strapse. Nicht zu fassen, wann hat sie die denn getragen? Bei David jedenfalls nicht, das steht fest. Ob er auf so was überhaupt steht? Bisher hatte sie nicht den Eindruck. Am schönsten finde er sie nackt, hat er ihr mal gesagt. Daraufhin sind all die schönen teuren Sachen in der Versenkung verschwunden. Sie zieht einen schwarzen Spitzenbody heraus. Ob der überhaupt noch passt? Bodys kommen wieder, denkt sie, während sie den leichten Stoff zwischen ihren Fingern hält. Sie fährt über die vielen kunstvollen Spitzen. Er fasst sich gut an, weich auf der Haut, und

eigentlich hat sie sich in diesen Teilen immer sehr wohlge-
fühlt. Angezogen und trotzdem sexy.

Sie legt ihn zur Seite und forstet weiter. Ein grauer liegt
darunter. Den hat sie besonders gern getragen. Nur gut,
dass sie sie nie weggegeben hat.

Carmen beginnt sich auszuziehen. Das möchte sie jetzt
genau wissen. David hat vorhin gesimst, dass er noch im
Büro sei – und sie hofft, dass ihn nicht eine Community
oder ein Videospiel vom Heimkommen abhält. Während
sie ihre Kleider auf das rot lackierte Sideboard ihres Schlaf-
zimmers legt, fragt sie sich, was eigentlich schlimmer ist –
eine echte Geliebte oder die Spieler in dieser Scheinwelt.

Sie weiß es nicht.

Aber sie weiß, dass sie David wieder für sich allein haben
will. Und zwar mit Haut und Haaren.

Es ist ein seltsames Gefühl, mal wieder in einen Body
zu schlüpfen. Schon allein die Druckknöpfe im Schritt, was
ist das für ein Gefummel. Sie muss über sich selbst lachen.
Früher hatte sie das besser im Griff. Aber er sitzt noch verdammt gut, und es sieht so erotisch aus, dass sie sich mehrmals vor dem Spiegel dreht. Donnerwetter, der Busen, die
Taille, der hohe Beinausschnitt – das ist wirklich ein Klei-
dungsstück, das Eindruck macht. Wie konnte sie es so lange
im Schrank vergessen?

Carmen schaut auf die Uhr. Fast acht. Das Häuschen,
das sie gemeinsam gemietet haben, nachdem Carmen ihre
Altbauwohnung aufgegeben hat, ist klein und modern,
hat aber trotzdem etwas von diesen guten alten Siedlungs-
häuschen. Es steht in seiner ganzen trendigen Pracht mit
den hohen Fenstern, weiß verputzten Wänden und dunklen Holzfußböden in einem Garten, der trotz seiner gro-

ßen Bangkiraiterrasse eher wie der verwilderte Garten einer alten Villa aussieht. Sie haben unglaubliches Glück gehabt, denn der Eigentümer musste damals für seine Firma auf unbestimmte Zeit nach Asien, und so waren alle Beteiligten gleichermaßen froh, als sie ein gemeinsamer Bekannter zusammenbrachte.

Für Carmen verkörpert dieses Haus eine Mischung aus der Leichtigkeit Italiens, vor allem, wenn in ihrem Schlafzimmer die hellen Organzavorhänge vor den weit geöffneten Fenstern wehen, und der Klarheit Schwedens, die sich in den offenen Kaminen, den glatten Fußböden und dem unprätentiösen Garten zeigt. Zudem vermittelt es ein gutes Gefühl. »Es hat ein gutes Karma«, hatte Laura beim ersten Besuch gesagt, worüber David lachte, aber Carmen hat genau gewusst, was sie damit sagen wollte. Das Haus heißt einen willkommen, man hat nicht das Gefühl, dass hier irgendwo eine Leiche vergraben liegt.

Als Carmen jetzt hinaus auf die Terrasse geht, hat sie ein Glas mit Campari-Orange in der einen Hand und ein Nachrichtenmagazin in der anderen. Sie rückt den Beistelltisch zu dem Liegestuhl und macht es sich auf der hellen Auflage bequem. Dann will sie lesen, aber sie kann sich nicht konzentrieren. Immer wieder schweifen ihre Gedanken ab. Schließlich legt sie das Heft aus der Hand und schließt die Augen. Bilder tauchen vor ihrem inneren Auge auf, Bilder aus den letzten zehn Jahren mit David. Und immer wieder kuschelige Momente oder der unersättliche Sex der ersten Jahre.

Warum treibt sie das nur so um? Sie kann es sich nicht erklären. Es ist eben nicht mehr so. Das Verlangen flaut mit der Zeit ab, das weiß doch jeder, beruhigt sie sich, und eigentlich ist doch alles in Ordnung, sie kommen glänzend miteinander aus, haben viele Freunde, sind gut aufeinander eingespielt ... An diesem Punkt hört sie auf zu denken.

Es ist Wahnsinn. Sie schlägt die Augen auf.

Was reimt sich ihr Gehirn da zusammen? Nichts ist in Ordnung. Wenn ein Partner keine Lust mehr hat, dann stimmt eben irgendetwas nicht.

Carmen spürt, dass sie sich in eine ärgerliche Stimmung hineindenkt, und möchte dem entgehen. Schließlich will sie ihn verführen und nicht gleich angiften.

Sie schlägt die Zeitschrift wieder auf und versucht sich zu konzentrieren, da hört sie die Haustür zugehen und gleich darauf Schritte in der Wohnhalle. Es ist typisch für ihn, dass er nie nach ihr ruft, denkt Carmen unwillkürlich. Warum eigentlich nicht?

Sie hört das Klappern von Kochtöpfen und die Kühlschranktür zufallen.

Auch klar, denkt sie, jetzt schaut er erst einmal, ob es schon was gibt.

Wie einem solche Angewohnheiten im Laufe der Jahre auf die Nerven gehen können. Wie bei Muttern zu Hause, wenn der Kleine hungrig vom Spielen kommt.

Jetzt reg dich ab, sagt sie sich. Es ist alles wie immer, nur heute bist du irgendwie auf hundertachtzig.

Ob er sie überhaupt finden wird? Oder will? Vielleicht setzt er sich auch gleich an seinen PC?

Dann würde sie ihn umbringen.

Carmen, sagt sie sich, bleib locker. Du willst es wissen, also bleib locker und konzentrier dich darauf, was du willst – nämlich ihn.

Sie lauscht. Es ist still. Verdächtig still.

Sie beschließt, von ihrem Liegestuhl aufzustehen und nachzusehen. Schließlich kann sie ihn ja auch in der Küche verführen, das wäre schließlich nicht das erste Mal. In der Erinnerung lächelt sie, und es geht ihr gleich besser.

An der Terrassentür kommt er ihr entgegen.

»Ach, du bist ja da«, sagt David und beißt von seinem belegten Wurstbrot ab.

»Ja«, sagt Carmen, »und ich dachte, wir machen uns heute mal wieder so einen richtig schönen Abend, lassen uns von unserem Lieblingsitaliener was Feines kommen, trinken den Santenay, den wir noch von meinem Geburtstag haben, und zünden uns Kerzen an.«

»Kerzen?« Er schaut grinsend in den Himmel. »Da wirst du aber noch ein bisschen warten müssen.«

Sie umfasst seinen Nacken, küsst ihn sacht auf den Mund und drückt ihren Oberkörper an ihn. Langsam wiegt sie sich hin und her, sodass der zarte Stoff ihres Bodys an Davids rauem Hemd und seiner Jeans reibt.

»Gute Idee«, sagt David und legt seine Hand auf ihren bloßen Rücken, »das mit dem Italiener. Ich habe nämlich einen Bärenhunger. Und nach dem Wein schau ich gleich mal.« Er küsst sie ebenfalls auf den Mund. »Da bin ich aber froh«, sagt er dann und lächelt sein verschmitztes Lausbubenlächeln, das Carmen so sehr an ihm liebt.

»Ja, warum?«, fragt sie hoffnungsvoll.

»Ich hatte schon befürchtet, dass du noch ausgehen willst.«

»Ausgehen?« Carmen schaut ihn irritiert an.

»Na ja.« Er zuckt mit den Schultern. »Der Body ist doch was für drunter.« Er gibt ihr einen Klaps. »Kleid drüber und ab, meine ich.«

25

»Heute ohne Kleid«, antwortet Carmen und hakt ihren Finger in seiner Jeansschlaufe ein. »Es gibt auch Männer, die finden einen Body an einer Frau sexy.«

David tritt einen Schritt zurück und mustert sie. »Ja«, meint er sachlich, »aber an dir ist schließlich alles sexy.«

Dann geht er den Wein holen, bringt aber einen anderen Rotwein, weil er den Santenay so schnell nicht findet, stellt Bordeauxgläser auf den Tisch, berät mit Carmen, was er beim Italiener bestellen soll, läuft hierhin und dorthin und ist dabei so gut gelaunt und aufgeräumt, dass Carmen sich ihm schließlich in den Weg stellt.

»Komm, entspann dich doch mal«, sagt sie und zeigt zu ihrer Liege. »Du bist ja völlig aufgedreht. Ist irgendwas passiert? Ein tolles Jobangebot oder so?«

Für einen Moment hat sie das Gefühl, dass sich sein Blick umwölkt, aber dann strahlt er sie an. Hoppla, der Job, seine Achillesferse, denkt Carmen. Aber sie muss ihn doch zwischendurch danach fragen, sonst sieht es nach mangelndem Interesse aus, beruhigt sie sich, weiß aber genau, dass er diese Fragen hasst.

»Nein.« Er zieht sie mit sich. »Das muss ich dir zeigen. Ich habe gerade im Büro die Anfrage bekommen, und da kann ich nicht Nein sagen!«

»Ein Anbau? Eine Renovierung?« Carmen trabt hoffnungsfroh neben ihm her. Das wäre der richtige Anlass, mal wieder Gas zu geben.

Der PC läuft bereits, der Bildschirmschoner flimmert vorüber. Hat sie es sich doch gedacht. Aber gut, wenn es wichtig ist ... David nimmt die Maus, und eine Seite öffnet sich, die sich Carmen nicht gleich erschließt. Interessiert beugt sie sich herunter.

»Schau«, sagt David und fasst sie bei der Hand. »New York. Ist doch faszinierend, was?«

Carmen sieht nicht wirklich, was er meint. »Ja, schön«, sagt sie und wartet kurz ab. »Und was hast du mit New York zu tun?«

»Es ist die erste Stufe von *Mafia Wars*. Ich bin eingeladen worden und habe schon das erste Geld verdient.« Er lächelt sie an. »Wenn du ein paar schmutzige Geschäfte erledigst, kommst du an Geld und kannst dir Kasinos bauen. Zum Start hat mir Lydia eine Waffe geschenkt. Damit kann ich jetzt loslegen.«

»Lydia?« Carmen richtet sich auf.

David glüht förmlich. »Ja, sie hat mich eingeladen. Scharfes Teil!«

Carmen zieht die Stirn kraus. »Lydia?«

David muss lachen. »Quatsch! Natürlich das Spiel!«

»Aber wer ist Lydia?«

David zieht die Tastatur heran, angelt mit dem Fuß nach dem Stuhl, und wenige Sekunden später schaut Carmen auf das Foto einer dunkelhaarigen Frau, die sich lasziv über die Schulter blickt.

»Und woher kennst du sie?«

David zuckt die Achseln. »Na, daher.« Sein Kopf zeigt in Richtung Bildschirm. »Von *Facebook* natürlich.« Er bewegt die Maus. »Von Lydia gibt es eine ganze Reihe von Fotos.«

Er öffnet eine Fotogalerie, die gar nicht mehr aufhören will – und sie haben alle dasselbe Thema: Lydia. Lydias Busen im nassen T-Shirt von oben, Lydias sexy geschnürten Rücken von hinten, Lydia Po an Po mit einer Freundin, Lydia lachend, Lydia Kaugummi kauend, Lydia mit Kussmund und Strohhalm, nur der Kussmund mit Strohhalm, Lydia sandig am Strand.

»Der ist gemacht«, kommentiert David sachlich.

»Der wer?« Carmen kann kaum glauben, was sie da sieht.

»Na, ihr Busen!«

Carmen richtet sich auf. Da steht sie neben ihm halb ausgezogen im Body, und er schaut sich den gemachten Busen einer Lydia an. Ist das noch normal?

»Sag mal«, beginnt sie aufgebracht, aber da klingelt es an der Haustür.

»Das wird der Italiener sein.« David springt auf. »Wird auch Zeit, ich habe wirklich Hunger!«

Carmen verkneift sich den Hinweis auf ihren Geldbeutel im Flur. Wenn David seine Zeit und Energie mit Spielen vertut, und das nun offensichtlich auch schon im Büro, dann muss er selbst auf die Schnauze fliegen. Oder liegt sie da falsch? Schließlich liebt sie ihn doch, dann kann sie ihn auch finanziell unterstützen. Aber hilft es ihm, wenn sie ihm das ständige Durchmogeln leicht macht?

Carmen steht noch immer regungslos neben dem Computer. Lydia, denkt sie. Lydia und … was war das? Ein Mafiaspiel. Sie schüttelt den Kopf.

Ist er süchtig? Spielsüchtig? Wen kann sie danach fragen?

Sie hört David in der Küche rumoren, und kurz darauf kommt er mit zwei Platten heraus. Er wirkt so unbeschwert männlich, dass es Carmen schier die Tränen in die Augen treibt. Es muss doch zu schaffen sein, denkt sie und geht ihm entgegen. Es kann doch nicht so schwer sein, ihn von diesen Kunstmenschen wegzulocken. Echte Haut gegen Tastatur, beschließt Carmen und nimmt ihm eine Platte

28

mit Antipasti ab. Die italienischen Vorspeisen lassen ihr das Wasser im Mund zusammenlaufen.

»Riech mal.« David hält ihr die andere Platte unter die Nase. Die scharf angebratenen Gambas liegen in kleinen Nestern aus Linguini und duften verführerisch nach Knoblauch und Chili.

»Willst du alles zusammen essen?« Carmen hält die Antipasti hoch.

»Heute sind wir maßlos«, scherzt David und zupft mit seiner freien Hand an ihrem Bodyträger. »Los jetzt, sonst wird es kalt!«

Carmen hat die Windlichter, Kerzen und Teelichter, die sie im Garten und auf der Terrasse verteilt hat, bereits angezündet, und als sie eine halbe Stunde später die Teller von sich schieben und David die Gläser noch einmal nachfüllt, ist Carmen mit dem Leben versöhnt. Die Stimmung ist friedlich, der Sommerabend mit seinen Geräuschen und Gerüchen perfekt. Eine Spatzenfamilie fliegt herbei, die Vögel verteilen sich laut zwitschernd im Gebüsch, beäugen das Brot auf dem Tisch und machen sich über die Krümel her, die David ihnen zuwirft. Mit der einsetzenden Dämmerung beginnen die Grillen zu zirpen, und ein lauer, weicher Wind streicht immer wieder wie eine warme Strömung ums Haus.

Carmen hat ihre Beine auf Davids Schoß gelegt, und er streichelt sanft ihr Schienbein. Sie schauen zu, wie der Mond in dem nächtlichen Himmel aufsteigt, und lauschen einer alten CD, die David eingelegt hat.

»Früher haben wir das oft gemacht.« Carmen zeigt in den Himmel.

»Was meinst du?«

»Nun …« Carmen hält Davids Hand fest und zieht sie sanft auf ihren Oberschenkel. »Auf die Sternschnuppen gewartet.«

David nickt. »Stimmt.«

»Was hast du dir denn da eigentlich immer gewünscht?«

»Das darf man nicht sagen, sonst wird es nichts …« Seine Hand krabbelt unter ihrer Hand an ihrem Oberschenkel hoch.

»Aber es ist doch schon so lange her. Ist es denn in Erfüllung gegangen?«, will sie wissen, und ein wohliges Gefühl durchflutet ihren Körper. Je höher seine Finger wandern, umso heftiger strömt die Wärme in ihren Unterleib. Carmen spürt, wie sie feucht wird, und nimmt die kleinen, vertrauten Zuckungen wahr, die alles so erwartungsvoll pulsieren lassen.

Davids Finger gleiten unter die Druckknöpfe ihres Bodys, und Carmen drückt sich ihm entgegen. Noch sitzen sie in ihren Korbstühlen nebeneinander, aber der Holzboden der Terrasse hat die Wärme des Sommertags gespeichert, und als sich Carmen jetzt langsam hinuntergleiten lässt, folgt David ihr nach, ohne seine Finger aus ihr zu nehmen. Ihr Körper reagiert mit leisem Stöhnen aus den Tiefen ihrer Brust, und Carmen spürt, wie es heftiger wird, und auch, wie ihr Körper sich ihm entgegendrängt. Während sie seinen Gürtel und die Hose öffnet, spürt sie, wie ausgehungert sie ist, und nimmt sich nicht einmal die Zeit, ihn ganz auszuziehen, sondern stößt ihn in sich hinein, sobald er hart und erigiert zum Vorschein kommt. Und so schnell, wie sie über ihn herfällt, so schnell ist es auch vorbei.

Für Carmen zu schnell.

Erstaunt hält sie inne und lässt ihn und sich abebben,

aber es ist vorbei, daran gibt es keinen Zweifel. Das ist ja noch nie passiert, denkt sie. Aber vielleicht war auch er zu ausgehungert? Heißhungrig wie sie? Aber warum wich er ihr dann immer aus, statt auf sie zuzukommen?

»Hui«, sagt sie und schaut ihm ins Gesicht. »Wie wäre es mit einer Fortsetzung?«

David versucht sich eine bequemere Haltung zu verschaffen und reibt seinen Ellbogen. »Scheiß Bangkirei«, schimpft er. »Wir werden überall Splitter in der Haut haben!«

»Ich spüre nichts, und ich liege schließlich unten!« Carmen richtet sich auf.

»Frauen sind generell schmerzunempfindlicher.« Sein Zeigefinger stippt gegen ihren Bauchnabel. »Darum werdet ihr uns auch nie verstehen können.«

»Bitte was?« Carmen zieht an seinem Poloshirt. »Willst du das Zeug vielleicht ausziehen, und wir machen es uns bequemer?«, lockt sie und deutet auf die Liege. »Die ist noch brandneu. Um nicht zu sagen: jungfräulich!«

David setzt sich auf. »Ich bin ein alter Mann, was denkst du denn?«

»Jetzt hör aber auf! Du bist vierundvierzig! Was ist das schon!«

Davids Handy vibriert gegen seinen leeren Teller.

»Eine SMS?« Carmen schaut zum Tisch hoch. »Wer kann denn das sein?«

David löst sich von ihr, steht auf und macht sich die Hose zu. »Keine Ahnung. Aber ich hol uns mal ein Wasser.«

Als sie auch aufsteht, ist sein Handy verschwunden.

»Ich bin frustriert!« Carmen holt tief Luft. »Sag doch selbst, das ist ein totaler Mist, da wäre nix ja besser gewesen, hast du so was schon mal gehört? Kommt zu früh und haut dann auch noch mit seinem Handy ab? Wahrscheinlich zu Lydia an den PC. Ist der reif für die Klapse, oder bin ich es?«

»Gemach, gemach.« Lauras Stimme klingt beruhigend an ihr Ohr. »Er hat mit dir geschlafen, das wolltest du doch!«

»Aber wie. Das war doch total für den Arsch! Heute Abend kriegt er eine Kriegserklärung. Jetzt soll er mir endlich sagen, was los ist.«

Carmen faucht in ihr Handy, und als es hinter ihr hupt, sieht sie zuerst das Grün der Ampel vor sich und dann im Rückspiegel die Polizei. »Mist, verdammter Mist!« Schnell nimmt sie ihr Handy vom Ohr, aber es ist schon zu spät. Der Wagen hinter ihr lotst sie zur nächsten Bushaltestelle, und als sie von dort wieder ausschert, ist sie um 40 Euro ärmer und um einen Punkt in Flensburg reicher.

Britta wirft ihr beim Eintreten in ihr Büro nur einen kurzen Blick zu.

»Cappuccino?«

»Ich suche mir jetzt einen potenten Mann!«, gibt Carmen aufgebracht zur Antwort.

»Hatten wir so etwas nicht schon mal?« Britta steht auf, um zur Kaffeemaschine in den kleinen Nebenraum zu gehen.

»Damals war es die Antwort auf die Anmache all dieser hirnlosen Idioten, aber heute ist es die Antwort auf Davids nachlassendes Interesse!« Sie starrt Britta aus zusammengezogenen Augen an. »Das ist doch wohl legitim, oder?«

»Und wird auch einfacher sein.« Britta bleibt lächelnd stehen.

Carmen wirft ihre Tasche schwungvoll auf ihren Bürostuhl. »Wieso?«

»Na, als potent gibt sich doch nun wirklich jeder aus!«

Widerwillig muss Carmen lachen. Britta hat recht, das Ganze ist absurd.

Trotzdem beschäftigt sie es den ganzen Morgen. Sie kann sich nicht konzentrieren und nimmt schließlich einen Zettel zur Hand, auf der ihr eine Frau eine Telefonnummer notiert hat. Sie wollte beraten werden, hatte sie ihr bei der Geburtstagsfeier eines gemeinsamen Bekannten gesagt. Das sagen bei solchen Feiern so manche, und nachher wird es doch nichts, aber jetzt findet sie es eine gute Möglichkeit, um aus dem Büro herauszukommen.

»Ich muss dann wieder los.«

»Wohin geht's denn?«

»Ach, zu Frau Richter.«

Britta schaut kurz auf den Zettel. »Ja, die haben groß gebaut, das könnte was werden.«

»Ja?« Carmen wirft ihr einen Blick zu. Britta erstaunt sie immer wieder. »Wo ist denn diese Teichblumenstraße? Wissen Sie das auch?«

»Na ja«, Britta deutet zur aufgeschlagenen Tageszeitung, »das war ja lang genug Stadtgespräch. Andere hätten dort am Naturschutzgebiet nie bauen dürfen.«

»Andere?«

Britta Berger sieht sie forschend an.

Carmen überlegt. Steht sie auf der Leitung? »Ach, *die* Richters«, sagt sie schließlich. »Das Hoch- und Tiefbauunternehmen.« Sie fasst sich an den Kopf. »Dann war die blonde Frau … darauf bin ich überhaupt nicht gekommen. Sie ist mit diesem Menschen verheiratet?«

Britta zuckt die Achseln. »Offensichtlich gut verheiratet.«

»Na«, Carmen dreht den Zettel in der Hand, »da bin ich ja gespannt. Ich hatte keine Ahnung…« Tatsächlich hat sie gedacht, dass das wieder so eine überspannte High-Society-Tussi sei, die alles Mögliche erzählt und zum Schluss nichts hat. Darum hat Carmen es mit der Kontaktaufnahme auch überhaupt nicht eilig gehabt. Carmen überlegt. Die Party ist gut drei Wochen her. Ein Wunder, dass sie den Zettel überhaupt so lange aufbewahrt hat.

»Gab es da nicht so einen komischen Skandal, weil dieser Richter eine Partei unterstützt hat?«

»Parteispende, ja«, bestätigt Britta. »Mein Mann war da involviert.«

Sie klingt aufrichtig stolz. Carmen stutzt. Ja, klar, ihr Mann ist bei der Polizei. Ihr Mann, der zukünftige Papa. Unwillkürlich mustert Carmen Brittas Bauch. »Hat Ihr Mann ihn festgenommen?«

»Nein.« Britta lacht mit strahlenden Augen. »Nur Polizeischutz, als die Staatsanwaltschaft das Firmengebäude nach belastendem Material, Akten und so, durchsuchte.«

»Nichts gefunden?«

Britta schüttelt den Kopf. »Der Herr Richter ist ein alter Fuchs, hat mein Mann gesagt. Einer wie Franz Josef Strauß. Oder wie die alten Großindustriellen. Die haben alles gut im Griff.«

»*Alle* gut im Griff.« Carmen nimmt das Telefon zur Hand und tippt die Nummer ein. *Alle gut im Griff*, denkt sie. *Mafia War*. Und David hat sich gerade eine Waffe besorgt – von Lydia.

Wenn David das gebaut hätte, wäre er für alle Zeiten saniert gewesen. Mehr kann Carmen nicht denken, denn es ist kein Haus, sondern ein Anwesen mit Tor, Auffahrt und Golfrasen. Für Carmens Geschmack allerdings zu steril. Sie hätte hier gleich mal ein bisschen Unkraut wachsen und einige Kaninchen herumspringen lassen, das hätte der Sache etwas Charakter verliehen. Carmen hält den Wagen an und schaut sich um. Kann sie hier einfach so neben dem Eingang parken? Während sie noch unschlüssig sitzen bleibt, geht die Haustür auf, und Rosi Richter kommt ihr entgegen.

Sie wirkt, als käme sie frisch vom Friseur und von der Kosmetikerin. In Carmen regt sich das Verlangen, ihr mal kurz mit allen zehn Fingern durch die zementierten Haare zu fahren. Viel zu perfekt, denkt sie. Hat sie bei der Geburtstagsfeier auch so künstlich ausgesehen? Sie kann sich nicht recht erinnern.

»Lassen Sie ihn einfach stehen.« Rosi wartet, bis Carmen ausgestiegen ist, und streckt ihr dann die Hand hin. »Schön, dass es doch noch klappt!«

Ihr Händedruck ist längst nicht so lasch, wie Carmen erwartet hat, und ihre blauen Augen strahlen unter den dichten langen Wimpern. Falsch, denkt Carmen. Was für ein Aufwand, die einzeln aufzukleben.

»Ja, hat ja auch lang genug gedauert«, versucht Carmen einen Scherz und denkt dabei, dass sie schließlich als Beraterin und nicht als Freundin gerufen wurde. Es kann ihr doch egal sein, wie die Frau aussieht.

»Kommen Sie.« Leichtfüßig springt Rosi die breiten Stufen zur offenen Eingangstür hinauf.

Carmen geht nachdenklich hinter ihr her. Die Jeans und die lockere Bluse wollen so gar nicht zu ihrem Kopf passen. Wie alt sie wohl ist? Carmen mustert Rosis schmale Hinter-

35

front. Sie wirkt durchtrainiert und drahtig, aber als Millionärsgattin hat man sicherlich den ganzen Tag Zeit für Sport und Körperpflege.

»Haben Sie Lust auf einen Cappuccino?«, fragt Rosi über die Schulter hinweg und geht, ohne auf eine Antwort zu warten, zielstrebig durch den Flur auf eine Tür zu.

Carmen hätte eine große Halle mit Marmorböden, Freitreppe und mannshohen Gemälden erwartet. Aber es wirkt hier drin eher wie in einem alpenländischen Hotel. Besonders die Wände aus rohen Holzdielen erstaunen sie.

Lächelnd dreht sich Rosi nach ihr um. Carmen fühlt sich ertappt. Offensichtlich hat sie dieses Lächeln schon seit ihrem Eintritt auf den Lippen. »Das ist der ganze Stolz meines Mannes«, sagt sie, und das Lächeln verstärkt sich.

»Das?« Carmen schaut zurück. Alter Steinfußboden und einige Bilder und Fotografien auf den dunklen Wänden, die irgendwie seltsam anmuten.

»Ja, das!« Rosi nickt bestätigend und drückt die Tür auf. Die Küche ist Hightech mit einer ansprechenden Kücheninsel in der Mitte, viel Edelstahl in Kombination mit altholländischen Kacheln.

Jetzt stiehlt sich ein Lächeln auf Carmens Lippen.

Rosi sieht es und lacht. »Was denken Sie jetzt?«

»Keine Ahnung!« Carmen schüttelt leicht den Kopf. »Seltsam. Irgendwie seltsam«, sagt sie dann. »Eine seltsame Kombination. Von außen wirkt das Haus ganz anders.«

»So? Und wie?«

»Wie die Vorzeigevilla eines Bauunternehmers.«

Rosi nickt. »Cappuccino?«, fragt sie und geht auf die überdimensionale Kaffeemaschine zu. »Oder lieber Espresso? Espresso macchiato vielleicht?«

»Gute Idee, Espresso macchiato.« Carmen kommt neugierig näher. »Das kann die auch?«

»Mein Mann ist ganz verrückt nach Espresso macchiato.«

Schon wieder einer, der nach was verrückt ist, denkt Carmen. Sie schaut Rosi beim Hantieren zu und fragt sich unwillkürlich, ob Rosi und ihr schwergewichtiger Bauunternehmer wohl noch schönen Sex haben.

Die Maschine mahlt tosend die Kaffeebohnen, und Carmen fährt mit den Fingern über die blauen Motive auf den weißen Kacheln, die die ganze Wand schmücken. »Alt?«, fragt sie, und Rosi nickt.

»Auch eine Liebhaberei Ihres Mannes?«

»Delfter, siebzehntes Jahrhundert.«

»Interessant.«

Carmen nimmt die kleine Tasse, die Rosi ihr reicht, und wartet ab. Aber Rosi schweigt auch, lehnt sich an ihre Küchenzeile und nippt an ihrem Kaffee. Carmen wird die Stille zu lang.

»Und das ist alles noch nicht versichert?«, beginnt sie. »Aber Sie haben doch sicherlich schon eine große Versicherung abgeschlossen.« Sie stellt ihre Tasse ab.

»Kann man sich gegen Ehebruch versichern?« Rosis Stimme klingt ganz normal.

Carmen verschluckt sich. »Ehebruch?« Sie überlegt. »Wie stellen Sie sich das vor?«

»Nun, gesetzt den Fall, mein Mann würde fremdgehen. Da hätte ich doch Einbußen hinzunehmen. Von allem die Hälfte, weil schließlich eine mehr da ist. Weniger Zuwendung, weniger Geld, weniger gemeinsamen Urlaub. Da müsste doch ein Ausgleich zu schaffen sein.«

»Mit einer Versicherung?« Carmen ist sich nicht sicher, ob Rosi sie auf den Arm nehmen will oder es wirklich ernst meint. »Ich kann Sie gegen Unfall und Krankheit versichern, aber nicht gegen Ihren Mann.«

Rosi senkt ihren Blick. »Aber irgendwie muss man sich doch absichern können«, beharrt sie.

»Ich denke doch, dass Sie sich in Ihrer Position keine Sorgen machen müssen.« Carmen macht eine kurze, umfassende Handbewegung. »Eine Lebensversicherung wäre eine Möglichkeit der Absicherung.«

»Wenn ich tot bin, nützt mir die auch nichts mehr.«

»Es sollen auch schon welche zur Auszahlung gekommen sein ...«

Rosi lacht auf. »Kommen Sie, ich zeige Ihnen erst mal das Haus.«

Was will sie bloß von mir, denkt Carmen, während sie sich durch eine rustikale Wohnhalle mit großem offenem Kamin führen lässt und von dort aus in eine römisch gestaltete Schwimmhalle.

»Ganz schön mutiger Stilmix«, bemerkt Carmen.

»Es hat alles einen Hintergrund.« Rosi zeigt auf die Marmorfiguren und das geschwungene Bassin. »Alles Träume, die er sich verwirklicht hat.«

Carmen nickt, schweigt aber.

»Ja, sehen Sie, der Flur beispielsweise, das ist sein Elternhaus. Er hat das alte Bauernhaus abtragen lassen und die Dielen, Fliesen und Bretter wiederverwendet.«

»Du lieber Himmel«, entfährt es Carmen. »Sein Elternhaus? Er hat sein Elternhaus in dieses Haus integriert?« Sie bekommt eine Gänsehaut. »Dass man Kapellen irgendwo abbaut und an anderer Stelle neu aufbaut, das gibt es immer mal wieder, aber sein eigenes Elternhaus?«

»Es war ja nicht groß. Mehr ein Bauernhäuschen. Darum ist er ja auch so stolz darauf. Von dort hat er sich immer in die große Welt hinausgeträumt.«

Carmen schüttelt den Kopf. »Was es nicht alles gibt ...«

»Und die Römer waren schon in seiner Jugend ein Vorbild für ihn. Rom wurde auch nicht an einem Tag erbaut, war immer sein Motto, aber es wurde gebaut. Daran hat er sich gehalten.«

»Also finden wir hier in jedem Raum ein Motto?«

»Oder einen Lebenstraum.«

»Und wo ist Ihr Lebenstraum?«

»Er erfüllt mir jeden Traum.«

Carmen lässt ihren Blick über das blaue Wasser hinweg durch die großen Fensterscheiben hinaus in den Garten gleiten und von dort aus zurück auf Rosis Gesicht.

»Jetzt mal ehrlich, Frau Richter, warum haben Sie mich eingeladen? Doch nicht nur, um mir die Lebensträume Ihres Mannes zu zeigen?«

»Nein.« Rosi Richter lächelt still vor sich hin. Dann hebt sie den Blick und sieht Carmen direkt in die Augen. »Eigentlich aus ziemlich egoistischen Gründen. Ich wollte Sie kennenlernen.«

»Ah.« Carmen ist perplex. Wie soll sie reagieren? Da ist sie jetzt also unter Vorspiegelung falscher Tatsachen hierhergelockt worden, schaut sich diese seltsame Hütte an, den Traum eines Emporkömmlings, und verdient an dieser ganzen Aktion keinen einzigen Cent. Es ist nicht ihr Tag.

»Sind Sie jetzt enttäuscht?« Rosis Blick ist prüfend.

»Eher verwundert.« Sie hätte auch genervt sagen können.

»Ich hätte Sie gern noch zu einem Glas Champagner eingeladen. Im Garten habe ich einen Tisch vorbereitet.«

Jetzt schrei ich gleich, denkt Carmen. Aber irgendwie ist die Situation so seltsam, dass sie überhaupt nicht reagiert.

Rosi fasst sie leicht am Arm. »Kommen Sie, nur noch eine halbe Stunde. Machen Sie mir die Freude.«

Eigentlich auch schon egal, denkt Carmen. Im Büro geht es mir heute auch nicht besser. Vielleicht tut wenigstens das Glas Champagner gut.

»Und wieso wollen Sie gerade mich kennenlernen?«, fragt sie, während sie an Rosis Seite durchs Haus geht.

»Wir haben uns bei dieser Geburtstagsparty so angeregt unterhalten, und ich finde, dass Sie eine interessante Frau sind.«

Carmen zieht die Augenbrauen hoch. »Ich fühle mich im Moment eher wie im falschen Film.« Und auf Rosis schnellen Blick fügt sie hinzu: »Und das hat nichts mit Ihnen zu tun.«

Sie gehen an dem offenen Kamin vorbei auf die hohen Terrassentüren zu, die auf eine großzügige Veranda führen. Hinter der Terrasse erstreckt sich der kurz geschorene Rasen des Parks, eingebettet in die naturbelassene Landschaft des Naturschutzareals.

»Ein krasser Gegensatz«, bemerkt Carmen, während Rosi die Glastür öffnet.

»Ja.« Rosi nickt. »Damit spielt er gern. Er liebt Kontraste. Schwarz gegen weiß, grün gegen rot. Für zartbesaitete Menschen ist er eine Herausforderung.«

Carmen muss lachen. Einfach so. Wie irrwitzig, denkt sie. Lauter Verrückte.

40

Rosi beachtet sie nicht weiter, sondern geht voraus, die breiten Stufen der Veranda hinunter über den Rasen auf eine Trauerweide zu. Unter dem Baum im Schatten steht ein kleiner Tisch mit einem weißen Tischtuch, darauf ein Champagnerkühler, zwei langstielige Gläser und einige Canapés unter einer Glasglocke.

»Das ist völlig surreal«, sagt Carmen und bleibt stehen. »Wie aus einem Gemälde!«

Rosi kommt die wenigen Schritte auf sie zu. Beide beobachten sie, wie sich die Sonne in Millionen von kleinen Lichtreflexen in dem üppigen Blattvorhang der Weide bricht. Es sieht aus, als sei der ganze Baum in Bewegung.

»Irgendwie impressionistisch.« Carmen spürt eine innere Ruhe in sich aufsteigen, die ihr guttut. »Jedenfalls sehr beeindruckend«, sagt sie.

»Es ist mein Lieblingsplatz.« Rosis Gesicht bekommt durch ihren sanften Blick etwas Kindliches.

»Kann ich gut verstehen!«

»Impressionistisch ist genau richtig. Monet hat nach dem Ersten Weltkrieg eine Serie von Trauerweiden gemalt und wollte damit seine eigene Trauer über den Tod von so vielen Menschen ausdrücken. Meine Trauerweide erinnert mich oft an seine Bilder.«

»Aber Sie haben keine Leiche darunter verscharrt?« Es ist Carmen so herausgerutscht.

»Sie wären die erste.« Rosi lacht herzhaft und zeigt auf den kleinen Tisch. »Wir sollten den Champagner köpfen, bevor die Eiswürfel geschmolzen sind. Warm taugt er nicht.«

Carmen nickt. Sie setzt sich in einen der beiden schwarzen geflochtenen Korbsessel und schaut zu, wie Rosi die Flasche entkorkt. »Donnerwetter«, sagt sie, nachdem sie das Etikett gesehen hat. »Das lassen Sie sich aber was kosten.«

»Ein kleiner Jahrgangschampagner.« Rosi zuckt mit den Schultern. »Mein Mann macht sich nichts daraus, ich bin froh, wenn ich eine Mitgenießerin finde.«

»Also, einen Dom Pérignon Rosé trinken die meisten noch nicht mal zum Hochzeitstag…«

Rosi lacht wieder. »Soviel ich weiß, sind Sie doch gar nicht verheiratet.«

Carmen denkt an die vergangene Nacht und zieht unwillkürlich die Nase kraus.

»Eine so schöne Frau wie Sie braucht für schöne Stunden ja auch nicht wirklich einen Anlass.«

Rosi hat die Flasche geöffnet, betrachtet den Korken und greift nach Carmens Glas.

»Schön?« Carmen schaut sie an. »Meinen Sie mich? Ich bin weiß Gott nicht schön!«

»Sie haben traumhaftes Haar!«

Unwillkürlich greift sich Carmen in ihr volles rötliches Haar. Ja, Rosi hat recht. Ihr Haar ist wirklich schön.

»Aber Sie können sich auch nicht beklagen«, gibt sie zurück und nimmt ihr volles Glas in Empfang.

»Na ja…« Rosi fährt sich behutsam mit der flachen Hand über den Kopf. »Das ist doch wohl wirklich kein Vergleich!« Sie schenkt sich selbst ein, dann setzt sie sich und hält ihr Glas hoch.

»Auf eine schöne Zukunft, gute Geschäfte und die kleinen Geheimnisse im Leben.«

Carmen stößt mit ihr an. Kleine Geheimnisse hat sie schon lange nicht mehr, nach einem guten Geschäft sieht es momentan auch nicht aus, und die schöne Zukunft ist recht ungewiss. Nicht unbedingt ihr Trinkspruch also. Aber dafür ist der Champagner sensationell.

Rosi hebt die gewölbte gläserne Haube von den Canapés ab, und Carmen wäre fast ihr Champagnerglas aus der Hand gefallen. In der Mitte der belegten kleinen Brotscheibchen glitzert ein Monstrum von einem Ring.

»Was ist denn das?« Entgeistert starrt sie auf den glitzernden Ring mit dem großen Brillanten, der frech zwischen den Käsebrötchen funkelt.

»Ein Fünfkaräter«, lächelt Rosi. »Die kleinen Vorzüge des Verheiratetseins. Er ist allerdings noch nicht versichert, und ich dachte mir, so ein kleines Geschäft muss für Sie schon drin sein. Das Zertifikat liegt unter Ihrer Serviette.«

Carmen schaut sie ungläubig an.

»Nehmen Sie ihn nur heraus.« Rosi greift nach einem Lachshäppchen und beißt kräftig hinein. »*Tiffany's*. Um die 250000 Euro. Schauen Sie, was Sie machen können, ich möchte schließlich keinen Safe mit mir herumtragen, wenn ich ihn mir mal an den Finger stecke.«

Ehrfürchtig fischt Carmen ihn zwischen den Brötchen heraus. Der Brillantschliff entfacht ein gleißendes Feuerwerk, während sie den Diamanten langsam zwischen Daumen und Zeigefinger dreht.

»Und wenn ich jetzt damit abhaue und mich mit dem nächsten Flieger nach Südamerika aus dem Staub mache?«

Rosi spült ihren Bissen mit einem kräftigen Schluck Champagner hinunter. »Dann müssten Sie Ihren hübschen David dalassen. Ob Sie das wirklich wollen?«

Carmen schüttelt den Kopf. »Darf ich?«, fragt sie, und auf Rosis Nicken steckt sie sich das Schmuckstück an den linken Ringfinger. Sie betrachtet ihn am ausgestreckten

Arm, dreht die Hand nach links und rechts und kann sich kaum sattsehen, so schön und edel ist er gearbeitet. Britta Berger würde bei seinem Anblick direkt in Ohnmacht fallen. Dann zieht sie das Zertifikat unter der Serviette hervor.

»Eines muss man Ihnen lassen«, sagt sie zu Rosi, während sie den Ring abstreift und ihr zurückgibt, »Sie haben einen Sinn für Inszenierungen. Das hier ist filmreif.«

Britta kann es kaum fassen. Sie liest immer wieder das Zertifikat und betrachtet das Foto des Rings.

»Das muss man sich mal vorstellen«, sagt sie mit geröteten Wangen, »das muss man sich mal vorstellen!« Sie schüttelt den Kopf. »250 000 Euro! Einfach so! Für einen Ring!« Sie stöhnt auf. »Dafür müsste mein Mann über fünf Jahre arbeiten, wenn wir keinen Pfennig ausgeben. Und dabei schützt er den Staat und seine Bürger. Fünf Jahre! Und das trägt Frau Richter einfach so an ihrem kleinen Finger herum.«

»An ihrem Ringfinger«, korrigiert Carmen, aber Britta beachtet sie überhaupt nicht.

So hat Carmen ihre Mitarbeiterin ja noch nie erlebt. Sie verkneift es sich, von dem Champagner zu erzählen. Aber sie googelt. Dom Pérignon Rosé, Jahrgangschampagner. Sie schätzt ihn auf etwa 300 Euro. Sie liegt ziemlich richtig, stellt sie befriedigt fest. Den Dom Pérignon Vintage Rosé von 1998 entdeckt sie für 325 Euro.

Was Rosi wohl mit dem Rest macht? Allein trinken? Wegschütten?

»Kommen Sie, Britta, wir gehen einen Kaffee trinken. Irgendwie muss ich hier raus«, sagt Carmen spontan.

Britta schaut sie erstaunt an. »Und die Arbeit?«

»Schreiben Sie ein Schild, wir sind in dreißig Minuten zurück. Das machen andere auch.«

»Gute Idee.« Britta nickt grimmig und schiebt das Zertifikat unter ihre Tastatur. »Sie haben recht, das kann bis morgen warten. Bis dahin hat sich mein Frust dann auch wieder abgebaut.«

Carmens Büro in der Altstadt liegt nicht sehr weit von ihrem Wohnhaus entfernt. Im Sommer fährt sie gern mit dem Fahrrad. Heute Morgen hat sie allerdings wegen einiger Einkäufe den Wagen genommen. Das passt ganz gut für den Überraschungsbesuch bei der Richter, denkt sie, während sie sich ihren Weg über die Pflastersteine sucht. Vorne die Spitzen und hinten die Absätze. Die Schuster mussten sich hier dumm und dämlich verdienen. Vor ihrem Wagen bleibt sie stehen. Das ist der nächste Grund, weshalb sie die Innenstadt mit dem Auto meidet – der weiße Zettel unter dem Scheibenwischer grinst sie förmlich an. Heute Morgen 40 Euro an die Staatsgewalt, und jetzt auch noch das!

Widerwillig nähert sie sich. Am liebsten wäre sie an dem Beleg vorbeigelaufen, aber dann zieht sie ihn doch heraus. Zehn Euro Strafe wegen Überschreitung der Parkzeit. Carmen schaut auf die Uhr. Genau fünf Minuten zu spät.

Sie schaut sich um. Niemand in blauer Uniform zu sehen.

Sie klemmt den Strafzettel schnell unter den Scheibenwischer des Nachbarautos. Vielleicht fällt der Fahrer ja drauf rein und zahlt freiwillig, hofft Carmen und setzt sich hinters Steuer.

Was für ein bescheuerter Tag, denkt sie, während sie rückwärts ausparkt und in Richtung Industriegebiet losfährt. Hat sie ihren Einkaufszettel dabei? Und warum macht David das eigentlich nicht, der hat doch genauso viel Zeit wie sie?

Ob sie ihn in seinem Büro einfach mal besuchen sollte? Die vergangene Nacht konnte so ja nicht stehen bleiben. Oder sollte sie sich fachmännischen Rat holen? Vielleicht mal ein Buch über dieses Thema lesen, Männer um die fünfzig?

Oder gleich zu einer Psychotherapeutin gehen?

Genau vor der Eingangstür des Supermarkts wird gerade ein Parkplatz frei. Carmen beschließt, diese Fragen auf später zu verschieben.

Sie geht zielstrebig zu den Regalen, aber alles ist umgeräumt. Letzte Woche noch konnte sie sich hier traumwandlerisch bewegen und war in einer Rekordzeit wieder draußen, jetzt steht sie ratlos da und dreht sich um ihre eigene Achse.

»He, Sie«, sagt sie zu einem Mann im weißen Kittel, den sie hier noch nie gesehen hat. »Entschuldigung, aber bin ich im falschen Supermarkt? Ich finde nichts mehr!«

Er bleibt widerstrebend stehen. »Marktanalyse«, sagt er kurz. »Unsere Kunden sollen die für sie wichtigen Artikel besser finden.«

»Aha.« Carmen reckt sich. »Und was ist für mich wichtig?«

Er will schon weitergehen, hält aber kurz inne. »Wie meinen Sie?« Seine Stimme klingt irritiert, und der Gesichtsausdruck unter den schütteren blonden Haaren wirkt genervt.

»Na ja«, sagt Carmen. »Welcher Artikel ist für mich wichtig?«

»Das müssen *Sie* doch wissen.«

»Wieso?« Carmen fixiert ihn scharf. »Sie sagten doch eben, der Kunde soll die für ihn wichtigen Artikel besser finden. Dann müssen Sie doch wissen, welcher Artikel für mich wichtig ist, damit ich ihn besser finden kann!«

»Ja.« Die Lider über seinen blassblauen Augen zucken. »Ja«, wiederholt er. Dann schüttelt er den Kopf. »Das ist eine Marktanalyse«, sagt er und will jetzt endgültig weiter.

»Keine Kundenanalyse?« Carmen macht einen Schritt auf ihn zu. »Wäre eine Kundenanalyse nicht sinnvoller?«

»Aber die sind doch der Markt!«

»Sehe ich aus wie ein Markt? Ich bin eine Kundin!« Carmen stemmt ihre Hände in die Hüften. »Und ich will jetzt analysiert werden!«

»Sie wollen ... was?« Er starrt sie an.

»Na ja, wenn das hier seit Neuestem zum Service gehört?«

»Ich«, jetzt sieht er wirklich nach Panik aus, »ich muss leider weiter. Schauen Sie sich um, es ist alles neu und übersichtlicher sortiert.« Und bevor Carmen einen weiteren Kommentar geben kann, hastet er davon.

Sie bleibt mitten im Gang stehen und schaut ihm nach. Gut, denkt sie, das war jetzt ziemlich niedlich. Aber es hat sie mit ihren Einkäufen kein Stück weitergebracht.

Gut gelaunt fährt sie nach Hause. David ist noch nicht da, und Carmen trägt ihre Tüten in die Küche, versorgt die Kühlware und legt das frische Gemüse auf den Tisch. Sie schenkt sich ein großes Glas Mineralwasser ein und freut sich aufs Schnippeln. Gemüseschnippeln ist immer gut, wenn man sich über etwas klar werden will, denkt sie und wäscht sich die Hände. Es vertreibt die Aggressionen, weil man so schön mit dem Messer schneiden, hacken und stechen kann und zum Schluss sogar noch etwas Genießbares daraus wird.

Sie legt das thailändische Rezept für »Scharfe Wok-Gemüse« neben die Spüle, legt die Zuckerschoten, die beiden roten Paprika, die Mohrrüben, Frühlingszwiebeln und Sojasprossen parat und fängt an. Zwischendurch läuft sie zum Radio, schaltet es ein und dreht laut auf. Was war das vorhin für ein Idiot, denkt sie und lacht laut auf, während sie die Reibe für die Mohrrüben sucht. »Just a little bit longer«, singt sie laut mit. »Why don't you stay just a little bit longer« und »Oh, won't you stay just a little bit longer?«, gröhlt sie sich in Fahrt, während im Radio schon der nächste Song läuft. Das Lied ist genial, denkt sie, das passt super auf uns! »Oh, won't you stay just a little bit longer«, wiederholt sie und testet alle möglichen Variationen, während sie die Zuckerschoten halbiert. Dann schneidet sie die Paprika und steckt sich einen Streifen in den Mund. Das Leben könnte so schön sein, denkt sie, während sie kaut, und nascht mit der Kuppe ihres kleinen Fingers von der Chilipaste.

»Au, verflucht scharf!« Sie hustet und bleibt plötzlich mit hängenden Armen stehen, betrachtet ihr Werk auf dem dicken Küchenbrett und könnte heulen. Warum hat sie plötzlich solche Stimmungsschwankungen? Sie fühlt sich so abgelehnt, so … ungeliebt. Warum ist sie für ihn nicht mehr attraktiv genug?

Ja, sie rammt das Messer in den Holzblock. Ungeliebt. Genau das ist es.

Ein Scheißgefühl. Daran ändert auch der Sex nichts, denkt sie weiter. Was nützt die blaue Pille für den Ständer, wenn das Gefühl nicht stimmt?

Sie wischt sich die Hände an einem Geschirrtuch ab und

geht auf die Terrasse. Dort bleibt sie stehen und starrt auf den Holzboden, als könnte sie die Szene von gestern Nacht noch einmal sehen.

Auf dem Absatz dreht sie um, schnappt sich ihre Handtasche, Jacke und Autoschlüssel und fährt los. Ziellos erst. Dann merkt sie, dass sie den Weg zu Davids Elternhaus eingeschlagen hat. Dort hat er nach dem Unfalltod seiner Eltern mit seinem Bruder Martin gelebt. Und dort befindet sich noch immer sein Architekturbüro.

Sein Auto steht am Gehsteig, und durch die große Fensterfront kann sie ihn am Schreibtisch sitzen sehen. Vor dem Computer. Gießt er Blümchen, oder verdient er sich gerade seine Lorbeeren als großer Mafiaboss?

Carmen bremst ab. Im Stockwerk über ihm sieht sie Martin. Offensichtlich kocht er, denn er steht am großen Küchenfenster mit einem Messer in der Hand, das er gerade wetzt, während er auf die Straße schaut.

Carmen fährt weiter. Sie ist sich nicht sicher, ob er ihren Wagen erkannt hat. Und wenn schon, denkt sie. Ist doch egal. Vielleicht war David ja damals in seinem Junggesellenhaushalt mit seinem Bruder glücklicher? Aber warum wollte er dann so unbedingt mit ihr zusammenziehen?

Fragen über Fragen. Wohin führen sie die?

Das hupende Auto reißt sie aus ihren Gedanken.

Rot. Sie ist bei Rot über die Ampel gefahren!

Du lieber Himmel, Carmen! Erschrocken schaut sie in den Rückspiegel. Wenigstens keine Blitze, das hätte noch gefehlt!

Sie fährt an den Randstein, kramt ihr Handy heraus und ruft Laura an.

»Laura, kannst du ein paar Tage freimachen?«

Es ist kurz still.

»Wieso denn das?«

»Ich muss weg! Ich muss mir über mich und David klar werden. Ich brauch Tapetenwechsel, sonst schüttle ich ihn!«

»Dann schüttle ihn!«

»Ich mach keine Witze.«

»Carmen!« Laura holt Luft. »Wie soll ich hier so spontan wegkönnen? Ich bin Lehrerin, ich kann nicht so einfach freinehmen!«

»Dann werd krank! Andere machen das doch auch.«

»Lass uns reden. Komm zu mir!«

Laura hat eine Tiefkühlpizza im Ofen, die Rotweinflasche auf dem Tisch und eine lila Latzhose an, die Carmen schon vor zehn Jahren scheußlich gefunden hat.

»Es ist so schön, dass sich bei dir nichts verändert«, sagt sie leise, denn Laura deutet mit dem Zeigefinger auf den Lippen an, dass Ella schon schläft. »Fast nichts«, antwortet Laura lächelnd.

Ja, denkt Carmen, ich rede Blödsinn. Sie hat sich mit Frederik zusammen diese kleine Wohnung in diesem seltsamen Mietshaus genommen, eine Arche Noah aus Holz, Bio bis hin zum Holznagel, und konnte nicht mit, als Frederik seinen Traumjob in Schweden angeboten bekam. Sie beschworen abwechselnd ihre gegenseitige Liebe, aber nachdem sie sich kaum noch zu Gesicht bekommen hatten, haben sie es irgendwann aufgegeben. Einfach so. Seitdem ist Laura keine Beziehung mehr eingegangen. Zwei Väter reichen, sagt sie seither. Ein echter, der sich nicht kümmert, und ein liebevoller, der nicht mehr da ist. Mehr will sie Ella nicht zumuten.

»Hast du dir sein Handy mal vorgenommen?«, fragt Laura, während sie zwei Gläser mit blutrotem Landwein eingießt. Carmen denkt an den Champagner vom Vormittag und hätte fast gelacht. Es war alles so irrwitzig.

»Was nützt mir die Erkenntnis?«, fragt sie und lässt sich auf das Sofa fallen. »Wenn er mich nicht mehr liebt, ist es doch eigentlich egal, ob er eine andere hat oder nicht. Futsch ist futsch!«

Laura reicht ihr vorsichtig das zu vollgegossene Glas. »Malst du dir nicht gerade ein völlig übertriebenes Horrorszenario aus?« Sie zieht einen Schwedensessel heran. »Er hat eine neue Leidenschaft entdeckt, gut, das ist vielleicht ein bisschen gewöhnungsbedürftig, aber es tut schließlich nicht weh!«

Carmen schüttelt ihre roten Locken. »Du hast nicht mal einen Fernseher und tönst hier wie ein Computerfreak!«

Laura lacht. »Ich bin ja auch eine Biotante und geb mir trotzdem einmal im Monat die volle Dröhnung bei McDonald's …«

»Okay.« Carmen zieht ihre Beine auf die Couch. »Was soll ich tun, außer hier dein Alibi für eine total ungesunde Billigpizza Marke Analogkäse und Formschinken zu sein?«

»Pfui Teufel.« Laura schüttelt sich. »Die ist ausschließlich für dich gedacht.«

Carmen zwinkert ihr zu.

»Na, meiner Meinung nach kontrollierst du jetzt mal das Handy von deinem Spielespezialisten, und wenn sich da nichts ergibt, leidet er halt schon unter Altersrheuma.«

Carmen nimmt einen Schluck aus ihrem Glas und verzieht den Mund. »Da kannst du ja gleich in ein Stück Erde beißen!«

»Echter französischer Landwein, abgefüllt vom Winzer. Schnäppchen im Großmarkt!«

»Na, bravo!« Carmen stellt ihr Glas neben sich auf den Boden. »Jetzt erklär mir bitte noch, was Altersrheuma sein soll.«

»Na, was in der Jugend gelenkig war, wird im Alter steif, und was steif war, wird gelenkig. Das ist Altersrheuma bei den Herren!«

Carmen schaut sie erst ungläubig an, dann prustet sie los. »Das glaub ich jetzt nicht!«

»Das kannst du aber!«

Carmen schnuppert. »Kann es sein, dass deine Pizza gerade anbrennt?«

Als Carmen nach Hause kommt, ist Mitternacht längst vorbei. Sie hat ein Taxi gerufen, weil sie mit Laura den ganzen scheußlichen Landwein geleert hat und jetzt mit dunkelroten Zähnen und einer schwarzen Zunge alles nicht mehr so eng sieht. Auf der Suche nach einer Flasche Wasser macht sie überall Licht, entdeckt in der Küche, dass David ihr Werk offensichtlich beendet und bis auf die letzte Sojabohne aufgegessen hat. Den schmutzigen Wok hat er mit Spüli und reichlich Wasser gefüllt, jetzt wartet er wahrscheinlich auf ein Wunder. Carmen registriert auch, dass ein leeres Rotweinglas am Computer steht, und hofft, dass es nicht der Santenay war, den er möglicherweise wiedergefunden hat.

Dieser Verdacht ernüchtert sie sofort, und sie macht sich zuerst auf die Suche nach der Flasche, und als sie die nicht findet, auf die Suche nach seinem Handy. Jetzt oder nie, denkt sie, während sie ins Schlafzimmer schleicht. David hat sich freigestrampelt und liegt nackt auf der Bettdecke, sanft vom Mond beschienen.

Carmen betrachtet ihn.

Was für ein schöner Männerkörper, denkt sie. Durch das Mondlicht verwischen sich die Konturen seines Körpers, werden weich und bekommen einen fast metallenen Glanz. Sie überlegt kurz, ihn in dieser Pose zu fotografieren, aber das Blitzlicht würde alles ruinieren.

Und überhaupt, denkt sie. Was will ich einen fotografieren, der sich nicht mehr für mich interessiert? Sie betrachtet ihn noch eine Weile in einer Mischung aus Besitzerstolz und Ablehnung, dann fällt ihr das Handy wieder ein. Wo könnte David es nachts aufbewahren? Komisch, da leben sie schon so lange zusammen, und nie war es ein Thema für sie.

Unentschlossen bleibt sie am Bett stehen. Soll es jetzt ein Thema werden? Es widerstrebt ihr. Sie empfindet es als entwürdigend, in seinem Handy nach irgendwelchen verborgenen Geheimbotschaften zu spionieren. Wenn es ihr gemeinsames Leben tangieren würde, dann würde er es doch sagen? Oder nicht? Welchen Grund sollte er haben, sie zu hintergehen?

Während sie ihn noch immer nicht aus den Augen lässt, beginnt sie sich langsam und leise auszuziehen. Dann geht sie ins Bad. Ihr Spiegelbild ist ihr fremd: Ihre Zähne sind schwarz, und ihre Zunge erinnert sie an einen Chow-Chow. Sie streckt sie weit heraus, aber so weit sie auch in ihren Rachen sehen kann, alles ist dunkel gefärbt.

Sind Männer nicht ganz wild nach Schwarzen? Das könnte er jetzt haben! Aber Carmen schiebt den Gedanken sofort beiseite, denn in diesem Augenblick entdeckt sie das Aufladegerät in einer Steckdose am Waschtisch und das Kabel, das in eine Schublade führt. Sie zieht die Schublade auf, und da liegt es mitten zwischen ihren Schönheitspröbchen: Davids Handy.

Warum versteckt er es eigentlich so dusselig in einer Schublade? Sie nimmt es in die Hand und untersucht es. Irgendwo muss das Ding ja angehen. Und wenn es eine PIN-Nummer verlangt? Das würde David aber nicht ähnlich sehen, er scheut jeden zusätzlichen Arbeitsgang. Sie hantiert eine Weile damit herum, dann leuchtet das Display plötzlich auf und zeigt die Startseite. Wunderbar, denkt Carmen. Und jetzt? Schreibt er eigentlich auch Mails damit oder nur Kurznachrichten? Sie lehnt sich gegen den Waschtisch und versucht, die Symbole dieses Handys zu verstehen. Sie hat eine völlig andere Marke, alles viel klarer gegliedert, findet sie, und vor allem für beschwipste Köpfe viel geeigneter. Aber sie schafft es.

Eingang. Aha.

Nichts.

Ausgang, nichts.

Gesendet, nichts.

Alles gelöscht. Sie starrt das Handy an. Wer löscht denn seine sämtlichen Kurznachrichten?

Hat das Ding einen Papierkorb?

Gelöscht.

Zum ersten Mal spürt Carmen Misstrauen in sich aufsteigen. Wenn jemand alles löscht, hat er was zu verbergen. Nachdenklich hält sie das Handy zwischen ihren Fingern.

Mails?

Es ist kein Smartphone, kann man damit überhaupt Mails abrufen? Sie sucht ein bisschen hin und her, findet

54

aber keinen entsprechenden Eingang und legt das Handy schließlich in die Schublade zurück. Langsam setzt sie sich auf den Badewannenrand. Was, wenn David tatsächlich eine andere hat?

Sie versucht, in sich hineinzuhorchen, aber sie ist so aufgewühlt, dass sie nichts hören kann.

Carmen schließt die Augen. Blödsinn, denkt sie. Wieso mache ich mir Gedanken über etwas, das gar nicht bewiesen ist? Nur wegen nicht vorhandener Kurznachrichten?

»Was machst denn du da?«

Sie fährt hoch. Sie hat David nicht kommen hören. Er steht im Türrahmen und schaut sie verständnislos an. »Ist was?«

Carmen schüttelt den Kopf, und er setzt sich auf die Toilette.

»Und warum sitzt du dann hier herum?«, will er wissen, während er das Toilettenpapier akkurat faltet.

»Ich denke ein bisschen nach.«

»Darüber, warum du mitten im Kochen alles stehen und liegen lässt und ohne eine Nachricht einfach abhaust?«

Sie wendet den Blick ab. »Einer von uns beiden hat eine Midlife-Crisis.« Sie stockt. »Entweder du oder ich.«

»Und wie soll sich das äußern?«, fragt er, während er abspült und vor sie an den Waschtisch tritt, um sich die Hände zu waschen.

Sie betrachtet seinen schön geformten Po und hätte gern hingefasst. Aber es passt nicht zum Augenblick.

»Und wo warst du, um dieses Problem zu durchleuchten?«, will er wissen und blickt sie an. »Oder, besser, mit wem hast du es durchleuchtet, und zu welchem Ergebnis bist du gekommen?«

Er wirkt viel wacher als sie, und Carmen spürt ein leichtes Ziehen hinter der Schläfe. Wenn sie jetzt nicht damit herausrückt, wann dann?

»Hast du eine andere?«

»Eine was …?« Verdutzt schaut er auf sie herunter. »Wie kommst du denn auf so eine Idee?«

»Schau, du interessierst dich doch nicht mehr wirklich für mich. Ob ich nackt herumlaufe, in einem sexy Body oder in sonst was, für dich ist alles gleich.«

»Weil du in allem gleich gut aussiehst.«

Sie verzieht kurz das Gesicht. »Wann schlafen wir noch miteinander?«

»Gestern, beispielsweise. Falls du das vergessen haben solltest.«

Das konnte man auch vergessen, denkt sie, aber sie ist nüchtern genug, das nicht zu sagen. »Ich fühle mich ungeliebt«, sagt sie stattdessen.

»Wieso denn das?«, fragt er und verschränkt die Arme.

Sie holt kurz Luft und deutet auf seine Arme. »Genau wegen so was«, sagt sie dann.

David schaut an sich hinunter. »Was meinst du?«

»Mein Gott, wann hast du mich zuletzt in den Arm genommen?«

»Und du?«

»Ich versuche das ständig, du registrierst es ja nicht einmal und gibst es noch weniger zurück.«

»Wollen wir das jetzt aufrechnen? Wer nimmt wen wie oft in den Arm?« Er schüttelt den Kopf. »Ich hol mir ein Wasser.« David greift nach dem Bademantel an der Tür und wirft ihn sich über, bevor er hinausgeht.

Ich hol mir ein Wasser, denkt Carmen. Genau so. Mir.

Bedrückt steht sie auf, betrachtet ihr Gesicht im Spiegel und greift nach der Zahnbürste.

»Ich hol mir ein Wasser«, sagt sie leise und schraubt die Zahnpastatube auf.

Carmen hat schlecht geschlafen. Eigentlich hat sie gar nicht geschlafen. Als sie um acht aufsteht, fühlt sie sich kränklich. Draußen scheint die Sonne, und die Vögel zwitschern, und in ihrem Bauch rumort es wie zuletzt in Marokko, wo sie zwei gestandene Tage lang auf dem Klo gesessen hat. Diesmal scheint es aber eher die Psyche zu sein, die ihr auf den Magen schlägt. Oder doch die Pizza von gestern Abend?

Geklärt ist nichts, überlegt sie, während sie ihren leichten Morgenmantel überzieht. Und wenn sie es richtig bedenkt, hat er überhaupt keine einzige Antwort gegeben. Dafür ist er mit seiner Wasserflasche ins Bett geplumpst und hat gleich darauf angefangen zu schnarchen. Als wolle er nicht mehr gestört werden.

Carmen weiß nicht mehr, was sie denken soll. Aber wenn sie ein Beziehungsproblem haben, dann muss man doch darüber reden. Sie beschließt, gleich jetzt einen neuen Anlauf zu nehmen. David ist etwas früher aufgestanden, also dürfte er jetzt unten mit Kaffee und Zeitung am Küchentisch sitzen. Sie spürt schon wieder ein Ziehen im Magen.

Wieso ist das eigentlich so kompliziert? Oder macht sie es nur kompliziert?

Vielleicht sollte sie einfach nur runterlaufen, ihm wie früher mit einem fröhlichen »Hallo, guten Morgen, mein Schatz« einen Kuss aufdrücken und so tun, als wäre alles in bester Ordnung? Vielleicht glaubt er tatsächlich, dass alles in bester Ordnung ist?

Gut, denkt sie, einen Versuch ist es wert.

Sie läuft beschwingt die Treppe hinunter, lässt den halb offenen champagnerfarbenen Seidenmantel flattern und biegt so um die Ecke herum zur Küche. Die Zeitung liegt aufgeschlagen neben seinem benutzten Kaffeebecher, aber von David fehlt jede Spur.

»David!«, ruft sie und setzt ein geflötetes »Schaaatz« hinterher, aber es kommt keine Antwort. Dann macht sie sich auf die Suche. Am Computer sitzt er nicht, die Terrassentüren sind noch geschlossen, im Keller ist er auch nicht.

Frustriert setzt sie sich an den Tisch. »Scheiße!«, sagt sie laut, obwohl sie das Wort hasst. »Himmel, Arsch und Zwirn, so eine verfluchte Scheiße!« Mit der flachen Hand schlägt sie neben der Kaffeetasse auf den Tisch, dann entdeckt sie das Foto in der Zeitung. Rosi Richter. Bloß dass jetzt ihr Outfit zum Kopf passt. Sie nimmt das Blatt hoch und betrachtet Rosi neben ihrem Mann, dem gewichtigen Bauunternehmer. Sexy ist der nun auch nicht gerade, denkt sie und liest die Bildunterschrift.

Zur Premiere von Don Giovanni *im frisch renovierten Opernhaus kamen auch Wolf und Rosi Richter, die durch ihre großzügige Spende maßgeblich zur Erhaltung des historischen Gebäudes beigetragen haben, begrüßt durch den Kulturdezernenten Steffen Witton, rechts im Bild.*

Rosi Richter trägt ein tief dekolletiertes Abendkleid und schenkt dem jungen Kulturfritzen ein gewinnendes Lächeln, während ihr Mann im maßgeschneiderten Frack mit einem zufriedenen Gesichtsausdruck frontal in die Kamera blickt. Rosis Haare sitzen noch immer so tadellos wie am Morgen, und um ihren Hals glitzert etwas, das Carmen interessiert mustert, aber nicht richtig erkennen kann, weil das Zeitungsfoto zu grobkörnig ist. Ein riesiger Diamant?

Zutrauen würde sie es ihr. Nach dem gestrigen Vormittag kann sie sich solche Schätze an Rosi durchaus vorstellen. Ob der auch schon versichert ist?

Kurz entschlossen greift sie zu ihrem Handy.

»Ach, Carmen, meine Liebe, wie geht es denn?«

Rosi Richter zwitschert, als läge sie in einem Wohlfühlbad und würde nebenbei zärtlich massiert. Carmen räuspert sich.

»Alles so weit gut«, sagt sie. »Hübsches Foto in der Zeitung, gewagtes Kleid und eine auffallende Halskette!«

Carmen hört ein leises, sonniges Lachen und – tatsächlich – Wassergeplätscher.

»Dieses Stück ist schon wieder im Banksafe«, flötet Rosi. »Nur für den Fall, dass Sie die Kette klauen wollen.« Sie lacht fröhlich, und Carmen hat jetzt das deutliche Gefühl, dass sie stört. Rosi zwitschert doch sicherlich nicht allein vor sich hin.

»Störe ich?«, fragt sie.

»I wo. Sie haben nur eine ähnliche Handynummer wie mein Mann, sonst hätte ich gar nicht abgenommen. Ich bin im Hamam und habe Wasser in den Augen, da verschieben sich die Ziffern leicht.«

Carmen hört sie wieder lachen.

»Aber wir hören wieder voneinander«, sagt Rosi, und schon hat sie aufgelegt.

»Ja, sicher.« Carmen legt das Handy aus der Hand, dann steht sie langsam auf, um sich einen Kaffee zu kochen. Die hat recht, denkt sie. Morgens in aller Frühe in den türkischen Hamam, sich rubbeln, pflegen und betütern lassen, das kann dann wahrscheinlich einen lieblosen Mann ersetzen. Vielleicht sollte sie sich auch irgendwo ein bisschen durchkneten lassen. Aber sie würde den Masseur vorher gern sehen – und dürfen Männer in einen Hamam für Frauen überhaupt hinein?

Während der Kaffeeautomat Kaffee ausspuckt, schäumt Carmen Milch auf und nimmt dann ihren Cappuccino mit ins Bad. Was soll's, denkt sie beim Hinaufgehen, auf der Welt gibt es weiß Gott größere Probleme als so eine kleine Missstimmung eines alten Liebespaars.

Dass David Probleme hat, aber sie nicht besprechen will, wird für sie immer deutlicher. Carmen hat den Verdacht, dass er überhaupt nur noch irgendwelche Spiele spielt, selbst wenn er im Büro ist. Beim Einkaufen drückt er sich an der Kasse, und bei Rechnungen, die ins Haus flattern, verhält er sich abweisend. »Braucht doch kein Mensch«, wird zu seinem Lieblingssatz.

»Worauf wartest du?«, fragt ihn Carmen eines Abends, als er am Fenster sitzt und in das Sommergewitter hinausschaut.

»Dass der Blitz einschlägt«, gibt er spontan zur Antwort.

Carmen zieht einen Stuhl heran und setzt sich neben ihn. »Willst du mir nicht mal sagen, was los ist?«

»Es ist nichts los. Das ist es ja. Die Leute wollen nicht bauen.«

»Gibt es eine Alternative? Renovierungen? Gutachten? Was kann ein Architekt sonst noch machen, wenn er keine Häuser baut?«

Er schaut sie kurz an. Seine Augen wirken müde, und überhaupt sieht er abgespannt aus. Wie einer, der den täglichen Stress kaum noch aushält.

»Warten, bis wieder einer kommt.«

»Aber du kannst doch nicht warten. Du musst auf die Leute zugehen. Akquirieren, rausgehen, mit Leuten reden, das Gras wachsen hören.«

»Mit was für Leuten denn?« David holt tief Luft, und Carmen spürt, dass ihm das Gespräch unangenehm ist.

»Einfach aktiv werden. Es gibt doch bestimmt Clubs, wo sich die Stadtväter – oder wie nennen sich solche Leute – treffen. Das ist die Schaltzentrale. Dort muss man dich kennen!«

David verzieht den Mund. Den schönen, leidenschaftlichen David-Mund.

»Muss man überhaupt nicht«, sagt er.

»Aber du kannst doch nicht auf dein Erbe warten!«

»Doch, kann ich!«

Es kommt trotzig, und es ist unsinnig, das wissen sie beide. Martin und er haben bereits geerbt, das Haus ihrer Eltern.

Draußen fällt der Wind in den Garten ein, als würde er vom Himmel stürzen. Plötzlich ist er da, die Büsche weichen seinem Angriff raschelnd aus, die Äste der Bäume wiegen sich hin und her, Blätter fallen wie im Herbst.

Carmen schaut besorgt zu ihren Gartenmöbeln. »Sollen wir die Möbel in Sicherheit bringen?«, fragt sie David.

»Das halten die schon aus«, sagt David, dem anzumerken ist, dass er schlicht zu träge ist.

»Menschenskinder!«, fährt ihn Carmen plötzlich an. »Dann krieg halt mal deinen Hintern hoch, und tu was!

Von allein legt dir keiner etwas vor die Füße, du musst dich schon ein bisschen bemühen!«

»Was soll denn das jetzt?« David steht ruckartig auf und schaut sie unwillig an. »Hab ich dich um deine Meinung gefragt?«

»Tut mir leid, war nicht so gemeint.«

»Es war genau so gemeint«, sagt er, und sein Gesicht ist nur noch eine abweisende Maske. »Wenn du einen mit Geld brauchst, dann such dir halt einen.« Und damit lässt er sie stehen.

Carmen sinkt auf ihren Stuhl. Wenn es so weitergeht, verliere ich ihn, denkt sie und starrt blicklos hinaus. Draußen wirbeln die hellen Sitzkissen umher, und der Sonnenschirm droht trotz seines schweren Ständers umzukippen.

»Hängen lassen ist auch keine Lösung«, sagt sie schließlich zu ihrem Spiegelbild im Fensterglas und steht auf, um im Garten die Möbel, Blumenkübel und Kerzen in Sicherheit zu bringen.

Als sie wieder hereinkommt und nur mit Mühe die Terrassentür gegen den immer stärker werdenden Sturm zudrücken kann, kommt David in einer Regenjacke auf sie zu.

»Schon passiert«, sagt Carmen, wischt sich über die nassen Arme und deutet nach draußen.

»Da wollte ich auch nicht hin.«

»Wohin denn dann?« Carmen spürt, wie sich alles in ihr anspannt.

»Leute kennenlernen«, sagt David. »Das soll ich doch!«

»Mein Gott, David. Du bist zu alt für solche Kindereien. Lass uns doch einfach vernünftig reden, wir finden gemeinsam eine Lösung.«

»Du bestimmt.« Er nickt ihr zu. »Du hast doch für alles ein Patentrezept!«

Das Nächste, was sie hört, ist das Zuschlagen der Haustür. Mamma mia, denkt Carmen und bewegt sich nicht. Lastet er seine Untätigkeit jetzt etwa mir an? Dann ist es kein Wunder, dass nichts mehr läuft.

Britta Berger strahlt sie an, als Carmen gerade die Tür hinter sich schließt. »Frau Richter hat angerufen«, sagt sie wichtig. »Es hörte sich dringend an. Sie bittet um einen Rückruf.«

Das ist gut, denkt Carmen, und während sie ihre helle Jacke an die Garderobe hängt, hört sie Britta in der kleinen Küche rumoren. Kaum hat sie den Telefonhörer in der Hand, stellt Britta Berger ihr einen frisch aufgeschäumten Cappuccino auf den Schreibtisch.

»Donnerwetter, der sieht toll aus«, bedankt sich Carmen und hält beim Wählen kurz inne. »Ist was?« Sie mustert Britta in ihrem dunkelgrünen Leinenkleid, das etwas großmütterlich wirkt, und erntet ein glückliches Nicken.

»Es hat geklappt«, sagt sie, »Jürgen und ich werden Eltern!« Ihr ganzes Gesicht strahlt vor Glück.

Carmen legt den Telefonhörer langsam wieder auf. »Mein Gott, Britta«, sagt sie, und dann liegen sich die beiden Frauen in den Armen. »Ein Baby«, sagt Carmen ein ums andere Mal und findet sich besonders albern, als sie mit der Hand auf Brittas Bauch zeigt. »Darf ich mal?« Britta nickt, und Carmen legt ihr die Hand flach auf das grobe Leinenkleid. »Dass da drin jetzt ein Leben wächst, ein richtiger Mensch!« Sie denkt an Laura und wie aufregend das damals bei Ella gewesen war.

63

»Ja, ein richtiger Mensch!« Britta lacht beschwingt und dreht sich im Kreis. »Ich habe das Gefühl, jeder Mensch müsste mir das ansehen. Und ich komme mir vor wie eine Ausnahmeerscheinung, wie eine Prinzessin, wie irgendetwas ganz Besonderes!«

Carmen schaut ihr zu und nickt. »Sie sind ja auch etwas ganz Besonderes«, sagt sie dann langsam.

Sie hatte nie ein Kind gewollt. David auch nicht. Ob das ein Fehler gewesen ist?

»Da öffnen wir gleich unsere letzte Flasche Sekt«, ruft sie.

Britta winkt lachend ab. »Für mich nur Mineralwasser!«

»Ach ja.« Carmen lässt ihre Hand sinken. »Natürlich!« Sie besinnt sich. »Dann stoßen wir halt mit Mineralwasser in Sektgläsern an. Der Form halber.«

Während Britta die Gläser holt, wählt Carmen Rosis Nummer, die ihr Britta auf einem kleinen gelben Klebezettel notiert hatte.

»Richter.« Die Stimme hört sich völlig anders an als noch vor wenigen Tagen im Hamam.

»Hallo, Frau Richter, ich sollte anrufen?«

Es ist kurz still, dann hört Carmen nur noch ein Flüstern. »Es handelt sich um eine … etwas … prekäre Geschichte!«

Unwillkürlich flüstert Carmen auch. »Ist Ihr Ring gestohlen worden? Oder haben Sie ihn verlegt?«

Ein leises Geräusch, das klingt wie ein entferntes Lachen. »Nein, ganz was anderes. Etwas viel Lebendigeres!«

»Ist Ihnen ein Hund zugelaufen?« Keine Ahnung, wie sie gerade darauf kommt. Aber vielleicht ist der Göttergatte ja Allergiker und darf mit keinem Tierhaar in Berührung kommen.

Wieder dieses halb erstickte Lachen.

»Wir müssen uns treffen!«

Carmen zögert.

»Am Telefon kann ich Ihnen das nicht erklären.«

Carmen zögert noch immer. Es hat sicherlich Dutzende von Sturmschäden gegeben, und zweifellos würden die alle in den nächsten Stunden hier gemeldet werden. Britta würde das nicht allein schaffen können. Und dann auch noch die Leute, die am liebsten gleich selbst vorbeikommen und den Sachverhalt ausschweifend schildern. Oder das demolierte Stück mitbringen.

»Es wird nicht zu Ihrem Schaden sein«, hört sie Rosis Stimme. Irgendetwas darin fährt ihr unter die dünne Sommerbluse, und sie spürt eine Gänsehaut, die ihre Brustwarzen aufstellt.

»Wo soll ich hinkommen?«

Carmen spürt Brittas Blick und schaut auf. Britta steht mit zwei Sektgläsern vor ihr und streckt ihr eines hin.

»Ja, doch, den kenne ich«, sagt Carmen und schüttelt langsam den Kopf. Eine Parkbank an diesem gottverlassenen Weiher. Was kann Rosi Richter nur von ihr wollen?

Carmen ist froh, dass sie sich an diesem Morgen für Sneakers, Jeans und eine sportliche Bluse entschieden hat. Mit hohen Hacken hätte sie auf dem wurzelübersäten Weg keine Chance gehabt. Ihr Fahrrad hat sie gleich am Waldparkplatz abgestellt, und ganz offensichtlich ist sie schneller gewesen als ihre Gesprächspartnerin. Es steht nur ein ziemlich verbeulter Seat Ibiza da, und der sieht ganz und gar nicht nach Rosi Richter aus.

Wie idyllisch es hier ist, das viele Schilf am Weiher, die Einsamkeit zwischen den Bäumen, die hohen Vogelstim-

men und das Quäken der Enten auf dem Teich. Unweigerlich fallen ihr Szenen mit David ein. Hier sind sie gejoggt,
dort hat er sie geküsst und seine Lieblingsgedichte rezitiert,
und weiter hinten haben sie sich sogar einmal geliebt. Fast
ist sie versucht, nach der Stelle Ausschau zu halten.

Es ist schon so lang her, verdammt, denkt sie. Wie kann
ich nur zurückholen, was war?

Die Erde vor ihr dampft. Es ist ein seltsamer Anblick,
aber die Sonnenstrahlen reichen jetzt an die feuchten Stellen der Nacht und beginnen sie zu trocknen. Carmen bleibt
stehen. Es ist wie ein Aquarell, denkt sie. So fein gezeich-
net, die Farben, die Gräser, die leichten Wasserdampfschwa-
den, die aufsteigen und gleich wieder verschwinden. Um sie
herum knistert und knackt es, überall ist Leben. Carmen
spürt das Lächeln auf ihrem Gesicht. Wie schön, sie lächelt
wieder einmal, ganz aus sich heraus. Es kommt einfach und
erfüllt sie mit einer tiefen inneren Ruhe. Dieses Lächeln
geht ihr durch und durch. Sie atmet tief ein und aus und
bewegt sich nicht. Eine kleine Spitzmaus taucht zwischen
den Blättern am Wegrand auf und beobachtet sie mit ihren
stecknadelgroßen dunklen Augen. Nach einer Weile tip-
pelt sie mit waagrecht gehaltenem dünnen Schwänzchen
seelenruhig vor ihr über den Weg, und wieder lächelt Carmen. Wie putzig, denkt sie. Sicherlich hat auch diese Maus
irgendwo eine Familie. Wie Britta, drängt sich ihr auf, doch
diesen Gedanken schüttelt sie gleich wieder ab.

Sie hat noch immer kein Auto kommen hören. Sie ver-
spätet sich, die Gute, denkt Carmen und beschließt, schon
einmal bis zu der beschriebenen Parkbank vorauszugehen.
Ein Rascheln hinter ihr lässt sie zusammenzucken, aber es
ist nur ein Tier, das durch das Schilf huscht.

Rilke hat er damals zitiert, denkt Carmen. Rilkes melancholisches Herbstgedicht von den Blättern, die fallen. Wer jetzt kein Haus hat, baut sich keines mehr, wer jetzt allein ist, wird es lange bleiben, wird wachen, lesen, lange Briefe schreiben und wird in den Alleen hin und her unruhig wandern, wenn die Blätter treiben.

Carmen bleibt kurz stehen. Wie aus dem Nichts waren die Zeilen wieder da. Seltsam, überlegt Carmen, was das Gehirn im Laufe eines Lebens abspeichert und dann so unvermittelt wieder preisgibt. Fast so, als ob es etwas zu sagen hätte.

Carmen schaut auf die Uhr. Jetzt ist sie schon über zwanzig Minuten hier. Ob Rosi etwas dazwischengekommen ist? Aber dann hätte sie sicherlich angerufen. Carmen zieht ihr Handy hervor.

Kein Netz.

Das würde es natürlich erklären. Ob sie umkehren soll?

Gib ihr noch zehn Minuten, denkt sie. Setz dich auf die Bank, und genieß diesen Morgen. Wenn sie dann noch immer nicht da ist, war es eben ein kleiner Ausflug für die Seele. Wann hat sie so etwas schon?

Im Näherkommen sieht sie eine schmale Gestalt, die ihre Parkbank besetzt, die Kapuze des Pullis ins Gesicht gezogen, eine Jogginghose an. Carmen bleibt kurz stehen. Ein junger Kerl, der sich vom Laufen ausruht? Sie überlegt, dann geht sie langsam weiter, näher heran, aber der Kerl sieht noch immer geradeaus, und von der Seite kann sie sein Gesicht nicht sehen. Als ein Zweig unter ihrem Fuß knackt, sieht er ruckartig zu ihr auf.

»Ach.« Er erhebt sich, und die Stimme ist weiblich. »Ich dachte schon, Sie kommen nicht mehr.« Mit einer Hand wird die Kapuze nach hinten gestreift, und Carmen erkennt voller Staunen Rosis Gesicht.

»Sie sind das«, sagt sie und tritt näher. »Unglaublich. Sie könnten Ihr eigener Sohn sein.«

Rosi lacht. Ihre Haare liegen feucht und flach am Kopf an, sie hat sie einfach hinter die Ohren gestrichen, und der lockere Kapuzenpullover verstärkt noch den Eindruck der Jugendlichkeit. Kein Make-up, nicht mal Wimperntusche.

»Ich muss ja nicht immer wie ein geschmückter Pfingstochse herumlaufen«, sagt sie und reicht Carmen die Hand.

»Sie sehen viel jünger aus!« Kaum ist es Carmen über die Lippen gekommen, bemerkt sie, dass es nicht wirklich ein Kompliment ist, aber Rosi quittiert es mit einem Lächeln.

»Das sind die zwei Leben, die es in so manchem Leben gibt.« Sie zeigt zur Bank. »Und in manchem Leben gibt es noch ein Leben mehr ...« Sie wirft Carmen einen bedeutungsvollen Blick zu, den diese nicht deuten kann. »Setzen wir uns doch!«

»Ich habe da vorn auf Sie gewartet.« Carmen zeigt den Weg zurück. »Auf die Möglichkeit, dass Sie vor mir hier sind, bin ich gar nicht gekommen. Ich habe Ihr Auto nicht gesehen.«

»Ich habe mit meiner Putzfrau getauscht. Sie fährt gern mal Jaguar, und ich bin unauffälliger unterwegs.«

»Aha.« Carmen nickt. So etwas hat sie auch noch nie gehört.

»Nun, ich brauche zwischendurch meine Auszeit. Mein Mann ist ... etwas anstrengend.« Sie setzt sich und klopft auf den Platz neben sich.

Wie bei einem Hund, denkt Carmen, setzt sich aber trotzdem.

»Auf Dauer jedenfalls«, fährt Rosi fort. »Aber das haben starke Persönlichkeiten vielleicht so an sich. Sie kennen keinen neben sich und auch keine anderen Belange, es sei denn, es geht ums Geschäft. Wenn dort andere Belange zu den eigenen werden, dann ist es gut.«

Carmen schweigt. Und deshalb hat sie mich hierherbestellt, um sich über ihren Mann auszulassen?

»Und hier laufe ich meine Runden, bin für mich allein, denke über alles nach.« Rosi schaut sie forschend an.

Carmen schweigt noch immer. Und plötzlich kommt sie sich so angezogen vor, so businessmäßig und gestylt. Irgendwie passt es nicht.

»Mitlaufen kann ich jetzt nicht«, sagt sie und zeigt auf ihr Outfit, nur um etwas zu sagen.

Rosi lacht. »Ich habe Sie hier auch noch nie gesehen.«

»Früher war ich oft hier.« Carmens Gesichtsausdruck wird wehmütig. Ihre Erinnerungen an die vergnügten Spaziergänge mit David bedrücken sie. »Aber alles hat seine Zeit«, setzt sie schnell nach.

»So?« An Rosis Nasenwurzel bilden sich zwei kleine Unmutsfalten. »Ist es so?«

»Ich denke schon.« Carmen zuckt die Achseln. »Sie nicht?«

»Manchem kann man etwas nachhelfen.« Ihre Stirn glättet sich wieder. »Ich habe nachgeholfen. Jetzt könnten Sie mir weiterhelfen. Deshalb habe ich Sie hergebeten.«

»Um Ihnen weiterzuhelfen?« Carmen schaut ihr ins Gesicht. »Ich verstehe nicht ganz.«

Rosi erwidert ihren Blick.

Kurz ist es still, nur die Geräusche des Waldes sind da.

»Ist Ihre Beziehung intakt?«, will Rosi unvermittelt wissen.

Carmen zögert. Was geht es eine fremde Frau an, ob ihre Beziehung intakt ist oder nicht? Soll sie darauf überhaupt antworten?

»Hm«, sagt sie.

»Würde Ihrer Beziehung ein bisschen Abstand guttun?«

»Abstand?«

»Oder vielleicht Abwechslung?«

Carmen schaut auf den steinigen Weg vor sich. Abwechslung? Abwechslung weniger. Bestätigung. Bestätigung, dass sie irgendwie noch ein weibliches Wesen ist. Für andere vielleicht sogar noch attraktiv.

»Nein?«, hakt Rosi nach.

»Ich überlege.«

»Was überlegen Sie?«

Carmen schiebt einige Kiesel mit dem Fuß zusammen. »Ich will nichts Falsches, nichts Voreiliges sagen. Deshalb überlege ich.« Das Häufchen vor ihrem Fuß wird größer.

»Gut«, sagt Rosi, »dann überlegen Sie.«

Eine Weile sitzen sie so nebeneinander. Dann wischt Carmen das Steinhäufchen mit einer entschlossenen Bewegung weg. »Wieso fragen Sie?«, will sie wissen und schaut hoch.

»Weil ich einen Flug für zwei Personen nach New York gebucht habe, mit Musical und Limousine, in einem süßen, angesagten Hotel für drei Nächte, und nun nicht hinkann. Es ist aber bereits alles bezahlt.«

»Keine Reiserücktrittsversicherung?«

»Ich kann ihn nicht so enttäuschen.«

»Wen?«

Rosi bohrt ihre Hände in die Taschen ihrer Kapuzenjacke.

»Das ist die Krux an der Geschichte. Wenn ich Ihnen das sage, haben Sie mich in der Hand.«

»Sie sagen es mir aber doch freiwillig. Sie haben mich doch sogar extra hierherbestellt.« Carmen tippt sie kurz am Arm an. »Außerdem weiß ich noch immer nicht, worum es eigentlich geht.«

»Um meinen Liebhaber.«

»Um Ihren ... was?«

»Liebhaber. Ganz richtig.« Rosi lächelt leicht. »Ich bin nicht die einzige Ehefrau, die einen Liebhaber hat.«

»Ja«, sagt Carmen nur und denkt: Wahrscheinlich fährt ihre Putzfrau öfter mit dem Jaguar herum, als man so denkt. »Gut, Sie haben einen Liebhaber. Und deshalb wollten Sie mich treffen? Soll ich ihn versichern? So wie Sie kürzlich gegen Ehebruch?«

Sie lacht lauthals los. »Besser seine Männlichkeit. Können Sie seine Männlichkeit versichern? Das wäre doch mal was!«

Carmen kann nicht darüber lachen. »Ja«, sagt sie, »das wäre für viele Frauen eine echte Geldanlage! Wenn er nicht mehr kann oder will, wird ausbezahlt!«

Rosi schüttelt sich vor Begeisterung. »Bei dieser neuen Geschäftsidee steige ich ein!« Sie sprüht förmlich, und Carmen spürt, wie die Heiterkeit sie ansteckt.

Langsam löst sich der Knoten in ihrer Brust, und sie entspannt sich. »Also gut«, sagt sie nach einer Weile. »Sie haben also einen Liebhaber. Ist ja tatsächlich nicht ungewöhnlich. Ist er älter oder jünger als Sie?«

»Was schätzen Sie denn?«

»Jünger!« Carmen grinst. »Wenn schon, denn schon!«

»Eben!« Rosi lacht noch immer. »Alt sind wir selbst.« Sie

wischt sich die Augen nach Kinderart mit beiden Fäusten. »Ach, tut das gut«, sagt sie. »Es ist so schön, wenn man mal wieder so richtig lachen kann!«

»Soll jedenfalls das beste Schönheitsmittel sein!«

»Wie die Liebe!« Rosi nickt. »Verliebtsein. Oder vielleicht auch nur guter Sex, ich bin keine Wissenschaftlerin.«

»Und was ist es bei Ihnen?«

»Von jedem ein bisschen.« Rosi fasst nach Carmens Arm. »Aber auf jeden Fall viel gute Laune, womit wir beim Thema sind.«

»Aha.« Carmen rührt sich nicht.

»Die Flüge sind gebucht, es ist bezahlt, eine Rückabwicklung kommt nicht infrage, da ohne Aufsehen kaum möglich, also gibt es einen freien Platz neben meinem Adonis. Allein fliegen mag er nämlich nicht.«

»Soll mein Mann mit?«

»Ihr ... *was*?« Rosi schaut sie an, als zweifle sie an ihrem Verstand.

Carmen runzelt die Stirn. »Aber Sie meinen doch wohl nicht, dass ... ich ...?«

»Aber ganz sicherlich nicht Ihr Mann! Der bleibt da!«

»Aber ich kenne Ihren Liebhaber doch gar nicht – ich kann doch nicht mit einem mir wildfremden Mann ... dazu noch Ihrer ... also zumindest fast.«

Rosi schaut sie an und lacht wieder los. »Sie sollten sich mal sehen, Sie sind ja geradezu schockiert!«

»Ja.« Carmen lässt sich gegen die Rückenlehne der Holzbank sinken. »Das bin ich auch!« Was für ein Irrsinn, denkt sie, nach New York mit einem völlig fremden Kerl. »Einerseits jedenfalls.« Sie richtet sich wieder auf. »Andererseits stellt sich die Frage, was ich dabei zu tun habe?«

»Nichts, nur genießen.«

»Mit Ihrem Liebhaber?«

Rosi zuckt die Achseln. »Sie können ja eine Linie durchs Zimmer und das Bett ziehen.«

»Durchs Bett. Das wird ja immer besser.« Carmen sieht sich mit einem Edding und einer Messlatte durch ein Doppelzimmer laufen. »Finden Sie das Angebot nicht reichlich seltsam? Und die Kosten? Die teile ich mir mit Ihnen?«

»Es gibt keine Kosten. Nur das, was Sie sich privat leisten wollen. Das Hotel liegt recht nah an der Fifth Avenue.« Rosi grinst. Dann steht sie auf. »Überlegen Sie es sich. Fakt ist: Ich stehe in der Schuld meines Liebhabers, weil er nun allein fliegen müsste. Es gibt aber Gründe, weshalb er trotzdem nach New York möchte. Aber eben nicht allein. Sie brauchen ja nicht mit ihm zu schlafen – Sie können ihn ja auch einfach nur begleiten.«

Auch Carmen steht auf. »Sie würden mir Ihren Liebhaber zum … Sex anbieten?«

Rosi zuckt mit den Schultern. »Nicht zwingend.«

Carmen muss sich kurz besinnen. »Und wer ist es?«

»Dieses Geheimnis lüfte ich erst, wenn Sie die Bordkarte in Händen halten – alles andere wäre mir zu unsicher.«

»Blind Date?«

Rosi reicht ihr die Hand. »So ist es. Überlegen Sie es sich, Sie wissen ja, wie Sie mich erreichen.« Damit dreht sie sich um und läuft langsam los, die Arme schlenkernd, die dünnen Beine energisch aufsetzend.

Carmen schaut der schmalen Gestalt nach, bis sie um die nächste Wegbiegung herum ist und sich alles anfühlt, als hätte es das Gespräch nie gegeben.

Als sie ins Büro zurückkommt, nickt ihr Britta erleichtert zu. Es ist tatsächlich der Teufel los, und für die nächsten Stunden hat Carmen keine Chance, über das Treffen nachzudenken. Es ist fast zehn Uhr abends, als sie beschließt, dass morgen auch noch ein Tag sei. Britta ist gegen sieben gegangen, aber es hat tatsächlich viele Sturmschäden gegeben, und alles sollte möglichst schnell bearbeitet werden.

Der Abend ist kühl, und Carmen fröstelt, während sie heimwärts radelt. Ob David etwas vorbereitet hat? Das wäre ein schönes Zeichen. Ein gemütliches Abendessen bei Kerzenlicht und einem Glas Rotwein. Dann würde es ihr auch leichtfallen, dieses unmoralische Angebot auszuschlagen.

Vier Tage nach New York. Mit einem fremden Mann. Alles bezahlt. Wann ist sie das letzte Mal zu einer Reise eingeladen worden? Eigentlich bezahlt sie immer selbst. Und oft für David mit.

Eine Einladung, so richtig mit allem Drum und Dran? Sie kann sich nicht erinnern.

Das kommt davon, denkt sie. Wenn man immer alles selbst machen will, kommt auch niemand auf eine solche Idee.

Auf ein heißes Bad hätte sie jetzt fast noch mehr Lust als auf ein Abendessen. Ein heißes Bad mit einem Gläschen Prosecco, Kerzenlicht und schöner Musik. Oder mit einem Buch. Oder mit David. Unweigerlich steigen wieder Erinnerungen auf, wie sie sich in einer Badewanne geliebt und dabei das Badezimmer unter Wasser gesetzt hatten. Sie lächelt, während sie absteigt und das Fahrrad zum Hauseingang schiebt. Mensch, waren das Zeiten. Sie wird auf keinen Fall mit einem wildfremden Kerl nach New York fliegen, beschließt sie. Was für eine bescheuerte Idee!

Carmen schließt auf und horcht kurz ins Haus hinein. »David?«, ruft sie. »David, bist du da?«

Keine Antwort, keine Musik, kein Licht.

Sie spürt den Kloß in der Kehle. »David?« Sie schließt die Tür hinter sich. Schwacher Zigarettenduft liegt in der Luft. Er war also vor Kurzem noch da. Carmen schaltet das Licht ein und geht durch das Wohnzimmer hindurch zur offenen Küche. Der Computer läuft, und auch der Kaffeebecher in der Spüle zeigt, dass er erst vor Kurzem hier abgestellt wurde, der Milchschaum ist noch nicht am Becherrand angetrocknet.

Ist er jetzt auf der Flucht vor mir? Carmen zieht ihre Jacke aus und geht nach oben. Die Schlafzimmertür ist geschlossen, und Carmen bleibt stehen. Wieso ist die Schlafzimmertür geschlossen? Im ganzen Haus wird eigentlich nie eine Tür geschlossen. Sie hört gedämpftes Lachen, aber dann sieht sie das bläuliche Licht, das unter dem Türspalt hervorsickert, und greift entschlossen nach der Türklinke. David liegt völlig angezogen auf dem Bett, die Arme hinter dem Kopf verschränkt, und schaut fern. Sein Gesicht ist entspannt, und er lächelt ihr beim Eintreten kurz zu.

»Herrlich«, sagt er. »Diese Pointen der alten Filme, die werfen sich die Stichworte förmlich zu. Und schau dir mal diese Ava Gardner an. Das ist der Hammer, die Frau!«

Ein alter Spielfilm? Auch gut, denkt Carmen. Ein bisschen kuscheln, gemeinsam lachen hat doch auch was. Sie geht an Davids Bettseite und drückt ihm einen Kuss auf den Mund.

»Ein echtes ›bad girl‹«, sagt er und schielt an ihr vorbei.

Carmen folgt seinem Blick zum Fernsehapparat. Ja, schön war sie wirklich. Dunkelhaarig, rassig, verführerisch.

»Soll ich uns eine Pizza in den Ofen schieben, magst du Rotwein dazu?«, fragt sie, um dem Ganzen einen gemütlichen Rahmen zu geben. Wenn schon Fernsehabend, dann richtig, denkt sie.

»Lass nur, ich wollte mich nachher noch kurz mit meinen Kumpels treffen, da wird immer was aufgetischt – und überhaupt wollte ich da noch was mit dir besprechen.« Er wirft ihr einen kurzen Blick zu.

Der Satz gefällt ihr nicht. Der Blick noch weniger, so als wolle er schnell überprüfen, ob es auch überzeugend rübergekommen sei. Oder täuscht sie sich? »Welche Kumpels denn?«, fragt sie.

»Meine Studienkumpels. Früher waren wir viel miteinander unterwegs.«

»Die letzten zehn Jahre nicht ...«

»Ist das jetzt ein Problem?«

Carmen schüttelt langsam den Kopf. »Nein, natürlich nicht.« Sie erhebt sich langsam von seiner Bettkante, geht ins angrenzende Badezimmer und dreht beide Wasserhähne an der Wanne auf. Schon wieder dieses komische Gefühl einer lähmenden Lustlosigkeit.

Es ist deine Erwartungshaltung, sagt sie sich. Ständig schraubst du beim kleinsten Hoffnungsschimmer die Erwartung hoch – und rumms, kriegst du dann auch prompt eine ab. Aber wieso überhaupt, überlegt sie, während sie die Badewassertemperatur mit der Hand prüft und einige Tropfen ihres geliebten Rosenöls in den Wasserstrahl gießt.

Ein feiner Duft steigt auf, Carmen zündet die Kerzen an und beschließt, sich trotz allem ein Glas Prosecco zu gönnen. Oder gerade deshalb. Und sich unten schnell ein Leberwurstbrot zu richten. Es dauert sowieso ziemlich lange, bis die Wanne voll ist.

David liegt noch immer unverändert auf dem Bett. Sie kann nicht anders, sie muss sich neben ihn setzen.

»Stehst du jetzt plötzlich auf Schwarzhaarige?«, rutscht ihr heraus, bevor sie überhaupt darüber nachgedacht hat.

»Quatsch, ich stehe auf dieses Genre, auf den Film noir. Das konnten die damals, so eine Mischung aus Geheimagentenstory und einer Frau, die alle im Griff hat.«

»Ava Gardner halt«, sagt Carmen und schaut nun ebenfalls auf den Bildschirm. Die Mode kam dieser Femme fatale entgegen, denkt sie. Ava wirkt groß, schlank und sexy, obwohl sie überhaupt nicht viel Haut zeigt. Möglicherweise war sie nicht einmal besonders groß. Was reizt David jetzt plötzlich an diesen alten Filmen? *Mafia Wars*, fällt ihr ein. Das Spiel, das er so hingebungsvoll spielt. Hat das etwas damit zu tun? Schafft er sich jetzt die komplette Traumwelt zwischen Geheimdienst, Mafiaboss und »bad girl«?

»Ich gehe in die Küche ... magst du etwas?«

Er schaut sie kurz fast unwillig an. »Nein, ich sagte doch schon ...«

»... dass du mir noch etwas erklären willst, ja, ich hab's gehört.«

Es macht keinen Sinn, sich einfach neben ihn zu legen, denkt sie beim Hinuntergehen. Und wenn ich mich jetzt ausziehe und ihn überzeugen will, ist es noch blöder.

Carmen schneidet sich ein Brot ab, bestreicht es dick mit Leberwurst, legt es mit zwei dicken Gurken auf einen Teller, holt ein Sektglas, öffnet eine Flasche Prosecco und trägt alles zusammen auf einem Tablett nach oben.

David liegt noch immer in der gleichen Position auf dem

Bett und ist weiterhin in seinen Film versunken. Mit Kumpels, denkt Carmen, während sie das Tablett an ihm vorbeiträgt. Soll sie ihm nachschleichen und sich diese Kumpels mal genauer anschauen?

Carmen, wie weit bist du gekommen? Das tust du nicht!

Sie drapiert alles um die Badewanne, die schon halb voll ist, dann zieht sie sich aus und stellt sich nackt in den Türrahmen. »Magst du noch ein Bad nehmen, wenn der Film zu Ende ist?«

David schaut kurz zu ihr hin und schenkt ihr ein Lächeln. »Danke für die Einladung, aber mir ist jetzt nicht nach einem heißen Bad.«

Carmen nickt. Sie hat es sich schon gedacht. Während sie langsam ins duftende Wasser gleitet, denkt sie, dass nur eine Aussprache helfen kann. Sie müssen sich zusammensetzen und über ihre Beziehung reden. Oder vielleicht sollten sie es gleich tun?

Ihr wäre danach. Fast stemmt sie sich schon wieder hoch, da erscheint David im Türrahmen.

»Sieht gemütlich aus.« Er bleibt kurz stehen, als wolle er noch etwas sagen, dann geht er zu seinem Regal und greift nach seinem Rasierwasser.

»Meinst du nicht, wir sollten mal reden?« Carmen zieht die Beine an und betrachtet seinen Rücken.

David dreht sich nach ihr um.

»Ja, das wollte ich doch sowieso«, sagt er und lehnt sich gegen das Waschbecken. »Siehst du, ich war so viele Jahre nicht mit meinen Kumpels unterwegs, und jetzt haben wir uns kürzlich wegen eines Geburtstags wiedergetroffen, und da kam die Idee auf, dass wir gemeinsam eine Motorradtour machen. So wie früher. Eine Woche quer durch die Alpen.«

Was für ein Geburtstag?, ist Carmen versucht zu fragen, aber eigentlich geht es ja gar nicht um einen Geburtstag oder um irgendwelche Freunde, die geschlagene zehn Jahre lang überhaupt kein Thema waren.

»David, ich möchte über *uns* reden. Über uns beide. Darüber, was du für mich noch empfindest. Warum du mir ausweichst. Weshalb es zwischen uns keine Zärtlichkeiten mehr gibt. Warum ich dir plötzlich nicht mehr genüge.«

Er schaut sie groß an, und für einen Moment glaubt Carmen tatsächlich, dass ihm dies alles überhaupt noch nicht aufgefallen ist.

»Verstehe ich nicht«, sagt er und verschränkt die Arme. »Immer hier im Badezimmer gibt es die tiefgreifenden Diskussionen. Das war doch neulich schon mal so. Ich habe nicht das Gefühl, dass in unserer Beziehung irgendwas schiefläuft, ich möchte einfach mit meinen Kumpels eine Motorradtour machen, das ist alles.«

»Du willst mich nicht verstehen. Es geht mir nicht um deine Kumpels, es geht mir ausschließlich um uns beide. Dir muss der Unterschied doch auch auffallen. Denk doch einfach mal ein paar Jahre zurück.«

Der Unwille steht ihm ins Gesicht geschrieben. »Carmen«, er greift nach der Proseccoflasche und schenkt ihr ein Glas ein, »in jeder Beziehung verändert sich so etwas. Aus Verliebtsein wird Liebe, das ist tiefer. Dafür nicht mehr so wild.« Er lächelt sie an, während er ihr das Glas reicht. »Vielleicht ist einfach der Reiz weg, man kennt sich, weiß alles voneinander – aber so geht es dir mit mir doch auch.«

»Bei mir ist der Reiz nicht weg«, sagt sie trotzig.

Er haucht ihr einen Kuss auf die feuchte Stirn. »Was hast du denn gerade? Das wird ja richtig zur Manie!«

»Zur Manie?« Carmen muss einen Schluck nehmen. Zur Manie? Weil sie sich etwas holen will, das sie schön gefunden hat?

»Oder stört dich das mit meinen Kumpels so sehr?«

Er ist ja richtig gesprächig, denkt Carmen und spürt schon wieder Misstrauen in sich aufsteigen.

»Nein.« Sie lächelt schräg. »Ich kann ja auch mit einem Kumpel verreisen. Wäre doch sicherlich okay?«

»Gleiches Recht für alle!« Er nickt ihr freundlich zu. »Aber jetzt muss ich gehen, sonst komme ich zu spät.«

Sie sieht ihm nach und ist sich nicht sicher, ob er den Inhalt ihres Satzes überhaupt verstanden hat. Laura, fährt ihr in den Sinn. Darüber muss ich mit ihr reden.

Sie hört die Haustür zufallen und überlegt, wo sie ihr Handy hat. Wahrscheinlich noch in ihrer Tasche, und die steht unten auf dem Tisch. Kurz wägt sie ab, aber da sich die Wohligkeit, die sie sonst beim Baden empfindet, bisher ohnehin noch nicht eingestellt hat, steigt sie aus der Wanne, wickelt sich ein Badetuch um und läuft ins Erdgeschoss.

»Wieso bist du ihm jetzt nicht hinterher?«, ist Lauras erste Frage.

»Wieso denn?«

»Ja, das war doch die einmalige Gelegenheit, herauszufinden, wo er um diese Uhrzeit noch hinmarschiert.«

»Hm.« Carmen geht wieder ins Bad, steigt ins Wasser zurück und angelt nach dem Sektglas. »Ich war nackt in der Badewanne. Und außerdem haben sich ein paar Dinge ereignet, die ich mit dir besprechen möchte. Hast du Zeit?«

»Warte, ich schau schnell nach meinem schlafenden Kind, kuschel mich ein, und dann kannst du loslegen.«

»Soll ich gleich noch mal anrufen?«

»Nein, in der Zwischenzeit hab ich nämlich eine Überraschung für dich!«

»Für mich?« Carmen heftet ihren Blick auf eine dicke rote Kerze, die beharrlich an ihrem Untersetzer vorbei auf die helle Fliese tropft.

»Ja, Überraschung! Hast du morgen Abend was vor?«

Carmen schüttelt den Kopf.

»Hast du?«

»Nein, leider nein!«

»Jetzt hast du!«

»Ah, und was?«

»Was für Mädels. Mit viel Spaß. Mehr wird nicht verraten.«

»Hört sich gut an.« Carmen lächelt in sich hinein. »Das kann ich gebrauchen, mal wieder ein Mädelprogramm.«

Während sie mit dem Handy am Ohr darüber nachdenkt, welche Überraschung das sein könnte, hört sie Laura herumflitzen, dann ein genüssliches Aufatmen und schließlich ein befreites: »Na, dann schieß mal los!«

Schon beim Aufstehen ist Carmen voller Vorfreude auf den Abend. Und sie verkneift sich beim Morgenkaffee die Frage, ob David in der Nacht denn nun mit seiner alten Motorradgang um die Häuser gezogen sei.

Sie fragt einfach: »War es schön?«

Worauf er zufrieden nickt.

Sie fragt auch nicht, ob Lydia ihm jetzt einen stilechten Gangster-Citroën geschenkt habe. Sie will weder bissig noch bösartig sein, was ihr komischerweise leichtfällt, und eigentlich staunt sie über sich selbst.

»Dann wünsch ich dir einen schönen Tag«, sagt sie

schließlich, während sie nach ihrer Lederjacke greift. »Bei mir wird es heute später, ich gehe mit Laura aus.«

»Ah, gut.« Er setzt sich an den Küchentisch und zieht die Tageszeitung heran.

»Gehst du noch nicht?«, fragt sie nun doch, denn normalerweise verlassen sie das Haus gemeinsam, und bis auf seine Jacke ist er schließlich komplett angezogen.

»Ob ich die Zeitung hier oder im Büro lese, bleibt sich gleich. Aber hier schmeckt der Kaffee besser!«

»Ah ja.« Carmen beschließt, auch dies nicht zu kommentieren. Aber dann hat sie doch einen Gedankenblitz. »Vielleicht gibt es ja Sturmschäden, bei denen du was tun kannst?« Sie zieht den Reißverschluss der Jacke zu, während sie auf eine Antwort wartet.

»Meinst du, da sind ganze Häuser zusammengefallen? Da sind doch höchstens ein paar Ziegel von alten Dachstühlen geflogen.«

»Aber auch alte Dachstühle müssen irgendwie repariert werden.«

»Das ist Aufgabe von Zimmerleuten.« Sein Ton wirkt ein bisschen oberlehrerhaft.

»Aber Versicherungen brauchen Gutachter.«

»Weißt du, was das für ein dröger Job ist? Ständig hast du mit Leuten zu tun, die dich nur betrügen wollen.«

»Die wollen die Versicherung betrügen«, stellt Carmen klar. »Doch nicht dich! Und es sind auch nicht alle. Manche sind fast zu schüchtern, um das ganze Ausmaß des Schadens überhaupt anzugeben.«

David lacht kurz trocken auf. »Das sind dann aber wohl die wenigsten. Die meisten wollen doch erst mal nur absahnen – und mit solchen Leuten hat man dann zu tun.« Er senkt seinen Blick auf die Zeitung. »Ich glaube, darauf kann ich verzichten.«

Carmen nickt und zuckt kurz die Achseln.

»Dann bis … später«, sagt sie und wartet auf eine Nachfrage. Wo geht ihr hin, was genau habt ihr vor, wann in etwa kommst du wieder? Einen Abschiedskuss?

»Ist gut, viel Spaß!«

Laura hat sie untergehakt und grinst den ganzen Weg lang geheimnisvoll vor sich hin.

»Jetzt hör aber auf«, sagt Carmen schließlich. »Dass wir zur Stadthalle gehen, habe ich schon begriffen. Und dass wir nicht die Einzigen sind, ist nicht zu übersehen …« Sie zeigt auf die Trauben von Frauen, die offensichtlich alle dasselbe Ziel haben. »Ich habe nur keine Ahnung, was heute Abend dort läuft. Irgendein Frauenprogramm, ein Sänger, eine Lesung, eine Band … jetzt sag schon, was ist es?«

»Anschließend gehen wir zum Spanier, ich habe schon einen Tisch reserviert!«

»Flamenco? Eine Tanzgruppe? Feurige Andalusier?«

Laura schüttelt den Kopf und zieht sie so schwungvoll in den Eingang, dass Carmen nicht zu der aktuellen Plakatwand sehen kann.

»Aber nah dran. Mit nackter Haut hat es zu tun!«

Carmen bleibt mit einem Ruck stehen. »Aber du meinst jetzt hoffentlich nicht die Chippendales? Männerstrip, das ist doch hochnotpeinlich!«

»Nix ist hochnotpeinlich!« Laura lacht jetzt lauthals und zieht sie am Jackenärmel weiter. »Dritte Reihe, ziemlich in der Mitte. Super Plätze, nah dran und trotzdem ohne Genickstarre!«

83

»Das … das meinst du nicht ernst?«

Lauras braune Augen glitzern unter ihrem langen Pony hervor. Sie hat sich geschminkt, und ihre Unternehmungslust belebt sichtbar ihre Gesichtshaut, sie sieht frisch und hübsch aus.

»Ich meine das ernst«, sagt sie. »Komm, ich habe mich extra chic gemacht, falls mich so ein Sweetheart auf die Bühne zieht!«

»Auf die Bühne?« Jetzt schaut Carmen so panisch, dass Laura hell auflacht.

»Komm.« Laura zieht sie hinter sich her in Richtung Bar. »Jetzt gibt es erst mal einen Sekt zur Einstimmung. Und dazu eine Butterbrezel als Grundlage. Und dann lassen wir uns einfach mitreißen!«

»Du hast Nerven.« Carmen sträubt sich noch immer. »Nackte Männer! Ist das nicht superprimitiv?«

»Jedenfalls haben sie supergeile Körper. Was interessiert mich, ob das primitiv ist?« Laura schiebt bereits einen Geldschein über den Tresen und bekommt dafür zwei Gläser eingeschenkt.

»Du redest wie ein Kerl«, stellt Carmen etwas widerwillig fest, nimmt das Glas aber trotzdem und stößt mit ihr an.

»Ja und?« Laura grinst über das ganze Gesicht. »Das ist nun eben mal verkehrte Welt. Die Ware Mann statt die Ware Frau. Und schau mal, wie viele Frauen das antörnt …«

Tatsächlich. Frauen jeder Couleur, unterschiedlicher Kleidung und Herkunft, zarte sechzehn und betagte siebzig, alles ist da und dem Lärmpegel nach so aufgeregt, als ob gleich George Clooney, Brad Pitt und Robby Williams persönlich zum Tanz bitten würden.

»Na?« Laura stupst sie an.

»Heiße Geschichte«, sagt Carmen und entspannt sich langsam.

»Eben!« Laura hebt das Glas. »Ich habe im Moment sowieso keine Chance auf einen Kerl, und du hast zwar einen, aber der hat gerade seine Tage, also gönnen wir uns eine Portion Mann.«

»Eine Portion Mann!« Carmen grinst. »Das hast du schön gesagt!«

»Schluss mit der Hängepartie«, setzt Laura noch eins drauf.

»Das hast du mir gestern Nacht schon erklärt.«

Laura nickt entschlossen. »Ja, klar! Und wenn *du* mit dem Kerl nicht nach New York fliegst, dann tu ich es. So eine Chance kommt doch nie wieder!«

»Aber ich …«

»Aber ich bin, aber ich weiß, aber ich hab …« Laura holt kurz Luft und schaut ihr direkt in die Augen. »Frau Aber-ich. Du brauchst eine Portion *Ich bin auch noch da …* und das holst du dir in New York!«

Carmen schweigt. Wohl ist es ihr bei dem Gedanken nach wie vor nicht. Aber Laura boxt sie kurz an. »Los jetzt, es hat bereits gegongt! Jetzt holen wir uns erst einmal Appetit!«

Sie sehen harmlos aus, wie sie da auf die Bühne kommen, findet Carmen. Vollständig bekleidet, klar, sie fassen sich mal in Michael-Jackson-Manier in den Schritt, aber sonst singen und tanzen sie, und Carmen hat eher das Gefühl, in einem Musical als in einer Stripvorführung zu sitzen. Aber dann sind die acht Jungs plötzlich oben ohne. Und das sind schon gewaltige Berge, die sich da an Muskeln auftun und die beiden seitlichen Muskelstränge von den Beckenknochen zum Schritt hinunter zeigen, dass Hüfthosen an Männern tatsächlich gut aussehen können.

Carmen beugt sich etwas vor, Laura greift nach ihrem Oberschenkel. »Meine Herren«, sagt sie, »nicht schlecht, die Jeans!«

Carmen nickt. »Guck dir mal diese Sixpacks an, die müssen ja täglich Stunden trainieren!«

Laura grinst. »Man fragt sich, wann eigentlich? Die sind doch toujours unterwegs ...«

Das Gejohle um sie herum brandet auf. Der Erste öffnet den Gürtel, langsam fällt die Hose. Die Frauen kreischen.

»Hast du das bei David auch schon mal gemacht?«, schreit Laura gegen den Lärm an.

Carmen schüttelt den Kopf.

»Siehst du, das ist der Fehler! Du musst jedes Mal vor Begeisterung in Ohnmacht fallen!«

Carmen stellt sich das vor und muss lachen. »Ich kann es morgen ja mal ausprobieren«, schreit sie zurück, aber dann fesselt sie der Akt auf der Bühne doch. Und einer von denen gefällt ihr besonders gut, sein Gesicht erinnert sie ein bisschen an David, so kantig und trotzdem sensibel, schöne Augen und ein modellierter Mund.

»Der eine da links sieht gut aus«, macht sie Laura aufmerksam, die aber findet den Schwarzen besser.

»Hast du jemals ein solches V an einem Körper gesehen? Schau dir mal die schlanke Taille zu diesem Brustkorb an, das ist ja der ... Hammer!«

Fünfzehnhundert Frauen geben den Takt an, ein einziger Mann hat sich in die ausverkaufte Halle verirrt. Er sitzt schräg hinter ihnen und wird immer kleiner.

Dann beginnen die Stripper, Frauen auf die Bühne zu holen.

»Lass diesen Kelch an mir vorübergehen«, sagt Carmen, als sie sieht, mit welcher Begeisterung die Frauen die Bühne erstürmen und bei den vorgegebenen Spielchen all ihre Phantasie einsetzen. »Absolut keine Hemmungen mehr, schau dir das mal an!« Carmen beobachtet gebannt, wie eine Mittvierzigerin mit einem der Männer ihre Lieblingsstellung demonstriert.

»Wieso auch, sind doch lauter Frauen!« Laura zuckt die Achseln. »Und für einmal Anfassen kann man ja auch mal für ein paar Minuten aus sich rausgehen.«

»Willst du hoch?« Carmen schaut sie kurz verwundert an. Ihre Laura, ihre Lehrerin. Möglicherweise sitzen sogar ihre eigenen Schülerinnen hier im Saal.

»Warum nicht? Ist ja nichts dabei ...«

Die Bühnenbilder und die Impressionen wechseln in schneller Folge, mal sind sie Dracula, mal Seeleute, mal Romantiker, mal aggressive Typen, alles, was Frauen anmachen könnte, wird bedient, und immer wieder törnt die nackte Haut an, starren die Frauen auf die muskulösen Pobacken und kreischen, wenn vom gesamten Look nur noch der Hut übrig ist – der alles verdeckt.

Offensichtlich wird aber noch die Königin der Nacht gesucht, denn ein Bett wird hereingeschoben, und jetzt geht einer auf die Suche, den Carmen wohl etwas zu lang angeschaut hat. Er kommt direkt auf sie zu.

»Oh, nein«, sagt Carmen zu Laura. »Der wird doch nicht ...?«

Bewundernde Blicke folgen ihm, wie er durch die ersten Sitzreihen geht und vor ihr stehen bleibt. Er ist vollstän-

87

dig angezogen, und eigentlich erinnert er Carmen tatsächlich an ihren ersten Ball mit David. Gut sitzender dunkler Anzug, Weste, blütenweißes Hemd und eine Fliege, die die Festlichkeit noch unterstreicht.

»Please«, sagt er und reicht ihr die Hand.

Alle Frauen um sie herum jauchzen und schreien vor Begeisterung, klatschen und trommeln sich auf die Oberschenkel. Gleich entreißen sie ihn mir, denkt Carmen und weiß nicht, wie sie reagieren soll. Soll sie tatsächlich mit? Sich dort oben zur Äffin machen? Oder Spielverderber sein und altmütterlich auf ihren zusammengekniffenen Pobacken sitzen bleiben?

»Please«, sagt er noch einmal und schaut sie an. Es ist dieser Blick, vielleicht auch nur seine Augen, die sie mitreißen. Das ist sexy, denkt sie, während sie aufsteht. Dieser Typ hat eine sinnliche Ausstrahlung, schier unglaublich. Fast hat sie vergessen, dass er sie die Treppe hinauf ins Rampenlicht führt, so gut fühlen sich seine feste Hand und seine pure Gegenwart an. Im Scheinwerferlicht dreht er sie um ihre eigene Achse, sie schaut in den Zuschauerraum, sieht aber nur die Frauen in den ersten Reihen, der Rest geht im gleißenden Licht unter. Laura kann sie gerade noch erkennen, sie jubelt ihr zu.

»I'm John«, sagt er. »Do you want to dance with me?«

»I'm Carmen«, erwidert sie, da beginnt die Musik, und er tanzt langsam mit ihr auf das Bett zu. Ob sie will oder nicht, es fängt an zu prickeln. Sein Körper fühlt sich selbst durch den Anzugstoff hindurch einfach nur gut an, und Carmen hätte ewig weitertanzen wollen, aber da entgleitet er ihr und fordert sie auf, ihn auszuziehen. »Come on«, sagt er mit tiefer Stimme und schaut ihr in die Augen. »I'm yours!«

Hat Laura ihn bestochen?, denkt sie. Man darf die Chippendales doch eigentlich gar nicht anfassen, das hat vorhin noch eine Frau neben ihr gesagt. Richtig anfassen gehört nicht zum Geschäft, nur schauen, bestaunen, wünschen.

Er dreht sich so, dass sie ihm das Jackett ausziehen kann, dann knöpft sie die Weste auf, löst seine Fliege und kann kaum glauben, wie stark das Prickeln unter ihrer Haut wird. »You are a very good looking woman, your eyes are unbelievable«, flüstert er in ihre Halsgrube, was ihr die Nackenhärchen aufstellt. Sein Atem, sein Gesicht an ihrem, sein Geruch, sein Körper, sie fühlt sich wie betäubt.

»Come on«, sagt er und führt ihre Hände an sein Hemd. Langsam knöpft sie es auf, bis zum Gürtel hinunter. Er zieht es aus der Hose, sie knöpft weiter, bis seine Brust frei vor ihr liegt. Der Begeisterungssturm aus dem Saal dringt herauf, aber sie nimmt es nicht wirklich wahr. Sie streichelt ihm über die Brust, die er kurz anspannt, wobei er sie anlächelt. Diese grünen Augen, denkt sie, und jetzt hätte sie gern mit ihm geschlafen. Sie spürt es in jeder Faser ihres Körpers, der Mann macht sie total an. Ihre Hände gleiten an seinen Gürtel, während er nur ihre Oberarme streichelt. Sie zieht ihn aus, bleibt dabei aber völlig angezogen in Jeans und Lederjacke stehen. Er lässt sie auch den Reißverschluss seiner Hose öffnen, zieht seine gewienerten Schuhe aus, die dunklen Socken, und dann rutscht seine Stoffhose nach unten. Seine schwarzen Boxershorts sind eng anliegend, und als er Carmen mit einer schnellen Bewegung auf seine Arme nimmt und zum Bett trägt, denkt Carmen, dass das alles nicht wahr sein kann. Entweder es ist ein Traum, oder sie zieht jetzt einfach die Vorhänge des Himmelbetts zu, in das er sie vorsichtig legt – da reißt er sich mit einem

Ruck seinen Slip vom Leib, und was die Zuschauer als Letztes sehen, bevor er zu ihr ins Bett steigt, sind seine nackten Pomuskeln. Doch genau in diesem Moment erlischt auf der Bühne das Licht.

Die Stimmung im Zuschauerraum scheint zu explodieren, aber Carmen ist so gefangen von der Situation, dass sie nicht einmal merkt, wie das Bett hinter den Vorhang gerollt wird. John küsst sie zart auf den Mund. »Thanks«, sagt er, »beautiful lady.« Dann steht er auf, rafft seine Sachen zusammen und verschwindet, um sich für die nächste Rolle umzuziehen. Carmen schaut ihm nach und übersieht fast die Hand eines Assistenten, der ihr aus dem Bett hilft und sie an der Bühnenseite entlang wieder zum Zuschauerraum bringt.

Begeisterte Blicke und Zurufe empfangen sie in ihrer Reihe, sie wird abgeklatscht wie ein Fußballer, der ein Siegtor geschossen hat. Leicht verwirrt setzt sie sich neben Laura, die sie mit breitem Grinsen empfängt.

»Und?«, fragt sie, »was hat er da an?«

»Was hat er wo an?«

Laura schüttelt den Kopf. »Na, also sein bestes Stück! Der war doch völlig nackt, als er zu dir ins Bett gestiegen ist.«

»War er das?« Carmen sieht Laura fragend an.

»Das musst du doch wissen!«

Carmen überlegt. »Keine Ahnung«, sagt sie dann. »Ich hab nur seine Augen in Erinnerung!«

»Seine Augen? Das ist jetzt aber nicht dein Ernst!«

»Doch. Irgendwie schon.«

»Von hinten war er jedenfalls pudelnackt! Die Frage stellt sich: War er das von vorn auch?«

Carmen besinnt sich, dann muss sie lachen. »Ob du es glaubst oder nicht, ich hab's wirklich nicht gesehen!« Sie schüttelt den Kopf. »O Mann, o Mann, da bin ich auf der Bühne mit so einem Mann im Bett und krieg das nicht mit!«

Laura tätschelt ihren Oberschenkel. »Wahrscheinlich hatte er türkisfarbene Augen wie dein David, und darüber hast du den Rest der Welt vergessen.«

Carmen nickt. »Die Augen, ja, und er hat sich sehr erotisch angefühlt. Wenn du mich fragst – ich wäre dort oben hinterm Vorhang geblieben!«

Laura stupst sie. »Sollen wir gleich die nächste Aufführung buchen?«

»Lieber den Kerl«, sagt Carmen und lächelt Laura verschwörerisch an. »Er heißt John. Kann ja nicht so schwer sein.«

Beim Spanier gegenüber ist die Hölle los. Es drängen mehr Frauen herein, als das Lokal wahrscheinlich die letzten zehn Jahre bewirtet hat.

»Du lieber Himmel«, stöhnt Carmen, als sie die Schlange vor dem Eingang sieht. »Das ist jetzt aber nicht wahr!«

»Wie gut, dass wir reserviert haben.« Laura nimmt sie an die Hand und drückt sich zielstrebig zur Tür vor. Mit dem Satz »Wir haben reserviert, wir haben reserviert« schafft sie es tatsächlich bis ganz nach vorn. Dort steht ein völlig überforderter Spanier, der nur noch beide Hände hebt.

»Wir haben reserviert«, erklärt Laura zum wiederholten Mal.

»Wie schön für sie«, sagt der Typ. »Es ist aber nichts frei!«

»Das kann nicht sein, mein Name ist Laura Freud, und

ich habe vor zwei Tagen auf meinen Namen reserviert. Den Zweiertisch am Fenster!«

Er verdreht kurz die Augen. »Schon besetzt.«

»Aber nicht von uns! Und ich bestehe auf meiner Reservierung!«

Carmen zupft sie am Ärmel. »Komm, lass doch«, sagt sie. Dieses überfüllte Lokal ist sowieso nicht nach ihrem Geschmack, und von dem vielen Öl bekommt sie meist Sodbrennen.

»Du weißt ja nicht, was du sagst.« Laura wirft ihr einen warnenden Blick zu, der Carmen zum Verstummen bringt.

Was ist denn mit ihrer friedfertigen Birkenstock-Freundin los?

»Reserviert ist reserviert!«, schiebt Laura noch einmal bestimmt nach. »Wozu reserviert man denn, wenn es nachher nicht gilt?«

Der Spanier greift hilflos nach seiner weißen Schürze, um sich die Hände abzuwischen, dann geht er einen halben Schritt zurück und schaut mit langem Hals in die hinterste Ecke des Lokals. »Besetzt!«, sagt er dann.

»Dann schmeißen Sie sie raus! Sie sitzen auf unserem Platz!« Er zögert. »Oder lassen Sie mich das machen!« Laura tritt einen Schritt auf ihn zu. Er scheint sich nicht sicher zu sein, ob das eine gute Idee ist, aber Laura ist bereits unter seinem ausgestreckten Arm hindurchgeschlüpft. »Komm«, zischt sie Carmen zu, dann sind sie beide drin. Carmen bleibt stehen, während Laura sofort zu einem kleinen Tisch geht, an dem zwei Frauen sitzen, die gerade einen Krug Sangria serviert bekommen und sich offensichtlich glänzend unterhalten.

»Entschuldigung«, sagt Laura und hält das kleine Schild

»Reserviert« hoch, das sie achtlos an die Tischkante geschoben haben. »Aber das ist ein Versehen des Restaurants. Dieser Tisch ist reserviert. Ich muss Sie bitten, sich einen anderen Tisch zu suchen.«

Die eine, blond gelockt, Ende vierzig, schaut verblüfft auf. »Wer sind Sie denn?«, fragt sie mit dem gewissen Unterton, der anzeigt, dass sie nicht gewillt ist, ihren Tisch kampflos aufzugeben.

»Laura Freud von der Organisation. Ich mache die Dates, wenn Sie verstehen, was ich meine. Und wer es sich mit mir verscherzt, wird niemals in diesen Genuss kommen! Und wer sind Sie?« Laura sieht sie so herausfordernd an, dass die beiden Frauen einen betretenen Blick wechseln.

»Wir haben nicht gesehen, dass hier reserviert ist«, sagt die andere, eine mollige Dunkelhaarige, der das Ganze offensichtlich peinlich ist. »Und die Wünsche kann man bei Ihnen anmelden?«

»Ja, das hat mit Carmen Legg schließlich auch funktioniert!« Laura winkt Carmen zu, und als diese näher kommt, stehen beide Frauen sofort auf.

»Das haben *Sie* arrangiert?«, will die Blonde wissen und schaut Laura ehrfürchtig an. »Auf der Bühne war ich auch schon mal – aber noch nie im Bett … das ist wirklich …« Sie streckt Carmen ihre Hand hin. »Gratuliere! Das wäre mein größter Weihnachtswunsch!«

»Vielleicht klappt's ja«, sagt Laura mit einem gewinnenden Lächeln und schiebt Carmen den frei gewordenen Stuhl hin.

»Ich schreibe Ihnen nur schnell meine Adresse auf«, sagte die Blonde und zögert kurz. »Kostet das was?«

»Höchstens einen Krug Sangria«, lächelt Laura.

»Nein, nehmen Sie den ruhig mit«, wehrt Carmen ab. »Ich habe auch nichts dafür bezahlt!«

Sie schaut zu, wie Laura seelenruhig den Bierdeckel einsteckt, auf den die Blonde hastig ihre Adresse geschrieben hat, und erst da fällt ihr die eingedeckte große Tafel auf, die links von ihr unter den staubigen Flamencopüppchen an der Wand steht.

»Na, endlich hast du es kapiert«, tönt Laura, die Carmens Blick bemerkt hat.

»Die kommen hierher«, sagt Carmen und spürt augenblicklich, wie sich ihr Puls beschleunigt. Ist sie rot geworden? Möglich wäre es. »Woher weißt du das?«

Laura zuckt die Achseln und schaut sich nach einem Kellner um. Aber auch hier im Lokal ist es so knallvoll, dass sich die Kellner nur noch durchschlängeln können. »So was spricht sich rum. Du siehst ja, ich bin nicht die Einzige, die es mitgekriegt hat.«

»Dass die ausgerechnet hierherkommen«, sagt Carmen und lässt ihren Blick schweifen. »Es ist super ungemütlich hier.«

»Aber praktisch. Genau gegenüber von der Halle und dem Hotel. Das war das letzte Mal auch so!«

»Das letzte Mal?« Carmen stutzt. »Ist das ein neues Hobby von dir? Chippendales jagen?«

»Chippy nennt man sie, wenn du es genau wissen willst.« Laura grinst. »*Du* jagst doch«, sagt sie dann. »Ich unterstütze dich ja nur. Bin dein Treiber, wenn du so willst.«

»Na, so was!« Carmen lehnt sich zurück.

Sie hat es kaum zu Ende gesprochen, da geht vor der Tür ein vielstimmiges Gekreische los, und auch im Raum werden alle unruhig.

»Sie kommen«, stellt Laura fest. »Wenn du dir vorstellst, dass viele dieser Frauen überhaupt keine Lust mehr auf Sex mit ihren Männern haben, dann weißt du, was in der Welt schiefläuft!«

»Wie meinst du das?« Carmen versucht sich auf Laura zu konzentrieren, merkt aber selbst, dass sie vor allem an Laura vorbei zur Tür schaut. Wird er tatsächlich kommen? Und wenn ja, wird er sie wiedererkennen? Und was dann? Was, wenn er wirklich Interesse hat?

»Na, Sex braucht Abwechslung.«

»Du sagst das, als ob du über eine Gebrauchsanleitung sprechen würdest!«

»Stimmt doch!« Laura hat es aufgegeben, nach einem Kellner zu winken. Jetzt macht es noch weniger Sinn als vorher. »Wir hätten die Sangria behalten sollen«, sagt sie. »Jetzt geht gar nichts mehr!«

»Aber ich wäre froh, wenn ich noch die gleiche Liebesbeziehung mit David hätte wie früher.«

»Und wieso fährst du dann auf diesen John ab, kaum dass er dich angesehen hat?«

»Kann ich auch nicht sagen. Erotische Ausstrahlung oder so. Irgendwelche Schwingungen.«

»Ach, Schwingungen!« Laura grinst. »Pass auf, gleich kommen deine Schwingungen zur Tür herein!«

»Wenn mit David alles in Ordnung wäre, wäre ich gegen so etwas immun!«

Laura nickt. »Und so geht es allen anderen Frauen hier auch. Für so einen John würden sie sich direkt ins Abenteuer stürzen.«

Carmen schüttelt den Kopf. »Aber doch nicht alle!«

»Natürlich nicht alle. Es ist …«

Aber der Rest des Satzes wird von dem Brausen abgeschnitten, das durch den Raum geht. Ein Mann in einem schwarzen Adidas-Jogginganzug kommt herein, die Kapuze über den Kopf gezogen. Er geht direkt zum Tresen, der Wirt eilt sofort auf ihn zu. Und plötzlich wird es still.

Er schaut sich kurz um, sein Gesicht ist jung und kantig, aber er ist keiner von den Männern, die auf der Bühne gestanden haben, da ist sich Carmen sicher. Der Wirt gibt ihm ein Zeichen, und die beiden verschwinden in der Küche.

»Die kommen nicht mehr«, sagt Laura bestimmt.

»Wie kommst du da drauf?«, sagt Carmen zwischen Hoffnung und Enttäuschung und dem unbestimmten Gefühl, um etwas herumgekommen zu sein, von dem sie nicht weiß, ob es gut oder schlecht ist.

»Das war denen zu viel. Die lassen sich ihr Essen jetzt ins Hotel rüberbringen. Im letzten Jahr saßen sie hier noch fast alleine.«

»Wir könnten ihnen ja ein paar Calamari servieren«, schlägt Carmen vor.

Laura prustet los. »Klasse! Im weißen Schürzchen oder was? Nein, die Vorstellung ist gegessen.«

Carmen zuckt die Schultern. »Wer weiß, wofür es gut ist.«

»Ich weiß es!«

»Ach ja?«

»Ja, schau, die anderen haben es auch geschnallt. Die Kneipe leert sich, und wir können endlich was bestellen!«

Es ist später geworden als gedacht, und als Carmen die Tür zum Schlafzimmer öffnet, liegt David schon im Bett, schnuppert aber laut in ihre Richtung.

»Kneipe«, sagt er.

»Richtig«, antwortet Carmen und zieht sich vor dem Bett aus.

»Riecht irgendwie nach Öl. Oder Fett.«

»Und Knoblauch«, ergänzt Carmen und kriecht unter ihre gemeinsame Decke.

»Und damit willst du mich jetzt anpusten?« David verzieht das Gesicht.

»Ja, so ein bisschen animalisch, habe ich mir gedacht. Mal ohne Zähneputzen und Abschminkgedöns.«

»Und da habt ihr euch stundenlang herumgetrieben?«

Hatte sie nicht vor Kurzem eine Statistik gelesen, in der behauptet wurde, Männer seien sehr viel misstrauischer als Frauen? Und würden Seitensprünge deshalb schneller erkennen?

»Er ist groß, breitschultrig und hat grüne Augen. Fast wie du. Außerdem heißt er John und ist ein Amerikaner.«

David antwortet nicht, aber Carmen spürt sofort, wie er sich zurückzieht.

»Und was soll mir das jetzt sagen?« Sein Kopf liegt tief im Kopfkissen, die Haare sind länger, als er sie normalerweise trägt. Kleine Locken kringeln sich übers Kissen.

»Dass er auf der Bühne stand und uns wunderbar unterhalten hat.«

»Ein Sänger?«

»Ein Chippendale!«

Sie hört förmlich, wie er nach Luft schnappt. »Diese mit Anabolika aufgepumpten Idioten! Wie kannst du dahin gehen?!«

»Laura hat mich eingeladen.«

»Der fällt auch nichts Gescheites mehr ein!«

»Wieso? Wir hatten viel Spaß – und die Jungs sind wirklich gut gebaut. Außerdem singen und tanzen sie, also, das kann man sich durchaus anschauen. Auch als Mann!«

»War einer da?«

Carmen beschließt, das Thema nicht zu vertiefen. »Und du?«, fragt sie ihn.

»Das Übliche.«

»Das Übliche was?«

Aber auch er gibt keine Antwort mehr.

»Putz dir die Zähne«, ist das Letzte, das sie hört, bevor er einschläft.

Der nächste Tag beschert drückende Schwüle, und Carmen ist nass geschwitzt, bevor sie überhaupt im Büro ankommt. Die kurzärmelige Bluse klebt am Rücken, und Carmen fühlt sich ziemlich eklig, als sie endlich die Tür hinter sich schließt.

Angenehme Kühle empfängt sie. Die dicken Mauern des mittelalterlichen Hauses, in dem ihr Versicherungsbüro liegt, sorgen ganzjährig für angenehme Temperaturen, und Carmen breitet dankbar ihre Arme aus, um sich ein bisschen durchzulüften.

Britta Berger ist schon da. Sie streckt ihren Kopf durch die Tür zum Nebenraum. »Heute lieber Eiskaffee als Cappuccino?«, fragt sie fröhlich, und Carmen denkt mal wieder, dass so eine ständige gute Laune eigentlich unglaublich ist. Sie findet Brittas Mann zwar völlig unattraktiv, aber ihrer Mitarbeiterin tut er gut, daran besteht kein Zweifel.

»Das ist ein Wort«, begrüßt Carmen sie und dreht ihre Haare zu einem Knoten. Heute möchte sie nichts Warmes an sich haben, nicht mal ihre eigene Mähne. Sie sieht sich nach einem Gummi um und angelt schließlich ein ziemlich langes und dünnes Exemplar aus dem Allerleiglas auf dem Regal.

»Überraschung!«, sagt Britta Berger und kommt mit einem Pilsglas voll mit dunklem Kaffee zu ihr. Eine Kugel Vanilleeis schwimmt darin herum, in der ein kleiner knallroter Papierschirm steckt.

»Ich glaub's nicht!« Carmen nimmt das Glas und betrachtet das Arrangement und den bunten Strohhalm, dann muss sie lachen. »Das ist wirklich unglaublich! Vielen Dank. So kann der Tag weitergehen!«

»Freut mich, wenn es Sie freut.« Und damit verschwindet Britta wieder im Nebenraum und kommt mit ihrem eigenen Glas zurück. »Ich hatte heute Morgen so Lust darauf, da dachte ich mir: Warum eigentlich nicht?«

»Ja, warum eigentlich nicht?«, wiederholt Carmen und denkt an den vergangenen Abend.

»Und dann können Sie mich vielleicht auch gleich beraten?« Täuscht sich Carmen, oder errötet Britta? »Mein Mann hat in solchen Sachen keinen wirklichen Geschmack.« Sie lächelt schüchtern und zieht an ihrem Röhrchen.

Geht's um Dessous? Oder gar um Intimschmuck? »Klar, mach ich gern.« Carmen stellt das Glas ab und bleibt abwartend stehen. »Was ist es denn?«

Britta platziert ihr Glas neben Carmens PC, dann verschwindet sie noch einmal im Nebenraum. »Es dauert einen Moment«, hört Carmen von nebenan und nutzt die Zeit, um den Computer schon mal hochzufahren. »Achtung, jetzt!«

Auf alles war sie gefasst, aber nicht auf dieses lachsfarbene Umstandskleid im Stil der Fünfzigerjahre. Britta schwebt auf sie zu, dreht sich in der Mitte des Büros wie auf einem Laufsteg. »Und, was sagen Sie?«, fragt sie, und es ist klar, dass sie auf Applaus wartet.

»Donnerwetter«, meint Carmen. »Jetzt schon ein Umstandskleid? Sie sind doch erst ganz am Anfang?«

»Ja.« Britta lacht glücklich. »Die ersten Strampler haben wir auch schon gekauft. Es macht einfach Spaß ...«

»Ja.« Carmen überlegt, was sie nun sagen könnte. »Aber haben Sie die Jahreszeit auch bedacht? Ab wann trägt man denn ein Umstandskleid? Ab dem sechsten Monat? Dem siebten? Dann ist doch Winter ...«

»Ich kann es ja auch gleich tragen! Gefällt es Ihnen? Warten Sie, ich habe drei zur Auswahl dabei!«

Das gleiche Modell in Weiß mit roten Punkten und passendem Hut, dann ein dunkelblaues Plisseekleid mit interessantem Ausschnitt und ein moosfarbenes Exemplar, das neben dem Bauch auch den Busen verhüllt. Carmen wartet die ganze Zeit auf Kundschaft, aber seltsamerweise rührt sich nichts. Zu schade. Sie hätte gern die Gesichter gesehen. Warum kam jetzt nicht einer der Rentner, die sie sonst mit ihrem Pläuschchen vom Arbeiten abhielten? Wahrscheinlich ist es heute allen zu heiß, und sie sitzen im Stadtgarten unterm Wasserspeier.

»Seien Sie ehrlich«, sagt Britta mit flehendem Blick.

Das kann sie nicht sein. Sie findet sie alle scheußlich, überhaupt findet sie Umstandskleider blöd, eine offene Jeans und ein weites T-Shirt hatten es bei Laura auch getan, warum sollte man da so eine Aktion starten?

»Wenn Sie es jetzt schon anziehen wollen, dann würde ich das weiße mit den roten Punkten nehmen. Und zu dem Hut ein paar rote Schuhe und eine entsprechende

Handtasche, dann sind Sie voll im Look der Fünfziger-jahre.«

»Das hat die Verkäuferin auch gemeint.« Britta nickt glücklich. »Und Jürgen fand es auch am schönsten. Aber ich war mir einfach nicht sicher.«

Wenn sie sich nicht sicher ist, vielleicht will sie dann doch eine ehrliche Meinung?

»Die Alternative wäre natürlich eine offene Jeans und darüber die entsprechend weiten Blusen oder T-Shirts oder ein modernes Kleid, das einfach weit geschnitten ist.« Sie hat Britta in diesem Look konkret vor Augen. »Das habe ich kürzlich in meiner Lieblingsboutique gesehen.«

Britta wiegt leicht den Kopf. »Ja, schon richtig«, sagt sie und dreht sich noch einmal um ihre Achse, sodass das ganze Kleid schwingt. »Aber das ist dann so normal. Eine Jeans, ein Kleid eben. Aber das hier«, sie dreht sich wieder, »ist die totale Freude auf das Baby.«

»Ja«, bestätigt Carmen und denkt, halt jetzt bloß die Klappe, sonst enttäuschst du sie noch. »Da haben Sie sicher recht. Und zur Vorfreude passt das Getupfte am besten!«

»Sie sind ein Schatz!«

Britta verschwindet wieder in ihrem persönlichen klei-nen Umkleideraum, und Carmen greift nach ihrem Glas. Siebenundsechzig neue Mails nudeln sich vor ihren Augen herunter. Was für ein Dilemma, denkt sie. So viel blödes Zeug.

Eine der letzten stammt von Laura. Die öffnet sie zu-erst. »Hey, Schnucky«, liest sie. »War das nicht ein furio-ser Abend? Gibt es eigentlich ein Foto von dir mit John im Bett? Schau mal auf der Onlineseite der Zeitung, die stellen so was doch immer ins Netz.«

Carmen nimmt einen Schluck und widersteht dem Impuls, gleich mal nachzuschauen. Ein Foto von ihr und John auf der Bühne im Bett – wäre das gut oder schlecht? Aber wer von ihrer Kundschaft forscht schon im Netz nach Bildern. Die rufen eher an oder schicken höchstens mal eine Mail. Viele kommen am liebsten persönlich, und dann bringen sie meistens gleich ein Stück Kuchen mit.

John? Carmen nimmt einen tiefen Zug aus ihrem Glas. Sie würde ihn schon gern noch einmal sehen. Später, sagt sie sich. Die Fotos würde sie sich zur Mittagszeit gönnen. Jetzt muss ich erst mal in die Gänge kommen. Die Sturmschäden sind noch längst nicht abgewickelt, und die Spätzünder unter ihren Kunden kommen dann noch in den nächsten Tagen.

Carmen konzentriert sich wieder auf Lauras Mail. »Schau dir mal diese Statistik an«, liest sie, »und die Headline: *Warum Frauen fremdgehen.*« Aha. Ist ja spannend. Carmen nimmt noch einen Schluck Kaffee aus ihrem Pilsglas. Dann liest sie weiter:

»1. Mangelnde Aufmerksamkeit (53 %)
2. Keine Kommunikation (45 %)
3. Der Partner lässt sich gehen (38 %)
4. Unbefriedigender Sex (36 %)
5. Der Partner vermittelt das Gefühl, unattraktiv zu
   sein (33 %)
6. Kein zärtlicher Umgang (30 %)
7. Zu wenig Zeit füreinander (20 %)
8. Rache (14 %)
9. Eine feuchtfröhliche Party (11 %)
Und du? ☺ *Dicker Kuss, Laura«*

Carmen starrt kurz darauf, dann nimmt sie ihr Handy heraus, sucht einen Namen und wählt. Eins, zwei, vier, fünf und sechs. Das sind Argumente genug, findet sie, und als am anderen Ende abgenommen wird, sagt sie laut: »Bingo, ich bin dabei! Wann geht der Flug?«

Als Carmen am späten Abend wieder zu Hause ist, kommt ihr das alles völlig unrealistisch und abenteuerlich vor. Rosi hat ihr die Abflugzeiten mitgeteilt, die restlichen Unterlagen würden ihr vom Reisebüro zugestellt werden, denn sie sei gerade im Aufbruch. Sie müsse ihren Mann auf eine längere Geschäftsreise begleiten, das sei ja gerade das Dilemma. So habe sie das wahrlich nicht geplant, aber plötzlich bestehe er auf ihrer Gesellschaft. »Vielleicht hat er ja was gemerkt oder einer seiner Gorillas«, hatte Rosi mit vergnügter Stimme erklärt. »Aber immerhin kam Ihr Anruf jetzt gerade rechtzeitig! Da können wir noch umbuchen, und außerdem helfen Sie mir damit ganz schön. Ich werde mich natürlich erkenntlich zeigen.«

»Erkenntlich zeigen dafür, dass Sie mir eine New-York-Reise spendieren?«

»Dafür, dass Sie mir aus der Patsche helfen.« Sie lachte wieder so hell, wie Carmen es schon einige Male gehört hatte. »Da wird sich jetzt jemand wahnsinnig freuen!« Und in vertraulichem Ton: »Ganz bestimmt habe ich irgendwo noch ein Schmuckstück, das dringend eine Versicherung braucht.«

Carmen denkt darüber nach, während sie sich am Kühlschrank ein Bier einschenkt und David, der wieder am Computer sitzt, ebenfalls eines anbietet.

»Nein, danke«, sagt er.

»Oder trinkst du nur noch Champagner?«, will sie wissen und wartet darauf, dass sich ein schlechtes Gewissen einstellt und sie die ganze Aktion wieder absagt.

»Champagner? Wie kommst du darauf?« Jetzt schaut er erstaunt hoch.

»Ich dachte, in Mafiakreisen fließt der Champagner in Strömen ...« Es sollte leichtherzig klingen, aber selbst Carmen fällt der bissige Unterton auf.

David schmunzelt. »Klar, Lydia trinkt natürlich, und ein paar andere Mädels trinken auch. Ich habe ihr vorhin eine Flasche spendiert, dafür hat sie mir einen neuen Hut geschenkt. Einen echten Al-Capone-Hut. Scharfes Teil!«

»Lydia? Ja, das glaub ich gern.« Sie beugt sich ein bisschen über ihn, sodass sie seinen Rücken spüren kann. Aber was sie da auf dem Bildschirm sieht, sagt ihr nichts. Ein Arsenal an Waffen, verschiedene Autos und allerlei seltsame Gegenstände. »Und was machst du da jetzt?«, will Carmen wissen.

»Wir nehmen eine Spielhöhle aus, da kassier ich dann wieder Geld, und mein Konto wächst!«

»Dein Konto?«

»Ja, damit kann ich mir dann wieder ein neues Teil kaufen!«

»Aha.« Carmen wendet den Blick ab. »Kommst du noch auf ein Gläschen raus auf die Terrasse? Es hat abgekühlt und ist jetzt traumhaft draußen.«

»Ja, nachher gern«, sagt er und wendet sich wieder dem Bildschirm zu. »Aber jetzt kann ich nicht aussteigen, das kann ich den anderen nicht antun.«

Carmen nickt. Bizarr. Das kann er den anderen nicht antun. Spielfiguren. Und lässt sie allein auf der Terrasse sitzen. Wie war das? Eins, zwei, vier, fünf und sechs. Das wird ihre neue Losung.

Laura fährt sie zum Flughafen. »Und David hat überhaupt nicht nachgefragt?«

»Er bereitet die Tour mit seinen Jungs vor.« Carmen zuckt mit den Schultern. »Aber ehrlich gesagt, gewundert hat es mich auch. Zumal er ja erst in einer Woche fährt. Und was willst du schon vorbereiten, wenn du mit Moped und Zelt unterwegs bist.«

»Zelt?« Laura schaut zu ihr hinüber. »Das höre ich ja zum ersten Mal.«

»Schau besser auf die Straße. Da vorn ist ein Blitzer.« Carmen deutet zur nächsten Straßenkreuzung. »Ja, Zelt. Für mehr dürfte sein Budget auch nicht reichen.«

»Ah ja.« Laura schüttelt den Kopf. »Wäre er mal besser Lehrer geworden.«

Carmen lacht auf. »David? Lehrer? Kannst du dir das vorstellen?«

Laura hält vor einer roten Ampel, dann zeigt sie auf Carmens Handtasche, die sie krampfhaft auf dem Schoß festhält.

»Hast du Kondome dabei?«

»Bitte was?« Carmen wirft ihr einen entrüsteten Blick zu. »Verhütungsmittel!«

»Ich weiß, was Kondome sind!«

»Ja, also, hast du welche dabei?«

»Wozu denn? Ich habe absolut nicht die Absicht, mit diesem Menschen zu schlafen. Ich nutze die Gelegenheit zu einem wunderbaren New-York-Trip, das ist alles.«

»Mit einem Kerl als Beigabe.«

Carmen schweigt. »Na gut, stimmt«, sagt sie schließlich. »Aber ich hab nichts dabei.«

»Bist du wahnsinnig? Selbst der Papst gestattet Prostituierten unter bestimmten Umständen …«

»Der Papst dürfte nicht mal wissen, was Prostituierte überhaupt sind.«

»Mach dich nicht lächerlich. Du fährst mit einem Mann weg, hast ein Doppelzimmer, also packst du gefälligst Kondome ein! Wir kaufen noch welche. Sobald wir auf der Autobahn sind, nächste Raststätte.«

»An der Raststätte Kondome kaufen, bist du noch klar?«

»Logisch! Wo denn sonst?«

Carmen zuckt mit den Schultern. »Wenn es nötig sein sollte, kann ich das auch noch in Amerika.«

»Im prüden Amerika? Bist du da sicher? Und wo? Vor den Augen deines Jüngers im Drogeriemarkt?«

Carmen sagt nichts mehr.

Laura wirft ihr einen kurzen Blick zu. »Ist was?«

»Nein, ich denke nur, sicher hat doch er welche dabei.«

»Ah. Das würdest du doch sofort als zielgerichtete Absicht werten. Ist mit Rosi liiert, packt aber für die Vertretung vorsorglich Kondome ein.«

»Ich bin ja auch liiert«, wirft Carmen ein.

»Eins, zwei, vier, fünf, sechs«, antwortet Laura, und Carmen muss lachen.

»Also, okay, fahr die nächste Autobahntanke raus, wenn das unseren Zeitplan nicht durcheinanderbringt.«

»Zeit haben wir jede Menge!«

Laura manövriert Carmens Wagen durch die parkenden Lastwagen und tankenden Autos hindurch bis direkt

zu dem Parkplatz vor dem Toilettenschild am Raststätten-
gebäude.

»Behindertenparkplatz«, moniert Carmen.

»Kein Behinderter weit und breit«, sagt Laura und macht
eine entsprechende Handbewegung.

»Trotzdem!«

»Ich bleib sitzen und bewache die Lage«, erklärt Laura.
»Das hast du ja schnell. Automat und zack!«

»Sprachkünstlerin«, sagt Carmen und steigt aus.

Ein älterer Türke sitzt im gekachelten Flur hinter einem
geflochtenen Korb mit einigen Euromünzen und Cent-
stücken.

»Tag«, grüßt Carmen, und er weist ihr den Weg zu den
Damen. Gleich darauf ist sie wieder zurück. Es gibt eine
Wickelgelegenheit, aber keine Kondome. Sicherlich in der
Herrentoilette, denkt sie, aber da kann sie ja jetzt nicht so
einfach hineingehen – vor den Augen des Türken.

»Ist bei den Herren ein Kondomautomat?«, fragt sie ihn.

Er steht auf. »Kondom?«

»Ja, Kondome«, wiederholt sie.

»Keine Kondome«, sagt er.

»Hier gibt es keine Kondome zu kaufen?«, fragt sie
ungläubig. »Keinen einzigen Automaten?«

»Verheiratet?«, fragt er.

»Verheiratet? Was hat das jetzt …« Sie schaut ihn an. »Ja,
klar verheiratet!«

»Wo ist Mann?«

»Mann? Was für ein Mann denn!?«

»Ihr Mann. Kann Kondom holen.«

»Das kann ich doch selber holen!«

»Ist in Herrentoilette!«

107

»Dann holen Sie sie mir doch bitte!« Carmen kramt fünf Eurostücke heraus. Was kostet eine Packung Kondome? Keine Ahnung. Sie hält ihm die Münzen auf ihrer ausgestreckten Handfläche hin.

»Kosten drei Euro.«

»Der Rest ist für Sie. Für Ihre Mühe.«

Er zögert. In seinem weißen Arbeitskittel und mit der ledrig-braunen Gesichtshaut sieht er aus wie ein Vorzeigetürke. Fast muss sie lachen.

Er verschwindet, streckt aber kurz danach seinen Kopf aus dem Eingang zur Herrentoilette. »Mit Bananengeschmack ist teurer.«

»Ich brauch keinen Bananengeschmack. Ganz normal.«

Wieder öffnet sich die Tür. »Groß oder klein?«

Du lieber Himmel! »Weiß nicht«, sagt sie.

»Ihr Mann? Sie wissen nicht?«

»Mittel«, setzt sie schnell nach.

Da öffnet sich in ihrem Rücken die Tür. Lass es nicht wahr sein, denkt sie, aber es ist tatsächlich ein Mann, der an ihr vorbei zur Herrentoilette will.

»Kein mittel mehr da, normal nicht. Nur mittel mit schwarz und Noppen.« Er sieht den Kunden vor sich und öffnet die Tür. »Bitte!«

Der Mann dreht sich nach Carmen um. Typischer Banker, denkt Carmen, braucht gar nicht so zu grinsen.

»Und kein anderes Päckchen? Alle Mittelgrößen ausverkauft?« Sie runzelt die Stirn. »Gibt's doch nicht!«

Der Türke tritt zur Seite, um den Mann an sich vorbeizulassen, da greift der in die Innenseite seines Jacketts, dreht sich zu Carmen um und streckt ihr ein Päckchen hin. »Vielleicht kann ich aushelfen? Mittel und garantiert normal.«

Carmen zögert, dann greift sie zu. »Gut. Was kostet das?«

»Für Sie nichts!«

Sie schätzt ihn auf Anfang vierzig und seinem Auftreten nach gut situiert. Ein notorischer Fremdgeher. Sie nickt. »Besten Dank!«

»Aber gern!«

Der Türke hat zugehört, jetzt kommt er heraus und hält Carmen das Geld wieder hin.

»Schon gut«, winkt Carmen ab. »Ich bezahle für den Toilettengang des Herrn mit!« Und dann macht sie, dass sie wieder rauskommt.

Laura wartet gespannt auf sie. »Kein Behinderter gekommen«, meldet sie, als Carmen die Autotür öffnet.

»Mach trotzdem, dass du wegkommst«, sagt Carmen, während sie sich auf den Sitz gleiten lässt. »Dieses Grinsen möchte ich nicht noch einmal sehen.«

Am Flughafen wimmelt es wie immer vor Menschen.

»Wo nur all die vielen Leute herkommen?« Laura wirft Carmen einen Blick zu. »Unfassbar!«

»Und wo sie wohl hinwollen?« Carmen verzieht das Gesicht. »Hoffentlich nicht alle nach New York!«

Laura lacht. »Alle wohl nicht«, meint sie, »aber einen müssen wir jedenfalls finden.«

»Ich bin gespannt.« Carmen bleibt stehen. »Wo ist denn nun dieser Schalter von Delta Air?«

Sie schlängeln sich durch eine Reisegruppe hindurch und suchen nach Flug DL 207.

Carmen zeigt auf die Tafel. »Abflug 13.55 Uhr, Abfertigung C30 bis C34, alles korrekt!« Sie dreht sich um. »Ach, dort hinten! Jetzt sehe ich es!«

Laura sagt nichts, aber beide denken das Gleiche: die längste Schlange überhaupt.

»Na, bravo!« Carmen nickt.

»Dann los, bevor sie noch länger wird.«

Absperrbänder regeln den Zustrom, zwei Frauen an PCs führen Befragungen durch. Es geht nur langsam voran.

»Willst du wirklich warten?«, fragt Carmen.

»Ich möchte doch deinen Mister Wonderman sehen …« Laura grinst sie an. »Er müsste allein sein und jung und gut aussehend.« Laura stellt sich auf die Zehenspitzen. »Und alles, was ich sehe, ist farblos oder im Familienpack unterwegs. Ne, ne, ne …«

»Hoffentlich ist er überhaupt da. Vielleicht hatte er plötzlich keine Lust mehr?«

»Oder Muffensausen.«

Carmen schiebt ihren Koffer mit dem Fuß weiter. »Spannend, spannend!«

Schließlich ist sie vor einer der Delta-Angestellten angelangt und konzentriert sich auf die Fragen zur Sicherheit ihrer Gepäckstücke. Sie schaut sich schnell nach Laura um, aber die schlendert bereits in Richtung eines kleinen Bistros und macht Carmen ein Zeichen. Zehn Minuten haben sie noch Zeit für einen Kaffee, aber Carmen spürt, wie sie nervöser wird. Sie muss noch durch den Sicherheitscheck, dann weiß sie auch nicht, wie weit das Gate entfernt ist.

Beim dritten Blick auf ihre Uhr steht Laura auf und nimmt sie in den Arm. »Also, meine Liebe, lauf los. Und denk daran! Sobald du kannst, krieg ich von dir die SMS über die Schokoladenseite des Herrn!«

»Und du, denk daran, du bist mit mir unterwegs. Also ruf bloß nicht David an und frag nach mir!«

Laura lacht. »Aber klar doch! Du kannst dich auf mich verlassen!«

13.55 Uhr, denkt Carmen, während sie den breiten Gang zwischen den Duty-free-Geschäften in Richtung Gate entlanggeht, um 13.55 Uhr sitzt er neben mir. Sie horcht in sich hinein. Angst, Beklemmung? Freude? Unsicherheit? Sie spürt nur Nervosität. Ein komisches Gefühl. Warum tut sie das?

Sie hat keine Antwort darauf. Auch komisch. Gestern hat sie noch ganz viele gehabt. Aber zum Umkehren ist es zu spät.

Mensch, New York, sagt sie sich. Mensch, Carmen, freu dich, und mach nicht alles kaputt, weil du ein komisches Gefühl hast!

Sie muss über sich selbst lächeln und erntet das Lächeln eines Mannes, der ihr im Stechschritt entgegenkommt. Nett, denkt sie. Einmal lächeln, und schon hellt es den Tag auf und macht die Mitmenschen fröhlich.

Sie dreht sich nach ihm um, und jetzt müssen beide lachen, denn auch er hat sich nach ihr umgedreht. Sie heben beide die Hände und gehen dann in entgegengesetzte Richtungen weiter.

Carmen hat ihre Zweifel überwunden. Sie fliegt nach New York, ist doch toll. Mit einem wildfremden Mann. Ja, und? Sie muss ja nichts mit ihm anfangen. Da fällt ihr das Päckchen in ihrer Jackentasche ein. Mit Kondomen durch die Sicherheitskontrolle. Gut, dass sie beim Ausziehen der Jacke nicht herausgefallen sind, das hätte für schräge Blicke gesorgt.

Ihr Gate kommt in Sichtweite. Bis zum Boarding hat sie noch fünf Minuten Zeit. Alles hat prima geklappt, denkt sie. Da sieht sie ihn. Er trägt ein rot-weiß kariertes Hemd zur Jeans und ist in eine Zeitung vertieft. Carmen bleibt stehen. Er sitzt allein, ist um die vierzig – und sie hat ihn schon einmal gesehen. Bloß wo?

Er bewegt sich, schlägt die Beine übereinander. Carmens Blick fällt auf seine Schuhe. Gute Qualität, denkt sie. Der Mann hat Stil. In diesem Moment schaut er auf. Und in Carmens Hirn macht es »klick«. Kurz flackert das Zeitungsbild der Premiere von *Don Giovanni* vor ihren Augen auf. Rosi und ihr Mann und der Kulturdezernent. Rosis Blick und das tief dekolletierte Abendkleid. Das hatte Rosi nicht für ihren Mann getragen.

»Ach du je«, sagt sie, dann geht sie auf ihn zu.

Er legt die Zeitung auf den freien Sitz neben sich und steht auf.

»5 A?«, fragt er leise, als sie vor ihm steht. Carmen nickt, dann reicht er ihr die Hand. »Freut mich«, sagt er, und das leichte Lächeln auf seinen Zügen signalisiert, dass er positiv überrascht ist.

»Mich auch«, sagt Carmen.

Er nimmt die Zeitung hoch und bietet ihr den Platz neben sich an.

»Ich heiße Steffen Witton«, sagt er, nachdem sich beide gesetzt haben.

»Carmen Legg.«

Er nickt. »Da hat uns Rosi einen schönen Streich gespielt.«

Carmen nickt ebenfalls. »Ja.« Sie schaut ihn an. »Wie haben Sie das denn empfunden?« Er sieht gut aus. Schöne braune Augen, schöne Zähne, markantes Kinn. So einen leiht man doch nicht einfach aus.

Steffen zuckt leicht die Achseln. »Zuerst befremdlich. Dann interessant. Jetzt angenehm.« Er schaut auf. »Aha, jetzt geht es los.«

Die Passagiere der hinteren Plätze werden gebeten, zuerst einzusteigen.

»Und Sie?«

»Seltsam«, sagt sie. »Welche Frau bekommt schon einen Liebhaber ausgeliehen, damit der nicht allein nach New York fliegen muss?«

Steffen lacht. »Ja, stimmt, hört sich ziemlich schräg an.«

Ist er sexy? Auf den ersten Blick ist er nicht ihr Typ, zu groß, zu schmal. Sie steht mehr auf die mittelgroßen, breitschultrigen Exemplare. Typen, auf die man bauen kann. Wie David, denkt sie. Bauen. Ausgerechnet.

Steffen hat sie beobachtet. »Denken Sie jetzt gerade darüber nach, was Sie mit mir anfangen sollen?«

Er trägt kurz geschnittene schwarze Haare, sie sind dicht, aber seine Stirn ist hoch. Er neigt zu Geheimratsecken, denkt Carmen. Das wird sich noch ausprägen.

»Ja, ich denke gerade, ob Sie in mein Beuteschema passen!« Sie versucht, es wie einen Witz klingen zu lassen, aber Steffen fällt nicht darauf herein.

»Und?«

»Pass ich denn in Ihres?«, kontert Carmen.

»Das werden wir noch herausfinden.«

»Aha?«

Er lächelt, ohne etwas zu sagen. Dann beugt er sich zu ihr herunter. »Ein schönes Äußeres allein ist es nicht. Es gehören auch die Interessen, die Eigenschaften, der Charakter dazu. Dann gibt es ein Bild.«

Rosi, denkt Carmen, welche Eigenschaften machen sie wohl zu seiner Geliebten?

»Gut«, sagt sie. »Wir werden sehen. Und Sie erzählen mir, warum Sie überhaupt so dringend nach New York wollten?«

»Hat Ihnen das Rosi nicht gesagt?«

»Nein, sie tat sehr geheimnisvoll. Außer, dass Sie während des Flugs neben mir sitzen werden, habe ich gar nichts erfahren. Ja, und dass wir eine Linie durch unser Zimmer ziehen könnten.«

Steffen faltet seine Zeitung zusammen. »Im Notfall kann ich sicherlich auch ein eigenes Zimmer mieten«, sagt er und steht auf. »Jetzt müssen wir los.«

Klar, denkt Carmen, das wäre auch eine Möglichkeit. Aber will sie das überhaupt?

Carmen hat sich mit ihrer Tasche, einem Kissen und einer leichten Decke am Fensterplatz eingerichtet. Steffen hat sich einige Zeitschriften und ein dickes Buch aus seiner Pilotentasche genommen, bevor er sie oben im Gepäckfach verstaut hat.

»Hier«, sagt er und hält Carmen das Buch hin.

»*MoMa Highlights*«, liest sie laut. »*350 Meisterwerke aus dem Museum of Modern Art.*« Sie blättert darin. »Okay«, sagt sie, »dann wissen wir ja jetzt schon, was wir die nächsten vier Tage tun.«

Er lacht. »Und dann wären da noch das Guggenheim Museum und die Frick Collection ...«

»... und die Fifth Avenue, Greenwich Village, Broadway, Harlem.«

Er grinst. »Ich sehe schon, wir werden verlängern müssen.«

»Oder uns trennen …«

»Das geht nicht, das wäre Vertragsverletzung.«

»Welcher Vertag?«

»Nun, Bedingung ist, dass Sie mich begleiten.«

Carmen schweigt kurz. »In jedes einzelne Museum?«

Jetzt lacht er wirklich. »Das ist Kultur, meine Liebe. Und abends können wir von mir aus in ein Musical.«

Sie schaut ihn an. »Wir sind also auf Gedeih und Verderb aneinandergekettet?«

»So sieht es aus.«

Die Zeit rast gewaltig. Also braucht sie dringend eine Strategie. Carmen überlegt: Da New York sechs Stunden zurückliegt, werden sie dort um 17.20 Uhr ankommen. Am späten Nachmittag also, da kann man zumindest die Fifth Avenue noch erkunden.

»Planen Sie jetzt, direkt nach der Ankunft loszuspurten? Die Prachtstraßen rauf- und runterzulaufen? *Tiffany's* und *Dior*, *Hermès* und *Prada*, ein Abstecher ins *Macy's*, ein Drink im *Waldorf Astoria* und dann wieder weiter?«

»So ähnlich.«

»Ich habe eine Shoppingphobie!«

»Eine was?«, fragt sie entsetzt.

»Beim Shoppen wird mir immer übel! Ich bekomme Panik!«

»Und da hat Rosi gedacht …«

Er nickt ernsthaft. »Ja, genau!« Und nach einem kurzen Blick auf Carmen. »Und jetzt können Sie sich wieder beruhigen. Die Panik bekomme ich immer dann, wenn ich an der Kasse stehe!«

Carmen atmet auf. »Okay«, sagt sie. »Das kann ich nachvollziehen. *Die* Panik können wir uns dann teilen.« Sie schaut aus dem Fenster. »Jetzt geht es los. Haben Sie Angst vorm Fliegen?«

»Nur vorm Absturz.«

»Sehr witzig!« Sie rückt ihr Kissen zurecht. »Ich fliege gern. Irgendwo weit weg von zu Hause anzukommen ist immer wieder faszinierend.«

»Ich komme auch gern nach Hause.«

Carmen denkt an David und sagt nichts. Die Turbinen werden lauter, und ihre Maschine rollt zur Startbahn.

»Guten Flug«, sagt sie.

»Ich werde nicht viel davon mitbekommen.« Er hält eine weiße Tablette in die Höhe. »Sobald wir in der Luft sind, werde ich friedlich schlafen, sie dürfen also von allem die doppelte Portion essen und trinken.«

»Ach!« Carmen betrachtet das weiße, runde Ding. Das wird ja ein spannender Flug, denkt sie. »Dann komme ich ja tatsächlich mit einem völlig Fremden an!«

»Manche sind zehn Jahre mit einem völlig Fremden verheiratet, wo ist da der Unterschied?«

Carmen möchte ihm spontan widersprechen. »Ist Rosi zehn Jahre verheiratet?«, fragt sie stattdessen.

»Länger!«

»Sie?«

»Möglich …«

Aha. Secret. Top secret.

»Wollen wir die nächsten Tage Rätsel raten oder uns irgendwie kennenlernen?«

»Sie wollten mich begleiten«, sagt er und schenkt ihr ein einnehmendes Lächeln.

Carmen schaut hinaus. Sie rollen auf die Startbahn, jetzt erzittert die Maschine, hält kurz an, dann setzt der volle

Schub ein, und sie beschleunigen, werden immer schneller und heben schließlich ab. Als sie durch die erste Wolkenschicht stoßen, wendet sie sich wieder Steffen zu. Er hat seine Rückenlehne bereits in eine bequemere Position gestellt und schläft.

Das kann doch nicht wahr sein! Simuliert er? Wie wird das denn die nächsten vier Tage laufen? Sie ist viel zu aufgeregt, um schlafen zu können. Sie will überhaupt nicht schlafen, nicht um zwei, am helllichten Nachmittag.

Sie wirft noch einen mitleidigen Blick auf Steffen. Wie kann man nur so teilnahmslos herumliegen? Dann zieht sie ihren Reiseführer, einen Marker, einen Kugelschreiber und einen Notizblock aus ihrer Tasche und klappt den kleinen Tisch vor sich herunter. So, beschließt sie, jetzt gehe ich das taktisch an. Wenn der gute Steffen denkt, dass ich ihm die nächsten vier Tage kommentarlos hinterherlaufen werde, dann hat er sich geschnitten. Zumindest will ich wissen, was in der Nähe seiner Museen Lohnenswertes liegt. In stiller Vorfreude blättert sie das Büchlein durch, um dann ganz vorn, auf der ersten Seite, in aller Ruhe anzufangen. Genügend Zeit zum Lesen hat sie ja.

Steffen wacht tatsächlich erst kurz vor der Landung auf. »So«, verkündet er strahlend und fährt sich mit beiden Händen durch die Haare, »jetzt habe ich Durst und einen gewaltigen Appetit! Wir können also gleich nach dem Einchecken im Hotel ein Restaurant aufsuchen!«

»Unser Hotel liegt nahe am Central Park in der Nähe vom *Plaza Hotel*.«

»Aha«, er schaut sie fragend an, »und was will uns das sagen?«

»Zunächst einmal wohnen wir leider nicht im *Plaza Hotel*.« Sie lächelt ihn an. »In der Royal Plaza Suite mit Butler, Champagner und Kaviar …!«

»… und mit drei Schafzimmern, drei Badezimmern und einem Konferenzraum«, ergänzt er, ohne mit der Wimper zu zucken. »Braucht kein Mensch!«

»Sagen Sie bloß, Sie waren schon im *Plaza*?« Carmen sagt es fast etwas entrüstet. Was hatte er im *Plaza* zu schaffen, wenn sie jetzt zu zweit nur in einem gehobenen Mittelklassehotel absteigen?

»Ich war zur Eröffnung dort!«

»Ha, ha! 1907.«

»Nein, am 1. Oktober 2007, die Wiedereröffnung zur Hundertjahrfeier. Aber 1000 Dollar für eine Nacht im Doppelzimmer plus Steuer sind auch nicht zu verachten.«

»Da muss einer schon ganz schön gut sein«, rutscht es Carmen heraus.

»War das eine Frage?«, kontert er.

»Vielleicht?«

»Wer gut im Geschäft ist, kann sich so etwas ausnahmsweise mal leisten.«

»Aha«, macht Carmen. Gut im Geschäft. In welchem Geschäft? »1000 Dollar. Manche Leute verdienen so etwas nicht im Monat.«

»Die gehen auch nicht ins *Plaza*!«

Ist er ein arroganter Idiot oder einfach nur schlagfertig? Der Monitor über ihren Köpfen zeigt an, dass sie im starken Sinkflug sind und in weniger als zwanzig Minuten landen werden. Carmen schaut hinaus. Sie fliegen an der Küste entlang, und Carmen sieht tief unter sich eine schmale Landzunge mit einem schier endlos langen Strand. Sie presst die

Stirn gegen das kleine Fenster und freut sich auf ihren ersten Blick auf New York, auf die so oft im Fernsehen gesehene berühmte Skyline und auf die Freiheitsstatue, falls die von hier oben überhaupt zu erkennen ist. Carmen ist aufgeregt und wirft Steffen kurz einen Blick zu. Soll sie ihn auf die Schönheiten da unten aufmerksam machen? Aber Steffen ist in einen Kunstführer vertieft, und Carmen beschließt, den Anflug auf New York ganz allein zu genießen.

In der riesigen zugigen Ankunftshalle des John F. Kennedy International Airport drängen sich zwischen kahlen Betonwänden Hunderte von Menschen. Cops mit breiten Pistolengürteln beobachten die Szene, und Carmen dreht sich zu Steffen um. »So richtig willkommen geheißen fühlt man sich hier ja nicht gerade. Wie müssen sich da erst die Einwanderer vor hundert Jahren gefühlt haben?«

Steffen zuckt die Achseln. »Die kamen nicht mit dem Flieger.«

»Sind Sie auch mal romantisch?«, fährt Carmen ihn an und spürt, wie sie ihn immer weniger leiden kann.

»Ja, nachts.«

Sie werden weitergeschoben, in die durch Absperrbänder geführte Warteschlange hinein, von den Nachrückenden unweigerlich den Kontrollstellen entgegen. Carmen schaut sich um. Alle ertragen das Warten mit gleichmütigem Gesichtsausdruck. Carmen kommt es ewig vor. Jeder wird fotografiert, dann werden die Fingerabdrücke abgenommen, die ausgefüllten Einreisebögen eingesammelt, der Reisepass geprüft, und schließlich darf man endlich in das Land der unendlichen Freiheit. Carmen dreht sich noch einmal nach Steffen um. Sie hätte jetzt so gern jemanden zum Lästern gehabt. Laura. Wieso ist sie bloß nicht mit Laura geflogen? Weil Laura nicht Rosis Liebhaberin ist, klar, und dann denkt sie an David. Wie hätte er in dieser Endlosschlange reagiert?

Wahrscheinlich genervt. Er wolle nie nach Amerika, weil er die Doppelmoral nicht ausstehen könne, sagt er. Weil sie zweimal hintereinander Bush gewählt haben. Weil sich nur Gutsituierte eine gute ärztliche Versorgung leisten können und die Amerikaner trotzdem gegen eine staatliche Krankenversicherung sind, sagt er. Und weil sie strohdumm sind und außer Amerika nichts kennen. Manche glauben, Hitler lebe immer noch.

Carmen lässt sich weiterschieben. So gesehen ist Steffen für heute wohl die bessere Wahl. Er freut sich auf seine Museen, und sie selbst wird jede Minute genießen. Probleme gibt es in Deutschland schließlich auch.

Carmen schaut sich nach einem Gepäckwagen um. Hoffnungslos. Ganze Familien kommen ihnen entgegen, schieben überladene Gepäckwagen, zerren Koffer auf Rädern hinter sich her und versuchen dabei, ihre Kinder nicht zu verlieren.

»Wie auf der Flucht«, sagt Carmen, »allein kann man das doch gar nicht schaffen.« Sie zeigt auf eine schwarze Frau, die auf einem Koffer thront, zwei Kinder auf dem Schoß hält und mehrere Koffer um sich herum arrangiert hat. »Da kommt sicherlich gleich der Galan angespurtet.«

Steffen dreht sich nach ihr um. »Es ist wie bei Ihnen, sehen Sie? Von da vorn schiebt sich uns gerade ihr orangefarbenes Schmuckstück entgegen.«

Tatsächlich. Sie erkennt ihren Koffer sofort – das war auch der Grund für die auffällige Farbe.

»Schön ist die Farbe nicht«, gibt sie zu, »aber praktisch!«

Steffen nickt und hebt ihn vom Gepäckband. »So«, sagt er, »jetzt haben Sie auch Ihren Galan.«

Carmen muss lachen. Vielleicht wird es ja doch ganz nett mit ihm.

Draußen ist die Menschenschlange vor den gelben Taxen schier unendlich. Wieder schieben alle ihre Gepäckstücke den Gehsteig hinauf, um sich hinten anzustellen. Vorne teilen Uniformierte die Taxen zu und achten darauf, dass sich niemand vordrängelt.

»Jesses Maria«, sagt Carmen.

»Jesses Carlos«, sagt Steffen.

»Jesses Carlos?« Carmen ist stehen geblieben, ihren vierrädrigen Koffer an der Hand.

»Er heißt Carlos, nicht Maria!«

»Wer?«

»Na, unser Chauffeur da drüben. Wir müssen ihn nur finden.«

Carmen schaut auf die andere Straßenseite. Tatsächlich, dort stehen die schwarzen Limousinen und warten auf ihre Buchungsgäste.

»Danke, Rosi«, sagt Carmen.

»Ja.« Steffen nickt. »Sie ist ein Organisationswunder. Und ich möchte mal wetten, Carlos steht ganz vorn.«

Organisationswunder? Das kann sie sich denken. Sicherlich organisiert sie jede Menge heimliche Treffs. Und wer weiß, wo die beiden schon miteinander waren.

»Kommen Sie!« Steffen eilt voraus, und Carmen hat Mühe, ihm vom hohen Randstein auf die Straße zu folgen. Der Koffer kommt ihr jetzt schon so wahnsinnig schwer vor. Dabei wollte sie nur wenig mitnehmen, um Platz für die

Einkäufe zu lassen. Immer das Gleiche, denkt sie, schluss-endlich hat man doch zu viel dabei.

Steffen hat recht, denn der Chauffeur des vordersten Wagens will ihr entgegenkommen. Aber bevor er richtig ausgestiegen ist, steht Carmen schon vor ihm. Er begrüßt sie freundlich, befördert ihre Koffer in den Kofferraum und hält Carmen dann die hintere Tür auf. Steffen gibt ihm eine schriftliche Bestätigung, und wie Carmen erkennen kann, klemmt auch ein Geldschein daran. Carlos' Miene hellt sich auf, er nickt kurz, dann setzt er sich hinter das Steuer.

»Perfekt«, sagt Steffen und nickt ihr zu. »Jetzt schauen wir uns unser Bett an. Der Wagen ist jedenfalls schon mal gut!«

Der Wagen schnurrt bereits aus der Unterführung heraus, und das helle Tageslicht ist eine Wohltat. Ihre Uhr zeigt zwanzig nach fünf Ortszeit. Carmen rechnet schnell nach. Zu Hause ist es jetzt zwanzig nach elf. Sie fühlt sich noch kein bisschen müde.

»Müde?«, fragt Steffen, als könnte er Gedanken lesen.

Carmen schüttelt schnell den Kopf. »Und Sie?« Er kann ja eigentlich nicht müde sein, hat schließlich den ganzen Flug verschlafen.

»Ich gehe jetzt mit Ihnen shoppen.«

»Wie?«

Sie muss so erstaunt geschaut haben, dass er auflacht. »Laufe ich wirklich in so schrecklichen Klamotten herum?«

»Ne«, sagt Carmen, ein bisschen peinlich berührt.

Er nickt und lächelt sie an wie ein begriffsstutziges Kind, das eben die lang erwartete Lösung gefunden hat.

»Sie gehen also auch gern shoppen?« Carmen kommt sich hoffnungslos blöd vor. Sie ist diese Spielchen einfach nicht gewohnt. David ist immer so bodenständig und normal, der sagt, was er tut, auch wenn er nichts tut.

Sie muss dringend wieder schlagfertiger werden. Sie muss einfach wieder jünger werden. Vielleicht ist sie ja auch schon zu eingerostet. Alles ist so festgefahren, angelegt für die Ewigkeit. Frau Legg in ihrem Versicherungsbüro. Seit Jahren. Gefühlt seit Jahrzehnten.

Vielleicht muss sie einfach mal wieder ausbrechen. Und hier und heute bietet sich die Gelegenheit.

»Prima«, sagt sie, »dann gehen Sie für mich ins Museum, und ich gehe für Sie shoppen!«

»Und wohin gehen wir gemeinsam?«

»Zum Essen!«

»Nur zum Essen?«

»Vor allem zum Essen!«

»Gute Idee, ich habe nämlich Hunger.«

Wird doch langsam, denkt sie und schaut hinaus. Die langweilige Flughafengegend ändert sich. Die breite Straße ist erstaunlich holperig und führt an einem riesigen Friedhof vorbei, dann an vorstädtisch wirkenden kleinen Holzhäusern und schließlich in die Stadt der Wolkenkratzer. Carmen schaut nur noch und hat ihr Gepänkel mit Steffen fast schon wieder vergessen.

»Worauf hätten Sie denn Appetit?«, will er wissen. »Französische Küche? Italienisch? Spanisch, chinesisch, russisch? Oder echt amerikanisch mit dickem Beef und breiten Pommes?«

»Nach Harlem in ein Jazzlokal.«

»Harlem? Das ist aber nicht gerade Fifth Avenue.«

»Ja! Aber es ist ursprünglich, und man bekommt Essen zu Live-Jazz!«

»Hm.« Er schenkt ihr einen amüsierten Blick. »Also doch an Kultur interessiert?«

»Schwarze Kultur, ja. Ich habe es mir bisher immer nur vorgestellt, ich würde es gern erleben!«

»Okaaayy.« Er dehnt das Wort so lang, dass Carmen ahnt, dass er andere Pläne hatte. Lieber fragt sie erst gar nicht nach, sonst zieht sie noch den Kürzeren, und das will sie auf keinen Fall.

Der Verkehr wird dichter, und als sie die Madison Avenue queren, muss sie an sich halten, um nicht nach seiner Hand zu greifen. Wäre das schön, als verliebtes Paar New York zu entdecken, denkt sie. Vier Tage und drei Nächte Sex und Abenteuer. Dann fahren sie über die breite Park Avenue auf den Central Park zu.

»Wie im Film.«

»Das *Plaza Hotel*«, sagt er und zeigt nach links.

Vom Auto aus sieht es gar nicht so gewaltig aus, findet Carmen. Wahrscheinlich muss man sich auf die andere Straßenseite stellen, um die ganze Größe mitzubekommen.

»Und daran fahren wir jetzt vorbei?«

»Wir können mal zu einem Gläschen Champagner an die Bar.«

»Nicht, wenn wir nicht dort wohnen. Da gehe ich lieber woanders hin. Sonst ist es wie gewollt, aber nicht gekonnt!«

»Dafür gibt es noch einen anderen Spruch«, sagt Steffen.

»Und welchen?«, will Carmen wissen und versucht sich einzuprägen, dass sie eben am Warner Center vorbeigefahren sind. Da will sie auch mal rein.

»Wer mit den großen Hunden bellen will, muss auch das Bein hochkriegen.«

Carmen prustet los. »Wo haben Sie das denn her?«

»Aus dem Allgäu!«

Carmen lacht noch immer. »Kernig, aber wahr!«

»Your hotel, please.« Der Chauffeur lenkt seine Limousine an den Straßenrand, nur von einer Hotelfassade kann Carmen noch nichts entdecken. Zwei brennende Fackeln flankieren einen Hauseingang, ein Baldachin schwebt darüber, viel mehr ist nicht zu sehen.

»Sind Sie sicher?«, fragt Carmen, bevor sie aussteigt.

»Kleines, modernes Hotel, originell und verschwiegen, alles klein und fein.«

Aha, denkt Carmen. So also geht Madame Rosi fremd: klein und fein. »Na, denn«, sagt sie und greift nach ihrer Handtasche. Klein und fein ist ihr jedenfalls lieber als riesig und gewöhnlich.

Der Chauffeur hat die Koffer bereits neben die Eingangstür gestellt und drückt Steffen seine Visitenkarte in die Hand. »Call me«, sagt er und: »Bye.« Dann ist er weg.

Also Selfservice, denkt Carmen und bückt sich nach ihrem Koffer. Steffen hält ihr die Glastür auf. Eine völlig normale Rolltreppe führt in den ersten Stock. »Sieht irgendwie nicht nach einem Hotel aus«, sagt Carmen. »Eher nach einer S-Bahn.«

Steffen lacht. »Das ist der Charme moderner Hotels. Man kann es natürlich auch gediegener haben.«

Er lässt ihr den Vortritt, und gemeinsam fahren sie hinauf in den ersten Stock. Oben angekommen, stehen sie in gedämpftem Licht vor einer gut fünfzehn Meter langen Rezeption, die in einer Art Buschwerk fast verschwindet. Auch unter der Decke hängt ein Netz voller Blätter.

»Kambodscha?«, fragt Carmen.

»Jedenfalls Camouflage«, befindet Steffen.

Sie bleiben stehen, um ihre Augen an das gedämpfte Licht zu gewöhnen. Junge Männer in kurzärmligen Hemden arbeiten hinter der Rezeption, alle scheinen beschäftigt zu sein. Als einer kurz aufblickt, stupst Carmen Steffen an. »Der dort«, sagt sie und geht zielstrebig auf ihn zu.

»Hi, I'm Jim«, sagt der und strahlt sie an. Weiße Zähne, denkt Carmen, offene Ausstrahlung, netter Typ.

»Hi«, sagt sie und dreht sich zu Steffen um. »Auf welchen Namen ist das Zimmer eigentlich gebucht?«

Die Lifttür öffnet sich im achtzehnten Stock. Gegenüber an der Flurwand steht ein Tresen mit einem Laptop, dahinter mehrere Eiswürfelmaschinen. »Gut, dass wir das jetzt wissen. Kühlendes Eis nach heißem Sex«, sagt Steffen und grinst.

»Zum Sex gehören aber doch immer zwei?« Carmen zieht den Koffer hinter sich her und studiert die Beschilderung. »835, okay, rechts!«

Der Gang ist kahl, der Teppich blaugrau, kein Bild, kein nix. Eine Tür reiht sich an die andere, es hat ein bisschen den Liebreiz eines Kasernenflurs, findet Carmen. Am Ende des Gangs bleibt Steffen stehen.

»Die Hochzeitssuite.« Steffen liest das kleine Schild unter der Zimmernummer vor und dreht sich zu Carmen um. »Machen Sie sich auf was gefasst!«

»Ich bin gefasst!«

Hoffentlich keine Rosen auf dem Bett und tonnenweise rote Herzchen, denkt Carmen.

Steffen öffnet die Tür und steckt den Kopf ins Zimmer. »Ui«, sagt er dann, ohne sie weiter zu öffnen.

»Ui, was?« Carmen steht ungeduldig hinter ihm.

»Da bekommen wir die Sittenpolizei auf den Hals, unverheiratet, wie wir sind!«

Carmen greift an ihm vorbei und drückt die Tür auf. Ein ganz normales Hotelzimmer. Kleiner Gang mit eingebauten Schränken, rechts geht es ins Badezimmer, geradeaus zum Bett.

Sie wirft einen Blick auf das Schild. »*Standard Queen*«, liest sie vor. »Von wegen Hochzeitssuite!«

»Na, ja, *Standard Queen* ist ja nicht gerade schmeichelhaft!«

»Ich fühle mich nicht angesprochen.«

»Das spricht für Sie!«

Er lässt ihr den Vortritt, und Carmen rollert mit ihrem orangefarbenen Koffer an ihm vorbei in den dunkelbraun eingerichteten Raum.

»Aha«, sagt sie. »Ganz schön düster.«

»›Maroke wood wall directly imported from Africa‹ soll Abenteuer und Exklusivität vermitteln, hab ich im Internet gelesen – spüren Sie schon was?« Er stellt seinen Koffer im Gang ab und tritt neben sie.

»Ich spüre eher, dass ich nichts sehe!«

»Na, gut, düster ist in.«

Sie stehen nebeneinander am Fußende des Bettes.

Carmen räuspert sich. »Groß ist es ja.«

»Schlafen Sie lieber links oder rechts?«

Carmen mustert das Bett. Die gläsernen Lampenschirme rechts und links auf den Nachttischchen sind milchig, ganz offensichtlich handbemalt. Sie schaut sich nach einem Lichtschalter um, sieht aber keinen.

»Ich tippe mal rechts«, sagt sie. »Wirklich sehen kann ich das nicht!«

»Links steht das Telefon.«

»Dann rechts. Ich hasse es, morgens den Kaffee bestellen zu müssen!«

»Ich auch.«

Die beiden schauen einander an.

»Komische Situation«, sagt sie.

»Finde ich nicht, ich finde das äußerst reizvoll. Zwei Fremde vor einem Bett.«

»Ich hätte auch ein zweites Zimmer buchen können!« Carmen zuckt mit den Schultern. »Ich meine sogar, ich könnte das immer noch!«

»Notfall?«

»Haben Sie am Flughafen selbst gesagt ... im Notfall!«

»Ja, aber hier nicht«, erklärt Steffen. »Und auch sonst dürfte es in der Kategorie schwierig werden, New York hat Hochsaison und UN-Vollversammlung. Da geht nichts mehr.«

Carmen verschränkt die Arme. »Und da sind Sie sicher?«

Steffen zeigt auf den linken Nachttisch. »Dort steht das Telefon.«

Sie zögert kurz, dann geht sie nach rechts und setzt sich auf ihre Bettseite. »Ist ja auch egal«, sagt sie und hopst ein bisschen auf und nieder. »Weich! Superweich! Fühlt sich an wie ein Wasserbett!«

Steffen bleibt stehen und schaut ihr zu. Carmen sieht sein Profil in dem langen Spiegel, der an ihrer Seite des Zimmers angebracht ist. Es ist alles unwirklich, denkt sie. Wie er da im Halbdunkel steht und ihren Hinterkopf betrachtet, während sie im Spiegel sieht, dass er sie betrachtet. So könnte ein Krimi anfangen, denkt sie weiter, dann wird es ihr unheimlich, und sie dreht sich nach ihm um.

128

Sein Blick ruht noch immer auf ihr. Er schweigt und sieht sie an.

Carmen steht auf. »Wollen wir erst in die Stadt und dann auspacken oder umgekehrt?«

Er richtet sich auf. »Wir streiten uns jetzt erst um den Platz im Schrank und im Badezimmer, und dann gehen wir los, das wäre mein Vorschlag.«

Carmen nickt. Hauptsache, es passiert was. Aktionismus, das lenkt vom eigentlichen Thema ab.

»Aber vorher möchte ich duschen«, sagt Steffen. »Und etwas anderes anziehen.«

Carmen nickt wieder. Sie holt ihren Koffer, wuchtet ihn auf ihr Bett und öffnet ihn. Viel zu viel Zeug, denkt sie. Achtzehn Kilo hatte er bereits beim Einchecken gewogen, da bleiben ihr nur noch fünf Kilo Spielraum bis zum Übergepäck.

Steffen ist im Bad verschwunden. Als er das Licht einschaltet, wird die große Wand, die dem Bett gegenüberliegt, erleuchtet. Die Wand besteht ganz einfach aus einer dicken Glasscheibe, das erkennt Carmen erst jetzt. Von hier aus sieht man bequem ins Badezimmer. Sie erstarrt. Das ist das Letzte, was sie will – im Badezimmer beobachtet zu werden. Steffen hat einen schwarzen Kosmetikbeutel auf den Waschtisch gestellt und wäscht sich die Hände. Dann fährt er sich mit beiden Händen durch sein Haar und beugt sich näher an den Spiegel heran, öffnet den Mund und kontrolliert seine Zähne. Es ist Carmen unangenehm, ihm dabei zuzuschauen, und trotzdem fasziniert es sie. Er hat wohl noch nicht gemerkt, dass er ihr Vollprogramm ist, denn jetzt knöpft er sein Hemd auf. Carmen setzt sich neben ihren Koffer und schaut ihm zu. Er zieht es aus und schnüf-

129

felt daran, dann knüllt er es zusammen und wirft es auf den Boden. Sein Oberkörper ist eher schmal und völlig haarfrei, die Brustmuskeln treten kaum hervor. Kein Gramm Fett. Eigentlich sieht er aus wie ein Langläufer, aber Carmen bezweifelt, dass er überhaupt Sport macht. Vielleicht isst er einfach nur wenig. Er öffnet den Gürtel und dann die Knöpfe seiner Jeans.

Knöpfe, denkt Carmen. So eine Jeans hatte David auch. Das war ganz am Anfang ihrer hochexplosiven Liebe, und sie erinnert sich gut, wie sie sich daran fast mal die Finger abgebrochen hat. Einhändig war es kaum zu machen. Aber Steffen ist wohl noch nicht sonderlich aufgeregt. Hat er keine Phantasie? Da sitzt sie, Carmen, im Nebenraum auf dem Bett, und er kann seine Jeans völlig entspannt aufknöpfen?

Fast geht es ihr an die Ehre, aber dann sagt sie sich, dass sie schließlich nur eine Kulturbegleitung ist und sich deshalb auch ein langes Nachthemd eingepackt hat. Und ein bedrucktes halblanges T-Shirt, falls das Nachthemd zu albern sein sollte. Er trägt schwarze Seidenboxershorts. So sieht es auf die Entfernung wenigstens aus. Ein weiches, schlabbriges Ding. Sicherlich ein bequemes Reiseutensil, denkt Carmen und starrt weiter in den Glaskasten. Wie bei einer Peepshow. Nur gut, dass er zuerst ins Bad gegangen ist.

Da sieht er sie plötzlich an, und sie duckt sich schnell. Wie peinlich, wenn er sie da so glotzend sitzen sieht. Aber er greift nach einem Vorhang und zieht ihn zu. Was ist das? Carmen beugt sich vor. Es muss ein Spritzvorhang sein. Also ist die Dusche an der Scheibe angebracht. Jetzt sind nur noch seine Umrisse zu sehen. Wie bei einem Schattenspiel.

Es ist interessant. Wenn er dem Vorhang zu nahe kommt, verschwimmen seine Konturen. Etwas weiter zurück wird alles klarer. Mit einer Hand zieht er seine Boxershorts aus, und offensichtlich fliegt sie direkt zum Hemd. Baumelt da was oder nicht? Carmen strengt ihre Augen an und muss über sich selbst lachen. Es kann ihr doch egal sein, oder? An seinen Handbewegungen sieht sie, dass er die Duschhähne aufdreht, dann hört sie das Brausen des Wassers. Er betätigt offensichtlich einen Seifenspender, denn anschließend verreibt er etwas zwischen den Händen und beginnt sich zu waschen. Zuerst massiert er den Kopf, dann die Achseln, und schließlich arbeitet er intensiv zwischen den Beinen. Carmen schaut ihm zu, wie er sich bückt, um sein bestes Stück in Angriff zu nehmen, sich dabei mehrfach zwischen den Beinen hindurchfährt und wahrscheinlich alles ganz ordentlich einseift, denn als er die Handbrause vom Halter nimmt, streckt und dehnt er sich ausgiebig in alle Richtungen, und zwischendurch klatscht ein Strahl durch den Vorhang gegen das Glas.

Was macht er da?

Duscht er kalt? Aber so etwas tun doch nur Frauen?

Als er den Hahn schließlich zudreht und sich das Wasser vom Körper abstreift, fährt Carmen hoch. Spätestens wenn er im Zimmer steht, wird er wissen, dass sie ihn beobachtet hat.

Sie rafft ihre Kleider aus dem Koffer und geht schnell zur offenen Schranktür im Gang. Hinter der Badezimmertür hört sie ihn rumoren, aber von hier aus kann sie ihn wenigstens nicht mehr sehen. Die erste Ladung wirft sie ziemlich wahllos in ein Regal, dann holt sie den nächsten Armvoll. Das sind zwei leichte Jacketts und vier Kleider. Zwei Tages-

kleider für sommerliche Temperaturen und zwei Cocktail-
kleider, für alle Fälle. Sie hängt alles in den Schrank und
beschließt, nicht mehr von hier zu weichen, bis Steffen
herauskommt. Dafür legt sie ihre T-Shirts ordentlich zusammen, rückt sie hin und her und hängt auch noch zwei
Blusen auf, die unter den T-Shirt-Berg geraten sind.

Endlich öffnet sich die Badezimmertür in ihrem Rücken, und Steffen tritt heraus, ein Handtuch um die Taille
und seine Wäsche in der Hand. »Okay«, sagt er, »Lady, jetzt
sind Sie dran!«

Carmen zögert. Sie ordnet einen Stoß T-Shirts um und
hat plötzlich das seltsame Gefühl, er wolle sie auf die Probe
stellen. Kannte er diese Duschglaswand? Hat er gewusst,
dass sie als Zuschauerin davorsitzen würde?

Er fischt nun frische Kleidungsstücke aus seinem Koffer heraus. Carmen dreht sich nach ihm um und weiß noch
immer nicht, wie sie reagieren soll.

»Das Bad ist frei«, sagt er kurz und hält dabei inne. Ihre
Blicke treffen sich.

Carmen nickt. »Prima«, sagt sie und: »danke«, dann geht
sie ins Badezimmer. Puristische Teuerware, das sieht sie
gleich. Genauso schmucklos, wie sie es vom Bett aus wahr-
genommen hat. Sie schaut zur Dusche. Der leichte Spritzvorhang vor der Glaswand ist noch immer zugezogen. Ein
weiterer soll das Duschwasser vom Innenraum abhalten.
Sandwichduschen, denkt Carmen und zieht den zweiten
Vorhang zu. Damit ist sie gegen das Schlafzimmer doppelt
sichtgeschützt. Dann schaltet sie das Licht des kleinen runden Vergrößerungsspiegels an und das Deckenlicht aus. Nun
ist es so schummrig wie im übrigen Apartment, und Steffen,
sollte er nun auf dem Bett sitzen, hat schlechte Karten.

132

Sie zieht sich schnell aus und legt ihre Kleidungsstücke auf den weißen Toilettendeckel. Auch das ist ein Unding, denkt sie. Man kann dem anderen doch nicht heimlich zuschauen, wenn er auf der Toilette sitzt.

Sie stellt sich mit dem Rücken zur Glaswand unter die Dusche und dreht beide Wasserhähne voll auf. Tut das gut, denkt sie, reckt die Arme nach oben über den Kopf und lässt das Wasser genussvoll an sich hinunterfließen. Nach einigen Genussminuten seift sie sich ein und wäscht ihre langen Haare. Irgendwann hat sie vergessen, dass sie einen Zuschauer haben könnte. Sie windet sich und weiß nun auch, weshalb Steffen das vorhin getan hat – der Duschvorhang klebt sofort an der nassen Haut fest, wenn man ihm zu nahe kommt. Es ist ein ständiges Ausweichen, am liebsten hätte sie beide Vorhänge zurückgezogen. Nasse Glaswand und überschwemmter Badezimmerboden – sicherlich haben die Putzfrauen hier täglich damit zu kämpfen, denkt Carmen und dreht das Wasser ab. Das sind die Folgen, wenn Innenarchitekten ihre Kreationen nicht selbst ausprobieren. Sie greift nach dem zweiten Badetuch, das über einer Heizschlange hängt, und trocknet sich ab.

Eigentlich wäre es jetzt der richtige Augenblick für Sex, geht ihr durch den Kopf. Mit feuchter Haut, nassen Haaren, dem Gefühl der Frische ran an die andere, fremde Haut mit ihren letzten Wassertropfen, die noch an verborgenen Stellen hinunterperlen. Lass es uns hinter uns bringen, irgendwann würde ja sowieso einer mal den Anfang machen müssen.

Aber als sie heraustritt, steht Steffen schon in einem hell gestreiften Hemd und einer schwarzen Jeans da.

»Interessantes Zimmer«, sagt er.

»Ja, finde ich auch!«

Sie lächeln sich an, und Carmen spürt, dass er schwankt. Er sieht sie an, und eine Falte erscheint an seiner Nasenwurzel. Sicher ist er sich nicht, denkt sie und spürt, dass sie Oberwasser bekommt. Zum ersten Mal seit ihrer Begegnung.

»Dann mal Platz da«, sagt sie. Das kann er nun auslegen, wie er will. Aber auf »Platz da« Platz zu machen wird ihm auch nicht passen. Wahrscheinlicher aber ist, dass er das Wortspiel gar nicht erkennt.

»Haben Sie Hunde zu Hause?«, fragt er.

Also doch, sie lächelt ihm anerkennend zu. »Ich wollte nur an meinen Schrank!«

»Ach so.« Er weicht drei Schritte aus, zur Tür hin. »Dann gehe ich mal eine rauchen.«

Er zieht sich aus der Affäre, denkt Carmen. Ganz so souverän steht er der Situation also auch nicht gegenüber. Er tut nur so.

»Ich komme gleich nach«, sagt sie. »Wo sind Sie?«

»Keine Ahnung, wo man hier rauchen kann. Wahrscheinlich auf der Straße, da kann ich mich gleich mit unserem Chauffeur über das Ziel unterhalten.« Er zieht die Visitenkarte hervor, die er von ihm bekommen hat.

»Und was ist unser Ziel?«

»Wollten Sie nicht nach Harlem?«

»So eine richtige Jazzkneipe, wie man sich das vorstellt?«

»Eine, wie es sich der Tourist nicht vorstellt.«

»Und das heißt?«

»Authentisch.«

Carmen nickt und lässt auf dem Weg ins Schlafzimmer langsam ihr Badetuch hinunterrutschen. Und sie weiß genau, dass er ihr hinterherschaut, bevor er das Zimmer verlässt.

Rosi, denkt sie, wie heißt das Spiel, das wir hier spielen?

Als der Central Park bereits einige Straßen hinter ihnen liegt, die Häuser dunkler werden, der Verkehr nachlässt und bald nur noch vereinzelte Fußgänger unterwegs sind, wendet sich Carmen vom Fenster ab. »Ob das so eine gute Idee war?«, fragt sie zögerlich. »Eigentlich will ich hier gar nicht aussteigen!«

»Schon seltsam«, sagt er, »da fährst du aus dieser Glitzerhochhauswelt ein paar Kilometer hinaus, und schon fühlst du dich wie der erste Mensch.«

»Wie der erste weiße Mensch«, wirft Carmen ein. »Ich habe hier jedenfalls außer uns noch keinen gesehen.«

»Wahrscheinlich fühlt sich ein Schwarzer auch nicht anders, wenn er unter lauter Weißen ist.«

Carmen schaut wieder hinaus. »Ich weiß nicht. Einen Schwarzen unter Weißen empfinde ich als normaler.«

»Die Frage ist, ob er das auch so sieht.«

Sie muss lachen. »Ja, da haben Sie recht.«

In diesem Moment hält der Chauffeur vor einem unscheinbar wirkenden Lokal.

Carmen liest den erleuchteten Schriftzug über der langen Fensterscheibe. *Lenox Lounge*. Sie braucht ein paar Sekunden, bis ihr Gehirn es wiedererkennt. »Ach«, staunt sie, »*die* Lenox Lounge?«

»Aha.« Steffen lächelt. »Bravo. So ganz ahnungslos scheinen Sie ja doch nicht zu sein!«

Carmen überlegt, ob sie ihm verraten soll, dass sie sich dieses Wissen gerade erst auf dem Flug angelesen hat; dann entscheidet sie, ihn im Ungewissen zu lassen. »Billie Holiday, John Coltrane«, schiebt sie noch nach, da wird ihr die Tür geöffnet. Carlos im dunklen Anzug steht vor ihr und reicht ihr seine Hand zum Aussteigen. Carmen ergreift sie dankend und geht dann um den Wagen auf Steffen zu. Sie trägt ein schlichtes kleines Schwarzes und mittelhohe Schuhe, weil sie sich nicht sicher war, was der Abend bringen würde.

»Eigentlich würden Sie besser zum Outfit unseres Chauffeurs passen«, sagt Steffen und hält ihr die Tür zum Lokal auf. Er hat zu seiner Jeans und dem Hemd ein dunkles Sakko über die Schulter geworfen, aber Carmen ist im Vergleich zu ihm deutlich overdressed.

»Wenn er nett ist?«, sagt sie und geht an ihm vorbei.

Eine Bedienung kommt sofort auf sie zu und fragt sie nach ihrer Reservierung. Der lang gestreckte Raum mit dem fast ebenso langen Holztresen ist menschenleer. Wozu braucht es da eine Reservierung, denkt Carmen und fühlt sich völlig fehl am Platz.

Inzwischen erklärt die Frau, dass der Musikgenuss im Nebenraum nur mit einem Dinner für 40 Dollar möglich sei. Pro Kopf.

Carmen nickt. Sie hat Hunger, und 40 Dollar erscheinen ihr nun für einen so legendären Jazzkeller nicht besonders viel. Außerdem ist sie froh, dass es offensichtlich einen Raum gibt, der beides bietet.

»Der legendäre *Zebra Room*.« Steffen zwinkert ihr zu.

»Art Déco«, sagt sie wie aus der Pistole geschossen. »Von 1939.«

Wieder schaut Steffen sie fragend an, und in seinem Blick ist Anerkennung zu sehen.

136

Die Bedienung geht ihnen an der Bar entlang voraus. Sie ist, trotz ihrer extrem hohen Absätze, relativ klein. Carmen betrachtet ihre Rundungen von hinten, das zu enge pinkfarbene T-Shirt, das über ihrem satten Hüftspeck nach oben gerutscht ist und viel braune Haut zeigt, und die zu enge Jeans. Dabei bewegt sie sich aber mit einer solch fließenden Eleganz, dass der Anblick nicht mal stört.

Vor einer schmalen Tür bleibt sie stehen, und der Blick, den sie Carmen zuwirft, ist nicht besonders freundlich. Dann öffnet sie die Tür.

Ein Saxofon entlädt sich mit Wucht. Schnell und kraftvoll jagen die hohen Töne die tiefen durch den kleinen Raum, dann setzt der Kontrabass ein und der Applaus der wenigen Gäste. Ganze zehn Leute sieht Carmen an kleinen Holztischen sitzen, allesamt Schwarze. Die meisten sehen aus, als kämen sie geradewegs von der Arbeit. Die Bedienung weist ihnen einen Tisch an der Wand zu, direkt neben der Tür und seitlich von der kleinen Bühne. Sie mag uns nicht, denkt Carmen und rutscht auf die harte Bank an der Wand. Egal. Sie wird den Abend genießen, selbst wenn sie nicht wirklich willkommen sind.

Steffen rückt sich neben ihr einen Stuhl zurecht. »So, jetzt sind wir im legendären *Zebra Room*«, sagt er mit gesenkter Stimme, und seine Augen leuchten.

Carmen nickt. Ja, die Wanddekoration erinnert tatsächlich an das Muster eines Zebrafells.

Aber viel mehr interessieren sie die drei Musiker, die auf der Bühne gerade völlig in ihrer Musik aufgehen. Sie werfen sich kurze Abstimmungsblicke zu, und man spürt die Lust, die sie beim Spiel empfinden. Carmen sieht vom Pianisten nur den Rücken, aber seine kleinen Hände flitzen

137

über die Klaviatur, dann verharren sie urplötzlich, schlagen nur langsam und gezielt einzelne Töne an, um gleich darauf wieder loszuschießen. Der ganze Oberkörper des Mannes geht mit, taucht tief zu den Tasten hinunter, bäumt sich auf, schwankt nach links und nach rechts. Eine Schiebermütze sitzt auf seinem kahlen Kopf, und das karierte Tweedjackett passt dazu. Der Mann am Kontrabass hat sein Instrument umgedreht und bearbeitet den bauchigen Holzrücken mit der flachen Hand, zu den dumpfen Tönen bläst der Saxofonist eine Folge von hohen, schnellen Tönen. Seine Augen sind geschlossen, seine Haare millimeterkurz, seine Backen blähen sich auf, sein fleischiger Hals legt sich über den grauweißen Hemdkragen, und es ist, als lege er seine Seele in dieses Instrument, so steht er da, andächtig und beschwörend zugleich.

Carmen ist fasziniert, sie schaut zu Steffen, der sie beobachtet.

»Das ist Azar Lawrence«, sagt er ehrfürchtig. »Es ist ein unglaublicher Glücksfall, dass Sie ausgerechnet in ein Jazzlokal nach Harlem wollten. Dafür könnte ich Sie küssen!«

»Auf der Stelle?«

Steffen lächelt und schaut die Bedienung an, die kommentarlos zwei Speisekarten auf den Tisch legt. Er greift danach, und Carmen fällt auf, dass er schmale Hände mit langen Fingern hat. Pianistenhände, denkt sie, streicht das aber sofort wieder, denn der echte Pianist dort auf der Bühne hat eher kleine Patschhände.

Unter *Appetizers* liest Carmen: Chicken Wings, Chicken Fingers, Fish Fingers, Chilli Grilled Shrimps, Crab Cakes und BBQ Baby Back Ribs. Dann auf der nächsten Seite unter *Entrees*: Stuffed Catfish, Stuffed Shrimps, Crab

Cakes, Chilli Grilled Shrimps, BBQ Baby Back Ribs und Shrimp Scampi.

»Prima«, sagt sie, »das ist einfach. Da nehme ich zur Vorspeise Chili Grilled Shrimps und zum Hauptgang gleich noch einmal.«

»Zum Beispiel.« Steffen hat gar nicht zugehört. Er ist völlig fasziniert. »Das ist wirklich das Größte!«

Wahrscheinlich ist es auch völlig egal, was man in so einem Lokal isst, denkt Carmen. Die 40 Dollar brauchen sie als Eintrittsgeld, und der Rest ist Zugabe.

Azar Lawrence, denkt sie. Das müsste ihr jetzt wahrscheinlich etwas sagen. Tut es aber nicht.

»Klären Sie mich etwas auf?«, fragt sie. »Ich kenne mich in der Jazzszene nicht so gut aus.«

»Nicht?« Erstaunt sieht er sie an. »Ich dachte, jeder Intellektuelle, der auf sich hält, ist ein Jazzfan.«

»Ich bin keine Intellektuelle«, sagt Carmen. »Ich leite ein Versicherungsbüro und habe noch nie versucht, die Welt zu verbessern.«

»Nicht? Schade. Macht Spaß.« Er klappt die beiden Speisekarten zu und bestellt bei der herbeischlendernden Bedienung zu den Speisen eine Flasche Zinfandel.

»Die lächelt auch erst beim Trinkgeld«, stellt Carmen fest.

»Aus irgendeinem Grund mag sie uns nicht«, bestätigt Steffen. »Aber ich werde sie nicht fragen. Damit muss sie allein fertig werden.«

Carmen verbeißt sich ein Grinsen. Sein trockener Humor gefällt ihr.

Dann zieht der Saxofonist sie wieder in seinen Bann. Wie kann man nur so spielen?, fragt sich Carmen. Wie kann man nur so in einem Instrument aufgehen, sein ganzes Leben hineinlegen? Sie kennt ihn nicht, aber dass dies ein Ausnahmemusiker ist, braucht ihr Steffen nicht zu sagen. Schade, dass nur so wenige Leute da sind. So einer hätte volle Hallen verdient.

Unvermittelt öffnet er die Augen, schaut zum Pianisten, dann zum Bassisten, und gemeinsam lassen sie ihre Instrumente ausklingen, das Saxofon seufzt noch einmal, dann ist es vorbei.

Alle klatschen, die Musiker bedanken sich mit einem Nicken und gehen etwas schwerfällig von der Bühne. Sie wirken älter, als sie wahrscheinlich sind.

»So, aber jetzt, Azar ...«, beginnt Carmen, wird aber unterbrochen, weil die Bedienung die geöffnete Flasche Rotwein bringt und mit zwei Gläsern vor ihnen abstellt.

Carmen schaut Steffen an. Der nimmt die Flasche und schenkt die dickwandigen Gläser ein.

»Was erwarten Sie?«, fragt er. »Selbst ist der Gast.« Dann reicht er Carmen eines der Gläser. »So. Lassen Sie uns auf unseren ersten Abend in New York anstoßen!«

»Ja, das ist eine ganz besondere Reise.« Carmen stößt ihr Glas entschlossen gegen seins.

»Jetzt sagen Sie mir aber nicht, dass Sie so etwas sonst nie tun würden ...«

Sie setzt das Glas wieder ab. »Eiskalt!«

»Wussten Sie nicht, dass die Amerikaner die Kühlschränke und die Aircondition erfunden haben?«

»Denkt man. War aber nicht so.«

»Na, gut. Ich kenne mich mit Jazz aus, Sie mit Kühlschränken.«

Carmen muss lachen. »Also gut. Sie zuerst!«

»Azar Lawrence ist ein Schüler von Coltrane, hat aber seinen ganz persönlichen Stil und Ausdruck gefunden. Er hat mit Leuten wie Ike und Tina Turner, Eric Burdon, Marvin Gaye, Miles Davis und Frank Zappa gespielt, um nur einige zu nennen. Er ist ein ganz Großer!«

»Hier drin?« Carmen dreht sich erstaunt nach Lawrence um. Er hat die Ärmel seines Hemdes hochgekrempelt, ein Glas Wein vor sich stehen und scherzt mit seinen Musikerkollegen. »Kaum zu glauben!«

»Aber wahr!«

»Vielleicht ist ja dieser Ort eine Art Heimat für ihn?«

»Möglich.« Steffen zuckt mit den Schultern. »Und jetzt Sie.«

»Was?«

»Der Kühlschrank!«

»Nicht Ihr Ernst?«

»Doch!«

»Carl von Linde. 1895. Die Amerikaner hatten zuvor durch Verdampfung eines Kühlmittels schon Ähnliches versucht, aber es nicht ganz geschafft.«

Steffens Blick ist skeptisch. »Woher wissen Sie das?«

»Woher wissen Sie, dass Azar Lawrence bei Frank Zappa gespielt hat?«

Sie schauen sich kurz, fast feindselig an, dann legt Steffen seine Hand auf Carmens Hand. »Sie sind speziell!«

»Speziell?«

»Ja, nicht schlecht. Irgendwie anders.«

Carmen zieht ihre Hand unter seiner weg.

»I'm gonna tell you who I am!«

»Das würden Sie tun?«

»Es ist ein Song von Rebekka Bakken. Kennen Sie die?«

141

Er wiegt den Kopf.

»Jazz und Folk, norwegische Urkraft und Blues.«

»Hört sich spannend an.«

»Erzählen Sie mir, wer Sie sind.«

Steffen lehnt sich zurück. Sein Stuhl knarzt. Sie mustern sich gegenseitig. Was wird aus ihnen? Was wird aus diesem Abend, diesen vier Tagen und drei Nächten in New York?

Er beugt sich wieder vor. »Was soll ich Ihnen erzählen?«, fragt er und schaut ihr direkt ins Gesicht.

Er ist wirklich nicht mein Typ, denkt Carmen noch einmal. Zu feingliedrig, und auch die Gesichtszüge sind zu schmal, haben etwas verletzlich Künstlerisches. Sie steht einfach mehr auf sattelfeste Cowboys. Künstler sind ihr zu schwierig, zu sensibel, zu schnell beleidigt, zu schnell angegriffen. Oder ist das nur ein Vorurteil von ihr?

»Warum sind Sie der Liebhaber von Rosi?«, fragt Carmen geradeheraus.

»Weil Rosi viele Vorteile hat«, entgegnet er. »Sie stellt keine Fragen, sie ist verschwiegen, sie hat Phantasie, sie spielt gern, und sie liebt den Hamam, beispielsweise.«

»Den Hamam.« Carmen wiederholt es und hört Rosis aufgeräumte Stimme, so weich, so anders. »Wo ist denn dieser Hamam?«

»In ihrem Haus.«

Carmen greift nach ihrem Glas. »Und was wollen Sie dann mit mir? Warum sind wir gemeinsam nach New York geflogen?«

Er zuckt die Achseln. »Im ersten Moment habe ich gedacht, es sei ein Spiel.«

»Ein Spiel?« Carmen spürt eine Gänsehaut. »Was für ein Spiel?«

Seine Gesichtszüge sind angespannt. Carmen sieht den Backenknochen, der stärker hervortritt als sonst.

»Wie ich eben sagte. Sie spielt gern. Wussten Sie das nicht?«

Carmen schüttelt den Kopf. »Woher denn? Ich kenne sie ja kaum.«

»Sie war Landesmeisterin im Schach.«

»Schach?« Das erstaunt Carmen, nötigt ihr aber auch Respekt ab. Landesmeisterin im Schach, dazu gehört etwas.

»Ja, das Königsspiel. Die Züge richtig setzen, wenn es um Einfluss und Macht geht, solche Spiele gefallen ihr. Vorausdenken, das liegt ihr. Organisieren und taktieren. In der Zwischenzeit hat sie am Computer einige Spiele entdeckt, die sie inspirieren.«

Carmen holt tief Luft. Ist das eine Seuche? Muss sie das auch hier in New York einholen? Sie sieht David vor sich, wie er ihr Lydias Vorzüge zeigt, völlig unschuldig, als sei es das Normalste der Welt, dass sich Menschen in dieser Weise anderen präsentieren.

»Und was spielt sie so?«

»*Mafia Wars* heißt das Spiel. Ich kenne es nicht, aber da braucht man wohl Mitspieler und muss sich hocharbeiten.«

»Eher hochschießen«, wirft Carmen tonlos ein. »Oder vielleicht hochschlafen?«

Der erste Ton von der Bühne trifft ihren Nerv. Das Saxofon setzt hoch an. In diesem Moment kommt die Vorspeise. Carmen schaut auf den Teller und dann zu Steffen. »Meinen Sie, Rosi wollte uns aus dem Weg haben? Uns beide?«

»Sie hat einen Auftrag zu vergeben, einen Anbau an ihrer Villa.« Über Steffens Gesicht huscht ein Lächeln. »Und Ihr David ist ein attraktiver Mann, möglich wäre es.«

Carmen hört ihr Blut sausen. David? David und Rosi? Annäherung über *Mafia Wars* und sexuelle Botenstoffe über einen Großauftrag? Lock, lock? Würde David das merken? Würde er da mitmachen? Würde er sich gar verlieben?

Rosi ist eine attraktive Frau mit glänzenden Möglichkeiten, welcher aufstrebende Mann würde da ablehnen? Ihr David?

Am liebsten hätte sie auf der Stelle ihre Koffer gepackt und den nächsten Flieger genommen. Dann sieht sie Steffens Blick. Veräppelt er sie? Stimmt das alles überhaupt, oder will er nur einen gegenseitigen Burgfrieden schaffen?

»Guten Appetit«, sagt er und macht sich über seine Chicken Fingers her.

Ihr ist der Appetit vergangen, aber nun greift auch der Pianist wieder in die Tasten, und der Bassist klinkt sich ein – und Carmen denkt, was soll's, live is live. Ändern kann ich es sowieso nicht, es kommt, wie es kommt. Und in diesem Moment öffnet Azar Lawrence seine Augen und schaut zu ihr herüber. Sie nickt ihm zu und beschließt, ihn nachher nach einer signierten CD zu fragen. Im Jazz liegt alles, denkt sie, so viel Freiheit, Dissonanzen und Konfrontation, Einigkeit, Lust und Liebe. Das ganze Leben.

Sie nimmt ihr Glas und prostet Steffen zu. »Wollen wir uns nicht duzen?«

Kurz nach Mitternacht kommen sie wieder in ihrem Hotel an. Carmen vermeidet es, über die Uhrzeit nachzudenken. Eigentlich müsste sie todmüde sein, ist sie aber nicht. Ihre Nerven vibrieren, und Carmen und Steffen beschließen, im *Private Park* noch einen letzten Drink zu nehmen. Der Park wirkt tatsächlich wie eine private Gartenterrasse – allerdings eingeklemmt zwischen hohen Hotelwänden. Sie bleiben kurz stehen. Es gibt Tische, Liegen, kleine Sitznischen und sogar ein einladend breites Bett mit großen indischen Kissen. Dazwischen Hecken und Büsche, grüne Arrangements, hohe Vasen und über allem fröhliches Vogelgezwitscher.

»Nicht schlecht«, meint Steffen.

Carmen nickt. »Ja, originell. Mal was anderes.« Sie deutet auf ein gemütlich aussehendes Sofa. »Wollen wir das nehmen?«

Steffen schaut sich noch einmal um, aber viele der Sitzgelegenheiten sind bereits besetzt, und so stimmt er zu.

»Zu zweit auf dem Sofa, das ist ein bisschen wie bestellt und nicht abgeholt«, sagt er und rutscht hin und her, um neben Carmen eine bequeme Sitzposition zu finden.

Eine junge Frau im kurzen weißen Seidenkleid kommt heran, um nach ihren Wünschen zu fragen, und Carmen bewundert ihre langen, schlanken Beine. Ob Modelbeine wohl ein Kriterium sind, um hier arbeiten zu dürfen? Carmen schaut zu Steffen, aber der studiert völlig unbeeindruckt die Karte und wählt schließlich zwei Whiskys aus.

Dann lächelt er Carmen zu. »Wir werden nicht darum herumkommen, irgendwann ins Bett zu gehen.«

»Wir können auch das Bett hier draußen nehmen.«

»Du meinst, in der Öffentlichkeit besteht keine Gefahr?«

»Ich meine, ich habe noch nie in der Öffentlichkeit …«

Seine Mundwinkel gehen leicht nach oben, und er wendet sich ihr mit seinem ganzen Oberkörper zu. »Ist das jetzt ein unmoralisches Angebot?«

Carmen weiß es selbst nicht. Steffen legt seine hohe Stirn in Falten, und Carmen denkt, jetzt fehlt nur noch die Fluppe im Mundwinkel, dann ist Clark Gable perfekt.

»Mich macht es ziemlich an, wenn eine Frau dabei spricht«, sagt er herausfordernd.

Carmen antwortet nicht gleich. Spricht? Sie stellt sich Rosi vor. Was sagt Rosi? *Toll, du bist mein Hengst* oder *Du bist der Beste von allen*? Oder ist sie egoistisch und fordert ihn zu Dingen auf, die ihr selbst guttun?

»Mich macht es an, wenn ein Mann die richtige Stelle trifft«, sagt sie schließlich und freut sich kindisch über das kurze Aufblitzen in seinen dunklen Augen.

»Und wo ist diese Stelle?« Steffen beugt sich noch etwas näher zu ihr hinüber.

»Das ist ja die Kunst«, sagt sie lächelnd und schaut auf, weil die junge Frau die Getränke bringt.

»Du machst mich neugierig!« Er reicht Carmen ein Glas, und sie prosten einander zu.

»Auf die nächsten schönen Tage«, sagt sie.

»Auf die Nächte«, sagt er.

Carmen muss lachen. »Setzen wir uns jetzt mal nicht unter Druck. Manchen Männern bekommt das schlecht.«

»Mir nicht. Probier es aus.«

Carmen nimmt einen tiefen Schluck und horcht in sich hinein. Hat sie Lust auf ihn? Eigentlich mehr auf David. Aber hat er noch Lust auf sie? Hier sitzt die Gelegenheit, einmal wieder wirklich Frau zu sein und sich auch als solche zu fühlen.

»Skrupel?« Steffen hat sie offenbar beobachtet. Seine schlanke Hand fährt langsam von ihrer Schulter in ihr Haar. »Ich weiß nicht, weshalb du mitgekommen bist«, sagt er langsam. »Ich weiß nur, dass ich, als ich dich am Flughafen sah, gebetet habe: Lieber Gott, lass sie es sein! Wie du da so langsam näher kamst, dein Gesicht, deine Haare, deine Haltung, deine Art, dich zu bewegen, da habe ich gedacht …« Seine Augen verengen sich. »Soll ich dir das sagen?« Carmen ist wie gebannt. Sie nickt fast unmerklich. »Ich habe mir geschworen, wenn du es nicht bist, dann muss ich dich so oder so kennenlernen.« Er lacht, und seine weißen Zähne schimmern. »Ich weiß nicht, wie ich das angestellt hätte, aber es war mir klar, mit keiner anderen will ich New York erobern!«

Schmalzt er rum, oder ist das echt? Carmen versucht, aus seiner Mimik einen Hinweis abzulesen, aber es gelingt ihr nicht. »Und was hättest du dann mit der anderen, mit Rosis Empfehlung, gemacht?«

Er zögert keine Sekunde. »Ich hätte mich versteckt!«

Es kommt so offen und unverkrampft, dass Carmen lachen muss. »Versteckt?«, echot sie. »Das ist ja originell! Das hätte ich gern gesehen.«

»Thank God war es nicht nötig!« Eine dünne Strähne ihrer Haare wandert durch seine Finger. »Du hast wunderschöne Haare!«

»Ja, ein Teil unserer Familie ist rothaarig. Manche sind dazu noch mit einem Meer an Sommersprossen gesegnet.«

»Niedlich«, sagt er. »Du nicht?«

»Nicht überall.«

Er schweigt, und Carmen greift nach ihrem Glas.

»Es gibt jetzt drei Fragen, die du mir ernsthaft beantworten musst«, sagt er nach einer Weile.

Carmen denkt sofort an ihre Kondome und nimmt einen großen Schluck. Als er nach einigen Augenblicken noch immer nichts gesagt hat, will sie es wissen. »Erstens?«

»Erstens«, wiederholt er langsam, »stellt sich mir natürlich die Frage, ob du dir Sex mit einem Kulturmenschen überhaupt vorstellen kannst. Zweitens, wenn ja, ob ich dann unter dieser Kategorie infrage komme, und drittens, wenn ja, ob du schon heute Abend Lust hast oder denkst, dass sich das entwickeln muss? Und wenn ja, könnte sich das schon in den nächsten Tagen entwickeln, will sagen rasch?«

Carmen schaut ihm direkt in die Augen. »Vier«, sagt sie. »Vier?«

»Ja, das waren vier Fragen!« Sie stellt ihr Glas ab, fasst seinen Nacken und zieht ihn zu sich heran. »Sind alle Kulturmenschen so kompliziert?« Dann küsst sie ihn.

Der Kuss turnt sie an. Seine Lippen passen zu ihren, sie bewegen sich spielerisch auf ihren, mal schmeichelnd, dann wieder fordernd, und während seine Zunge die ihre jagt, sie nimmt und wieder hergibt, ertasten sein Hände die Wirbel auf ihrem Rücken, gleiten dabei immer tiefer zu ihrem Po, und Carmen spürt, wie sie feucht wird. Als sie voneinander ablassen, steht sie auf. »Gehen wir?«

Auf dem Weg nach oben befiehlt sie ihrem Kopf, das Denken abzuschalten. Jetzt geht es nur um ihren Bauch. Und ihr Bauch sagt ihr, dass sie endlich wieder einmal ordentlich geliebt werden will – phantasievoll, liebevoll, gemeinsame Ekstase und Ohmacht. Sie lächelt und sieht ihr Gesicht im Spiegel des Lifts. Ihre Züge sind entspannt, ihr Lächeln kommt von innen, sie findet sich schön. Und sie sieht Steffens Profil, er schaut sie an und lächelt ebenfalls. Was er wohl denkt, fragt sie sich, da geht schon die Lifttür auf, und ein paar Jugendliche drängen herein. Steffen legt seinen Arm um Carmen, und gemeinsam gehen sie hinaus und den langen Gang entlang. Eigentlich müsste ich mich jetzt komisch fühlen, denkt Carmen. Was erwartet mich? Wie geht er es an? Und wie fühlt er sich?

Sie schaut zu ihm hinüber.

Er erwidert ihren Blick und küsst sie im Gehen auf die Stirn. »Schön«, sagt er leise. »Und wenn wir zu nichts anderem mehr Lust haben, bleiben wir die nächsten Tage einfach hier oben.«

Die Vorstellung erscheint Carmen etwas gewagt, und sie antwortet lieber nicht darauf. In einer deutschen Stadt könnte sie sich so etwas gerade noch vorstellen – aber in New York?

Steffen öffnet die Tür mit seiner Zimmerkarte und lässt ihr den Vortritt.

Vor dem Bett bleiben sie stehen. Carmen spürt jetzt doch so etwas wie eine leichte Befangenheit, aber Steffen nimmt ihr Gesicht in beide Hände und küsst sie zärtlich, und der Knoten löst sich langsam. Alles gut, denkt sie und spürt, wie das Verlangen wieder erwacht. Sie küssen sich heftiger, die Körper drängen aneinander, und ihre Hände machen sich selbstständig. Carmen zupft Steffen das Hemd aus der Hose, und Steffen öffnet langsam den Reißverschluss ihres kleinen Schwarzen. Behutsam streift er ihr die Träger über die Schultern, und das Kleid rutscht an ihrem Körper hinab zu Boden. Dann knöpft sie sein Hemd auf. Es macht sie an, dass er sie anschaut, mit etwas Distanz, so als mustere er seine frische Ware. So hat sie noch nie vor einem Mann gestanden, schon gar nicht, als er ihr auch den BH abnimmt und den Slip abstreift. Sie trägt nur noch ihre hohen Schuhe, obwohl er noch immer angezogen ist. Während er sie weiter betrachtet, öffnet er langsam seinen Gürtel und seine Hose, streift die Schuhe ab, zieht Hemd und Hose aus. Carmens Blick wandert nach unten auf seinen prall gefüllten Slip.

Sie streckt die Hände nach ihm aus, aber er wirft sich mit ihr aufs Bett und wandert mit seiner Zunge ihren Körper hinunter. Carmen zuckt und windet sich und spürt, wie sie die Kontrolle über ihren Körper verliert. Seine Zunge zwischen ihren Beinen ist mehr, als sie im Moment ertragen kann, sie will ihn, und zwar jetzt gleich, hart und heftig, das braucht sie jetzt. Sie klappt ihre Beine an Steffens Kopf vorbei zusammen und sieht ihn an. Die Konturen seines Körpers verschwimmen im schwachen Licht des Zimmers, nur sein Rücken glänzt feucht, und die Iris seiner Augen sticht hervor, als er sie fragend anschaut. Er liegt auf dem Bauch, und ihr Blick wandert zu seinem Po. In der Zwischenzeit hat er seinen Slip ausgezogen, die Muskeln sind angespannt. Sie fährt mit der Hand darüber, er fühlt sich gut an. Rund und hart, männlich.

»Komm«, sagt sie und legt sich neben ihn. Hat er nicht gesagt, es turne ihn an, wenn Frauen beim Sex reden? »Komm, ich will dich!« Seine Hand fährt über ihre Brüste. Erst über die eine, dann sacht und forschend zugleich über die andere. »Ich brauch dich!« Sie schlingt ein Bein um ihn. Soll sie auf ihn klettern? Aber eigentlich spürt sie mehr, wenn er auf ihr liegt. Reiten kann sie ihn nachher noch, jetzt ist es ihr einfach nach Befriedigung, nach Gas geben. »Komm«, flüstert sie und beißt in sein Ohrläppchen. »Nimm mich, das wolltest du doch!«

Sie ist so was von bereit, mehr geht einfach nicht.

»Ich schon«, erwidert er langsam. »Aber er nicht …« Damit dreht er sich etwas auf die Seite und gibt den Blick frei auf seinen Penis.

Carmen glaubt es nicht. Wo sich vorher noch pralle Männlichkeit aufgebäumt hatte, liegt jetzt ein lebloser Wurm.

»Ach du je«, entfährt es ihr entgeistert. »Wie denn das?«

»Weiß ich auch nicht!« Steffen richtet sich auf. »Zu sehr gefreut, zu angespannt. Vielleicht hat er das als Stress empfunden.«

»Wie kann er denn empfinden?« Carmen muss aufpassen, dass sie nicht ärgerlich klingt. »Das ist doch nicht ER! Das bist doch du!«

»Aber ich kann ihn nicht zwingen!«

So eine Pleite. Carmen schaut mitleidig auf dieses kümmerliche Ding hinunter. Dann fasst sie sich wieder. »Kann ich was tun?« Suche impotenten Mann fürs Leben, denkt sie. Ausgerechnet jetzt! Aber sie will nichts tun, sie will Sex!

»Nein, du tust ja alles. Du hast eine tolle Ausstrahlung und einen wunderschönen Körper. Mehr geht nicht!«

»Ist dir das bei Rosi auch schon mal passiert?« Es ist schneller heraus, als ihr lieb ist. Er antwortet nicht, sondern lässt sich langsam auf den Rücken zurücksinken.

»Wie können wir ihn bestrafen?« Carmen möchte noch nicht aufgeben. Jetzt hat sie sich endlich mal zu einem Abenteuer durchgerungen – und dann das! Davids geheimnisvolles Treffen und die Kurznachrichten fallen ihr ein. Sicherlich fährt der bei seiner Lydia oder sonst irgendeiner Grazie sein ganzes Programm auf.

Sie fühlt sich fürchterlich betrogen. Dann bemerkt sie, dass Steffen sie beobachtet.

»Es tut mir leid.«

»Du hast zu hoch gepokert«, sagt sie und lässt sich neben ihn sinken. »Du hast sonst was erzählt, du wilder Hengst! Vielleicht ist das die Abmahnung!«

Sie schaut noch einmal hin. Sie könnte ihn jetzt in den Mund oder zumindest in die Hand nehmen. Vielleicht

würde das helfen? Aber eigentlich hat sie zu solchen Hilfe-
stellungen keine Lust. Ist sie Missionarin? Nein, sie ist Carmen. Carmen in den besten Jahren mit Lust auf Sex. Verdammt noch mal!

»Bist du jetzt sauer?«, fragt Steffen. »Ich könnte dich ja
auch so befriedigen, und vielleicht kommt er ja wieder.«

»Ja, vielleicht.« Carmen ist wenig überzeugt. »Nein, sauer
bin ich nicht«, sagt sie dann entschieden. »Und Ersatzhand-
lungen nehmen wir jetzt keine vor. Was nicht ist, das ist halt
nicht!« Sie schaut zum Fernseher an der Wand. »Vielleicht
läuft ja noch was Gutes!«

Carmen hat es vermieden, das missglückte Sexabenteuer zu
sehr an sich heranzulassen. Und trotzdem hat sie schlecht
geschlafen. Und trotzdem haben sich ihr Fragen gestellt, die
sie nicht hören will. David weicht aus, Steffen versagt, was
ist mit ihr, dass die Männer so anders sind als früher? Als sie
aufwacht, fühlt sie das Pochen im Bauch. Das hat sie nur,
wenn ihr irgendetwas keine Ruhe lässt. Ihr Blick geht zum
Fernseher mit der eingespielten Uhrzeit. Neun Uhr. Dann
schaut sie auf die andere Seite. Das Bett neben ihr ist leer.

Nicht schon wieder, denkt sie. Muss sich denn alles wiederholen? Schon wieder ein Nestflüchter? Sie bleibt liegen
und fühlt ein körperliches Unwohlsein von Kopf bis Fuß.
Sie zieht die Bettdecke bis zur Nasenspitze hoch. Wieso geht
es ihr jetzt schlecht?, fragt sie sich. Nur weil Steffen keinen
hochgekriegt hat? Da muss es doch eigentlich ihm schlecht
gehen, wieso denn mir?

Oder weil ich mal wieder allein in einem Bett herum-
liege? Ja, und wir haben doch gegenseitig gar keine Verpflichtungen, darauf baut doch die ganze Reise auf?

Carmen, sagt sie sich, du bist in New York. Das ist ein Traum! Und du freust dich jetzt gefälligst und planst deinen Tag!

Aber die Freude stellt sich nicht ein, und sie bleibt wie versteinert liegen und starrt zur Decke. Schon den Kopf zu bewegen wäre zu viel. Höchstens die Augen. Und am liebsten würde sie sie gleich wieder zumachen und gar nicht mehr da sein.

Dann hört sie, wie die Tür aufgeht. Steffen kommt herein und mit ihm eine kühle Brise. Es ist, als schöbe sein Körper eine Bugwelle an Frischluft vor sich her. Carmen rutscht im Bett hoch.

»Guten Morgen, der Zimmerservice!«, sagt Steffen gut gelaunt und hält ihr einen von zwei großen Pappbechern hin, die er mitgebracht hat. Dann setzt er sich auf sein Bett und reißt eine braune Papiertüte auf. Zwei goldbraune Croissants purzeln heraus, und Steffen hebt sie auf und legt sie dekorativ auf die Tüte.

»Draußen scheint die Sonne, es ist warm, die Stadt pulsiert, und wir haben eine abendliche Einladung zu einem der wichtigsten Kunstmäzene dieser Stadt.«

»Ach?« Carmen löst den weißen Plastikdeckel von ihrem Becher und schnuppert an der hellbraunen Flüssigkeit.

»Feinster Hochlandkaffee«, sagt Steffen. »Und da wir noch nie miteinander gefrühstückt haben, habe ich Milch und Zucker hineingetan … morgen weiß ich es dann besser.« Er lächelt, und Carmen denkt, dass ihr großes Desaster heute Nacht ja vielleicht doch nicht so groß war.

»Vollkommen richtig«, sagt sie und spürt ihre Lebensgeister erwachen. »Milch immer und Zucker nur, wenn der Kaffee nichts taugt.«

Steffen zieht seine Joggingschuhe aus und legt die Beine hoch. Er trägt ein lockeres weißes T-Shirt und Tights.

»Bist du tatsächlich schon gelaufen? Im Central Park oder wo? Ist das weit?«

»Ich habe dich eine Weile im Schlaf beobachtet, und dann musste ich mich so beherrschen, dass ich lieber gelaufen bin …«

Carmen muss lachen, und weil Steffen mitlacht, ist die gestrige Pleite bereinigt.

»Okay, du Held.« Carmen greift nach ihrem Croissant und begutachtet es genussvoll. »Dann erzähl mir doch mal, was heute so auf dem Programm steht.«

»Es gibt einige exklusive Clubs, in die ich eigentlich schon lang mal will – aber erstens verändert sich hier alles rasend schnell, und zweitens läuft mir in New York immer die Zeit davon.«

»Und was ist mit diesem Mäzen, von dem du gerade gesprochen hast?«

»Ja, der lädt uns in *The Box* ein. Da kommt man nicht rein, wenn man nicht die richtigen Leute kennt oder für einen Tisch 1500 Dollar hinblättert. Eine einmalige Chance.«

»Ich bin nicht Rosi«, sagt Carmen.

»Genau deshalb brauchen wir Beziehungen«, grinst Steffen und hebt seinen Kaffeebecher zum Anstoßen.

Steffen hat einige Meetings in Galerien auf seiner To-do-Liste, und Carmen nutzt die Zeit, um ganz entspannt die Fifth Avenue hinunterzuschlendern. Eigentlich ist es das richtige Wetter für einen Strandtag, trotzdem drängen sich unzählige Touristen an den teuren Markengeschäften vorbei. Wer hier wohl überhaupt lebt?, fragt sich Carmen und gibt sich selbst die Antwort: wahrscheinlich nicht die, die hier herumflanieren. An einem Kiosk auf Rädern, die es an vielen Straßenkreuzungen gibt, kauft sie sich eine Cola und bleibt dann vor einer Menschenansammlung stehen, die geordnet in Reih und Glied an einem Haus Schlange steht. Sie stehen trotz der Hitze geduldig da, bewegen sich hinter einem schwarz-gelben Absperrband nur langsam voran; Carmen wundert sich. Kinopremiere? Besondere Ausstellung? Museum? Sie geht einige Schritte zum Anfang der Schlange zurück und studiert das Hauptportal, das von zwei kräftigen Männern bewacht wird. Kommen zwei Besucher raus, dürfen zwei hinein, es ist wie mit der Belegung in einer Tiefgarage. Carmens Blick wandert nach oben: *Abercrombie & Fitch* steht da. Sie mag es nicht glauben. Eine Stunde anstehen, um in ein Modegeschäft zu dürfen? Sie wagt es, an dem Sicherheitsmann vorbei einen Blick ins Innere zu werfen. Zwei smarte Jungs stehen mit entblößtem Oberkörper da und lassen sich mit den Mädchen und Frauen und ihren Einkaufstaschen fotografieren. Auch auf den Taschen sind Jungs oben ohne, und wer eine solche Tasche hinausträgt, dem steht der Stolz ins Gesicht geschrieben.

Carmen ist beeindruckt. Das nenne ich mal Werbestrategie, denkt sie und dreht sich im Weitergehen noch mehrmals nach dem Laden und der Menschenschlange um. Nicht zu fassen. Aber sie spürt, dass sie selbst ein bisschen angesteckt ist – was es dort wohl so Tolles gibt, dass die Menschen eine solche Wartezeit in Kauf nehmen, um ihr Geld ausgeben zu dürfen?

Steffen und sie haben sich zu einem kleinen Imbiss im Rockefeller Center verabredet. Dort unten, hat Steffen am Morgen erklärt, sei es durch die Brunnen angenehm frisch, man sitze zu Füßen des berühmten Prometheus-Denkmals und habe Blick auf die vielen internationalen Fahnen. Er fand, für einen New-York-Neuling sei der Platz einfach ein Muss – im Winter gäbe es dort die Eisbahn und eine riesige Fichte mit achtzehntausend elektrischen Kerzen, die man aus vielen Filmen kenne. Carmen ist es recht. Ihr Magen knurrt, und sie trifft kurz vor Steffen ein. Er ist guter Dinge. »Die Menschen hier sind immer wieder spannend«, sagt er, »und man bekommt laufend neue Impulse.« Seine Laune wirkt richtig ansteckend. Und Carmen genießt es. David ist in letzter Zeit immer verschlossener geworden, und die unbeschwerte Stimmung früherer Tage ist nicht mehr so richtig aufgekommen. Steffen dagegen verbreitet ansteckend gute Laune. Er scherzt mit dem Kellner, füttert einen Spatz unter dem Tisch und fragt Carmen, ob sie ihn denn zur Frick Collection begleiten wolle – da müsse er immer hin, wenn er in New York sei, weil er dieses Haus und seine Geschichte so besonders finde.

Carmen begleitet ihn gern. Von Henry Clay Frick hat sie schon gehört und in ihrem Reiseführer gelesen, dass das Privathaus des ehemaligen Stahlbarons ein Museum ohne Schwachpunkte sei. Und dass sich ein Spaziergang durch die Villa mit ihren wertvollen Möbeln und persönlichen Kunstgegenständen wie ein privater Besuch bei den Gastgebern anfühle. Sie freut sich auf diese Sehenswürdigkeit, und als ihre Rigatoni mit Tomatensauce kommen, ist sie einfach nur glücklich.

Steffen geht voraus, fast als sei er dort zu Hause. Genau wie er es gesagt hat: Die Villa nimmt einen wie einen Gast auf. Carmen staunt über die Einrichtung der Räume und die

Gemälde, die Henry Clay Frick mit großem Bedacht ausgewählt hat. Manche davon hat er zusammengeführt, erklärt Steffen vor den Bildern zweier Kardinäle, die im Leben am liebsten nichts miteinander zu tun gehabt hätten. Nach einer Intrige wurde der eine zum Tode verurteilt, dem Denunzianten erging es später aber auch nicht besser ... Von vielen Bildern, ihren Geschichten und Hintergründen erzählt Steffen so anschaulich, dass Carmen fasziniert an seinen Lippen hängt. Nicht zu fassen, Kulturhengste hatte sie immer für langweilig gehalten, und jetzt muss sie hier mitten in New York ihr Vorurteil revidieren.

»Bist du müde?«, fragt er sie plötzlich, als sie am Wasserbassin im Innenhof angelangt sind.

Carmen schaut spontan auf ihre Armbanduhr. Fünf. Um die Zeit sind sie gestern angekommen. Zu Hause ist es elf Uhr nachts. Hier ist es später Nachmittag. Sie schüttelt den Kopf. »Noch nicht.«

»Dann lass uns die Madison Avenue hinunterbummeln, einen Kaffee im *Waldorf Astoria* trinken und danach in unser Hotel fahren.«

»Ist das nicht ein bisschen früh?«

»Wenn wir heute Abend durchhalten wollen, kann eine Pause auf der Dachterrasse unseres Hotels nicht schaden. Soll sehr gemütlich ausgestattet sein.«

»Chillen?«

Er lacht und nimmt ihren Ellbogen. »Genau. Verabschieden wir uns von dem Ehepaar Frick, und gehen wir.«

»Er ist doch schon seit fast hundert Jahren tot.«

»Mag sein«, erwidert Steffen und wirft einen Blick zurück, »aber sein Geist lebt noch.«

157

Selbst der Chauffeur ist beeindruckt, als er sie um einundzwanzig Uhr am Hotel abholt. »*The Box?*« Carlos pfeift kurz durch die Zähne. »Da haben Sie aber gute Kontakte.«

Steffen nickt ihm durch den Rückspiegel zu. »Für heute Abend, ja …«

Carmen hat ihr neues Kleid an: ein schmales, kurzärmeliges Etuikleid à la Audrey Hepburn mit engen schwarzen Handschuhen bis über den Ellbogen. Als sie am Vormittag an *Tiffany's* vorbeigeschlendert ist, war ihr klar, dass so ein Teil für den Abend unbedingt hermüsse – und sie hat es mitsamt einer langen weißen Perlenkette tatsächlich gefunden. Dazu hochgesteckte Haare, und sie fühlt sich so, wie Prinzessinnen sich fühlen müssen: perfekt.

Steffen trägt einen gut geschnittenen schwarzen Anzug, dessen Stoff leicht schimmert. David hätte das affig gefunden, aber Steffen steht es. Groß und schlank, wie er ist, macht er darin eine gute Figur.

»Was ist denn an diesem Club so Besonderes?«, fragt Carmen neugierig und beugt sich etwas zu Carlos vor.

»Ich war noch nie drin.« Selbst von hinten ist zu ahnen, dass Carlos breit grinst. »Aber man hört von verrückten Shows – von Stuhljongleuren über Tänzer, die in Riesenluftballons verschwinden, bis hin zu einer Erotikoper. Ein Fahrgast hat sogar mal von einer strippenden Bodybuilder-Transe erzählt. Und nach der Show wird das Ganze zum Club mit Dancefloor. Muss cool sein!«

Carmens Vorfreude wächst. »Hört sich ja spannend an! Und weshalb ist es so schwer, da reinzukommen?«

»Meistens ist er für private Partys gemietet. Oder du musst verdammt prominent sein, dass dich die Türsteher schon von Weitem erkennen. Oder du hast einen Promoter, einen, der dich dorthin abschleppen will, weil du gut fürs Geschäft bist.«

»Wie soll das denn gehen?«

»Du bist jung, du siehst gut aus, bist gut zurechtgemacht und gut drauf. Und wo du bist, wollen andere auch sein. Ganz einfach.«

»Puhh.« Carmen lässt sich in ihren Sitz zurücksinken. »Ganz einfach!«

»Ja, eben.« Steffen legt seine Hand auf ihren Oberschenkel. »Trifft doch alles auf dich zu – warum, glaubst du, wurden wir eingeladen?«

Carmen schenkt ihm ein Lächeln. Ach, tut das gut, ein Mann, der sie wahrnimmt und auch noch so schöne charmante Lügen auf den Lippen hat.

»Danke dir«, sagt sie und legt ihre Hand auf seine.

Die Fahrt durch die erleuchtete Nacht von New York ist atemberaubend. Carlos fährt den Broadway hinunter bis zu den gigantischen Leuchtreklamen des bunt blinkenden Times Square, dann beginnt die neonglitzernde Fußgängerzone, und er muss in eine andere Straße abbiegen, wo sie prompt in die Dreharbeiten zu einem Film geraten. Die Kreuzung ist kurzfristig gesperrt. Carlos stöhnt und schaut sich um. Vor ihnen stehen schon einige wartende Autos, manche Fahrer sind einfach ausgestiegen und schauen hinter der Absperrung der wilden Verfolgungsjagd einiger schwarz gekleideter Typen zu. Überall stehen Lichttürme und Kräne, und als die Szene mehrmals wiederholt wird, findet Carmen, dass Schauspielerei doch ganz schön mühsam sein muss.

»Das sehen wir dann demnächst bei uns im Kino.« Steffen zwinkert ihr zu. »Und wir gehen hin und erzählen jedem, dass wir dabei waren! Live!«

»Ganz genau!« Carmen nickt. Sie schweigt. »Bist du eigentlich liiert?«

»Hast du mich das nicht schon mal gefragt?«

»Möglicherweise.« Sie wartet ab.

»Die einen sagen so, die anderen so!«

Carmen schüttelt den Kopf. »Nein, eine echte Beziehung. Von Rosi mal abgesehen!«

Er zuckt die Achseln. »Ja, ein bisschen.«

»Ein bisschen viel oder ein bisschen wenig?«

»Von beidem etwas.«

Carlos biegt am Union Square vom Broadway ab und fährt durch Greenwich und Soho in Richtung Lower East Side. Dabei erzählt er kleine informative oder lustige Geschichten über die verschiedenen Stadtviertel. Carmen hört fasziniert zu. Carlos ist ein wirklicher Gewinn, findet sie. Sie muss Steffen fragen, ob sie ihm nicht noch mal Trinkgeld geben sollten. Aber bevor sie dazu kommt, sind sie da.

»Gehen Sie links an der Schlange vorbei direkt nach vorn, und verweisen Sie auf Ihre Einladung«, rät Carlos. Dann steigt er aus und öffnet ihnen die Wagentür. Einige der Wartenden schauen bereits herüber. Carmen kommt sich unangenehm privilegiert vor, als sie mit Steffen an der Schlange vorbeigeht. Wie beim Skilift, denkt sie, gleich brüllt uns jemand hinterher. Aber es passiert nichts. Der grimmig aussehende Türsteher will den Namen des Gastgebers wissen und Steffens Namen, dann lässt er sie durch.

»Ist doch 'ne Farce«, sagt Carmen. »Der kann sich doch sowieso nicht alle Namen der Gäste merken.«

»Aber er kann so tun.« Steffen lässt ihr den Vortritt, und Carmen ist völlig überrascht. Sie hat sich eine kühle, moderne Bar mit geradlinigen Formen vorgestellt. Was sie sieht, ist ein verspielter Raum mit geschwungenen Emporen und einer kleinen Bühne. Auf sie wirkt es wie ein altes Provinztheater in Deutschland. Der einzige Unterschied ist die Eiseskälte, die sie unangenehm empfängt, und ein dicklicher Mann in schwarzem Anzug, der ihnen mit ausgestreckten Händen entgegenkommt.

»Mr Gladberry.« Steffen lächelt und lenkt die ausgestreckte Hand mit einer Geste zu Carmen um. »Darf ich Ihnen meine Begleiterin, Carmen Legg, vorstellen?«

Mr Gladberry lässt die Arme sinken, schaut sie an, tritt einen Schritt zurück, um sie eingehend zu betrachten, und streckt dann mit einem gewaltigen Vorwärtsschritt seine rechte Hand wieder aus. Wie ein Soldat beim Exerzieren, denkt Carmen.

»Entzückend, sehr entzückend«, sagt er. »Herzlichen Glückwunsch, Steffen, und herzlich willkommen, Sie beide.«

Carmen bedankt sich lächelnd, und während ihr Gastgeber vorangeht, um sie den anderen Gästen vorzustellen, flüstert sie Steffen zu: »Bin ich deine Trophäe, oder was? Herzlichen Glückwunsch? Warum nicht gleich Waidmanns Dank?«

»Hier werden die Damen nicht unbedingt mit ihrem eigenen Namen angesprochen, meine Liebe. Du könntest auch durchaus als Mrs Steffen Witton begrüßt werden.«

»Das würde ich mir verbitten!«

Steffen lacht. »Für manche Damen der Gesellschaft ist es schmeichelhaft, den Namen ihres Mannes zu tragen.«

»Nein, danke, Mr Carmen Legg!«

»Gefällt mir!«

Mr Gladberry ist bei einer Gruppe dunkel gekleideter Herren und bunt gekleideter Damen stehen geblieben. Manche tragen seltsam geschnittene lange Kleider, deren Farben und Stoffe Carmen an billige Katalogware erinnern. Aber sicherlich ist das Gegenteil der Fall, und es sind irgendwelche teuren Designerkreationen. Steffen sieht ihren Gesichtsausdruck und muss lachen.

»Ja, Mr Gladberry ist Mitglied in tausend Verbänden. Und die Lions sind etwas konservativ ...«

Das Interesse der anderen Gäste an ihnen scheint groß, sie drücken unzählige Hände, und Carmen muss mehrfach erklären, woher sie in Deutschland kommt und ob sie einen Mercedes oder einen Porsche bevorzugt. Ein gebildet aussehender Herr fragt sie, ob das nicht schrecklich sei, wenn eine Mauer ein Land teile.

Carmen lächelt freundlich und sagt zu Steffen. »Gleich fragt er mich, ob der Turm von Pisa noch auf dem Münchner Oktoberfest steht oder bereits umgekippt ist.«

Steffen antwortet, dass es sich in Deutschland ganz ausgezeichnet leben lasse, und Carmen fügt hinzu, dass sie kein Stuttgarter, sondern ein Münchner Auto fährt. Verständnisvolles Kopfnicken, und seine Frau, deren blonde Locken offensichtlich einzeln gedreht wurden, erklärt, dass dies ein interessanter Abend werden würde. Burleske nenne man so etwas wohl. Lauter verrückte Dinge würden geschehen.

»Ein bisschen wie *Moulin Rouge*«, steuert ein junger Mann augenzwinkernd bei, der aussieht, als ob er sich in den Kreis verirrt habe.

»Was sind denn das für Leute?«, will Carmen von Steffen wissen.

»Ich denke, vor allem Kunstliebhaber, Clubmitglieder, Freunde und Bekannte jeder Art.«

»Er ist ein großer Mäzen«, erklärt der junge Mann in

überraschend gutem Deutsch. »Hi, ich bin Tom.« Er streckt ihnen die Hand zur Begrüßung hin. »Und wie kommen Sie zu dieser Einladung?«

»Ich plane eine große Ausstellung alter Meister in meiner Heimatstadt, und ich weiß, dass Mr Gladberry einige meiner Wunschobjekte besitzt. Wir haben heute Vormittag darüber gesprochen, und die Einladung erfolgte spontan.«

»Ich bin Journalist.« Tom lächelt. »Und der Freund seines Sohnes Edward. Ich kann Ihnen versichern, dass die Herrschaften nicht wissen, was sie hier erwartet. Ich glaube, Edward hat sich mit der Auswahl der Location einen Streich erlaubt.«

»Wie?« Carmen fährt sich mit den Händen über die Oberarme, weil sie zunehmend friert.

»Einen Streich?« Steffen lächelt ihn an. »Eine Burleske, *Moulin Rouge*, haben Sie gesagt?«

»Man könnte es auch Softporno nennen. Fast wie auf der Reeperbahn.«

»Reeperbahn?« Steffen schaut ihn fragend an. »Sind Sie Deutscher?«

»War ich mal. Aber meine Eltern wollten sich den amerikanischen Traum erfüllen, als ich vierzehn war. Und das war's dann mit Deutschland.«

»Kann gut oder schlecht sein«, sagt Carmen beiläufig und schaut zur Bühne. *The Box* steht in großen Lettern auf dem noch geschlossenen Vorhang, und an der hohen Decke des mittleren Raums hängen unzählige große Scheinwerfer, die zum Teil direkt in die Decke eingelassen sind. Die Tische davor sind weiß und feierlich gedeckt, und einige Gäste lassen sich bereits daran nieder.

»Ist Ihr Freund auch da?«, will Carmen dann wissen,

denn sie fürchtet die langweilige Abendgesellschaft einer Mrs John oder Mrs Bill.

»Ich nehme an, er agiert noch hinter der Bühne.« Tom grinst.

»Mag er seinen Vater nicht?«

»Sein Vater mag unsere Freundschaft nicht.«

Carmen horcht auf. Sie würde gern nachfragen, aber sie weiß nicht, wie sie das diplomatisch anstellen könnte.

»Kommen Sie, ich bringe Sie an den Tisch von Mr Redsmith. Dort sitzen Sie unter hochkarätigen Kunstsammlern. Ich nehme mal an, Sie sind nicht zum Vergnügen hier.«

»Ich schon!«, wirft Carmen ein.

Tom lächelt ihr zu. »Wie heißt das so schön in Deutschland: mitgefangen, mitgehangen.«

Mr Redsmith ist ihr auf den ersten Blick unsympathisch. Seine kleinen Augen sind kalt, seine Haare zu glatt nach hinten gegelt. Sie schätzt ihn auf Ende vierzig. Dass seine Frau einen netten Eindruck macht, ändert nichts an Carmens erstem Gefühl. Steffen stellt sie und sich in der Runde vor, die Herren stehen auf, es geht für so einen lockeren Abend in einem angesagten Club ziemlich förmlich zu. Steffen rückt ihr den Stuhl zurecht und ist recht schnell in das Gespräch am Tisch integriert. Er erzählt, was ihn nach New York treibt, welche Galerien er bereits besucht hat und was er selbst beruflich macht. Die Frau, die ihr gegenübersitzt, will von Carmen wissen, in welchen angesagten Geschäften sie in der Zwischenzeit schon gewesen sei.

Aha, Damenprogramm, denkt Carmen, und es tut ihr leid, dass sie nun nichts Aufregendes über einen Ingenieureinsatz an Ground Zero erzählen kann. Darf ich vorstellen,

Dr. Carmen Legg, Maschinenbauingenieurin. Eine Frau mit eigenem Namen.

Aber die ihr gegenüber kann ja auch nichts dafür. So plaudert Carmen mit den Damen am Tisch, friert immer noch jämmerlich und trinkt das erste Glas Champagner, das ihr eingeschenkt wird, in einem Zug aus. Glühwein wäre ihr lieber. Diese Amis mit ihren verflixten Klimaanlagen. Sie schüttelt den Kopf, aber augenscheinlich haben die anderen Frauen in ihren dünnen Chiffonfähnchen kein Problem damit.

Die Tische füllen sich, und als sich alle gesetzt haben und eine Vorspeise aufgetischt wird, hebt sich mit einem Schlag der Vorhang. Ein rosarot gefärbter Pudel tanzt auf seinen Hinterbeinen übers Parkett, in rosarotem Chiffonröckchen und mit einem rosaroten Hütchen zwischen den Hundeohren. Dann kommt ein schwarzes Etwas in Motorradjacke angeschlichen, ganz offenbar hegt der Rocker auf vier Beinen unkeusche Absichten. Tief geduckt schleicht sich der undefinierbare Mischling an, sodass das Pudelfräulein ihn nicht sehen kann.

Sehr originell, denkt Carmen und schaut sich um. Alle blicken gebannt auf die Bühne. Ein bisschen wie beim Kasperletheater, aber für diesen Gedanken weist Carmen sich sofort selbst zurecht. Jetzt sei nicht so verdammt deutsch, Frau Oberlehrerin. Der Tisch neben ihr fällt ihr auf. Da sitzen völlig andere Menschen als an ihrem. Carmen rückt ihren Stuhl ein bisschen herum, um einen besseren Blick auf die Frauen zu haben, die genauso aussehen, wie sie sich das amerikanische Nightlife vorgestellt hat. Ihr am nächsten sitzt mit kerzengeradem Oberkörper und übereinandergeschlagenen Beinen eine dunkelhaarige Schönheit mit samtweicher, cappuccinofarbener Haut. Sie trägt, wie Carmen, ein kleines Schwarzes, das seinen Namen wirklich verdient. Es ist tatsächlich nur ein Hauch von Kleid, dafür umgibt die Dame unendlich viel Schmuck, der an ihren Armen und um ihren Hals glänzt. Ihre Lippen sind voll und samtrot, ihre Wimpern so lang und dicht, dass sie für ihre Lider fast zu schwer sind, die Haare kunstvoll verschlungen. Sie sieht aus wie der perfekte Filmstar, wie eine gefeierte Diva. Aber auch die anderen Frauen sind echte Hingucker. Sie unterscheiden sich nur in Haut- und Haarfarbe. Es sind allesamt lange, schlanke Wesen mit schmalen Schultern und dünnen Armen. Der Bodybuildinghype scheint in Amerika vorbei zu sein, denkt Carmen. Oder sie trainieren anders. Pilates statt Krafttraining. Die Männer passen dazu. Jung, groß, gut aussehend. Und auch sie sitzen betont körperbewusst am Tisch, die taillierten Hemden zeigen natürlich wirkende Brustmuskeln.

Ob das die Freunde von Tom und Edward sind?, fragt sich Carmen. Zwei Plätze an dem Tisch sind noch frei, könnte also durchaus sein. Sie möchte Steffen ihre Vermutung und Beobachtung mitteilen, aber er ist bereits so in sein Fachgespräch vertieft, dass sie sich zurückhält. Sie könnte ja ihre Nachbarin nach der angesagtesten Boutique in New York fragen oder nach einem neuen Musical oder dem neuesten Skandal, dem besten Friseur und was so einer in New York kostet – aber sie wird abgelenkt, denn jetzt wird der erste Gang serviert, endlich. So kann sie ihre Konversation noch etwas aufschieben. Die Hundedame hat sich inzwischen auf den Rücken geworfen und streckt alle viere von sich, und der Rockerrüde steht wedelnd über ihr. Als der begeisterte Applaus aufbrandet, springen beide auf und verabschieden sich bellend von ihrem Publikum, während bereits eine Formation langbeiniger Frauen in rüschigen Wildwestkleidern die Bühne erobert und einen wilden, Beine schwingenden und Busen wackelnden Tanz aufführt. Old Shatterhand sitzt am Piano und gibt den Takt vor, und seine Westernsongs werden immer schneller. Wie die das schaffen, dabei noch lächelnd Contenance zu bewahren, ist Carmen schleierhaft, aber dann stehen die Riesengarnelenschwänze auf Spaghetti vor ihr, und Carmen schaut in die Runde, um auf ein gemeinsames Zeichen zum Essen zu warten. Aber sie sieht gleich, dass man einfach beginnen kann.

Steffens Gesprächspartner ist schon dabei, seine Spaghetti mit Messer und Gabel klein zu schneiden, alles irgendwie mit den Garnelen zu vermanschen und dann mit dem Löffel in sich hineinzuschaufeln. Den linken Arm aufgestützt, führt die rechte Hand den Löffel zum tief über den Teller gebeugten Mund. In einer Mischung aus Ekel und Faszination kann sich Carmen von dem Anblick nicht lösen. Dann wandern ihre Augen hinüber zu Steffen. Der hebt sein Glas und prostet ihr zu. Ein leises Lächeln um die Lippen signalisiert ihr, dass hier so gegessen wird. Andere Länder, andere Sitten. Carmen nimmt einen der Garnelenschwänze an seinem Hinterteil und beißt ab. Eine feine Knoblauchsauce über dem gegrillten Fleisch, es schmeckt wirklich gut. Dann rollt sie ihre Spaghetti mit der Gabel auf und beschließt, ihre Augen am besten nur auf der Bühne und ihrem Teller zu lassen. Da hat Mr Redsmith plötzlich etwas an seinem Wein auszusetzen. Mit großer Geste winkt er nach dem Kellner, einem schmalen, blassen Burschen, der auch sofort herbeieilt. Aber für Mr Redsmith nicht schnell genug, er putzt ihn erst einmal herunter und behauptet, der Wein schmecke nach Kork. Carmen schaut von ihrem Teller auf. Sie trinken aus derselben Flasche, und mit Kork kennt sie sich aus. Der Wein schmeckt nach dem Barriquefass, in dem er ausgebaut wurde, aber sicherlich nicht nach Kork. Der Kellner, bestimmt ein Student, der hier jobbt, entschuldigt sich und trägt die Flasche weg. Gleich darauf ist er wieder mit einem Tablett da, um die halb vollen Gläser einzusammeln.

Carmen schüttelt den Kopf. Nein, sie wird ihr Glas leeren, denn der Wein hat den etwas holzigen Geschmack nach dem Eichenfass, in dem er seiner Qualität entgegengereift ist. Sie erklärt es dem Kellner freundlich und merkt, dass der Tisch zuhört. Es ist ihr schon klar, dass es ein Affront gegen Mr Redsmith und seinen angeblichen Weinverstand ist. Sie lächelt dem Kellner zu und schaut aus den Augenwinkeln zu Steffen. Wenn der mit Mr Redsmith Geschäfte machen will, muss er jetzt eine schnelle Entscheidung treffen.

Er hat sich unauffällig aus der Affäre gezogen, indem er einfach ausgetrunken hat.

Auch ein Weg, denkt Carmen. Das schont jedenfalls die Nerven.

»Was für Weine trinken Sie denn in Europa?«, fragt die Frau an ihrer Seite, die sich mit Beverly vorgestellt hat.

»Wir haben sehr gute Weißweine in Deutschland«, beginnt Carmen und möchte näher darauf eingehen, endlich ein Thema, das ein bisschen Tiefe hat, aber sie spürt schnell, dass es Beverly nicht wirklich interessiert, die ihr im Gegenzug erzählt, dass ihr Mann Anteile an einem Weingut in Kalifornien besitzt und sie immer mal wieder gemeinsam dort hinfliegen. Das träfe sich gut mit ihren Interessen, denn bei Los Angeles säßen die absolut besten Schönheitschirurgen, kein Wunder, bei dem Bedarf in Hollywood. Und falls sie da auch einmal eine Adresse bräuchte, könne sie, Beverly, wärmste Empfehlungen aussprechen.

Spontan fasst sich Carmen an die Wange. »Nein«, sagt sie ein bisschen zu laut, »vielen Dank, ich glaube, das ist noch nicht nötig.« Aber Beverlys prüfender Blick zeigt ihr, dass sie längst entdeckt hat, was an Carmen verbessert werden könnte.

Beverly lacht. »Meine Freundin sagte einmal, dass nicht viele Originalteile ihren fünfzigsten Geburtstag miterleben werden.«

»Ja, danke«, lächelt Carmen zurück. »Da habe ich noch ein bisschen Zeit!«

»Na ja, mit Hormonen kann man schließlich auch einiges machen«, meint Beverly. »Aber ich glaube, die Frauen aus Deutschland sind da eher konservativ.«

Rückständig, will sie wohl sagen, denkt Carmen, aber sie nickt. »Na, ich denke, wir versuchen, Risiko und Vorteil abzuwägen – und bei falsch dosierter Hormonzufuhr steigt ab einem gewissen Alter das Risiko von Brustkrebs.«

Beverly nickt mitleidig. »Ja, es kommen ja auch die sparsamen Autos aus Deutschland«, sagt sie. »Mein Mann sagt, das habe mit den Ressourcen zu tun. In Deutschland ist eben alles sehr limitiert. Es gibt nicht so viel von allem, sagt er.«

Carmen überlegt, ob sie das Gespräch überhaupt fortführen will. »Das hat bei uns in Deutschland vor allem mit dem Umweltschutz zu tun. Wir versuchen die Luftverschmutzung niedrig zu halten, um der Erderwärmung entgegenzusteuern.«

»Ja«, sagt Beverly. »Deutschland ist eben ein kleines Land, da wird alles schnell verschmutzt!«

Carmen denkt an die deutsche Kehrwoche und beschließt, das Thema nun abzuhaken. »Es liegt vor allem an der Einstellung der Leute. Wer sich zum Beispiel in Deutschland ein eigenes Haus baut, kann es sich in den meisten Fällen auch leisten«, sagt sie und hofft, dass damit gut ist.

»Ja«, bestätigt Beverly lebhaft, »ich weiß, denn meine Vorfahren kommen aus Deutschland. Sie lebten in einem kleinen Dorf, ein Teil der Familie lebt noch immer auf diesem kleinen Bauernhof. Da hat sich nichts verändert, sagt mein Mann. Alles wie damals.«

Gleich fragt sie, ob man in Deutschland noch mit Pickelhauben herumläuft, denkt Carmen und beobachtet, wie der Kellner mit frischen Gläsern und einer neuen Flasche Wein an den Tisch kommt.

»Besuchen Sie Ihre Verwandten doch einfach mal«, sagt sie versöhnlich. »Vielleicht machen Sie eine kleine Reise durch Deutschland, Italien und Frankreich?«

»O ja, den Eiffelturm wollte ich schon immer mal sehen und die Haute Couture. Das muss sehr schön sein.«

»Das ist sehr schön«, sagt Carmen und beobachtet Mr Redsmith, der eben einen Probeschluck aus der neuen Flasche Wein nimmt. Auf der Bühne sieht sie Feuerschlucker und drei männliche Artisten, die die tollsten Verrenkungen und akrobatischen Kunststücke anstellen. Mr Redsmith verlangt lautstark den Geschäftsführer.

»Mein Gott«, sagt Carmen leise zu Steffen. »Er ist doch Gast, wie kann man sich so aufführen!«

»Nun ist der Wein schon wieder nicht in Ordnung!«, erklärt Beverly bestürzt.

Carmen hätte am liebsten: »Halt doch deinen Mund, du blöde Kuh«, zurückgegeben. »Ich glaube, Mr Redsmith kennt ihn nur nicht«, sagt sie und sieht an Beverlys Blick, dass dies absolut undenkbar ist.

Während ein Mann im dunklen Anzug herbeieilt, werden die Teller abgeräumt, und schneller, als Carmen lieb ist, kommt auch schon die Hauptspeise. Der Geschäftsführer entschuldigt sich und verspricht, einen anderen Wein zu bringen und natürlich zur Wiedergutmachung eine Flasche Champagner aufs Haus. Mr Redsmith grinst und streicht seine geölten Haare nach hinten.

»Betreibt er das als Sport?«, fragt Carmen leise Steffen, während der Wein gebracht wird und ein Teller mit Kartoffeln, Gemüse und einem dicken Stück Fleisch vor Carmen landet. »Leute schikanieren? Und mit so einem willst du Geschäfte machen?«

Steffen wiegt den Kopf. »Der Kontakt kann jedenfalls nicht schaden«, sagt er und greift nach der kleinen Menükarte neben seinem Teller.

»Rinderfiletspitzen Mignon«, sagt Carmen. »Fleisch von glücklichen Tieren.«

»Vielleicht bekomme ich ja einen Testosteronschub?«, entgegnet Steffen leise und lächelt ihr zu.

Beverly sieht sie mit ihren strahlend blauen Augen an. »That's the American way of life«, sagt sie stolz und greift nach Messer und Gabel.

Carmen nickt. Ja, alles ein bisschen größer, ein Leben im XXL-Rausch. »Bon appétit«, sagt sie auf Französisch, weil ihr der englische Ausdruck nicht einfällt, aber es sind sowieso schon alle beschäftigt.

Mr Redsmith schaufelt ihr gegenüber, kaum hat er alles

klein geschnitten und miteinander vermanscht, die Eintopfpampe nach bewährtem Muster in sich hinein, aber Beverly, das fällt ihr jetzt erst auf, schaufelt nicht. Sie stochert und quirlt nach jedem Stochern noch einmal alles durcheinander, bis es ein undefinierbarer Brei ist. Und dafür braucht sie ewig.

Carmen hat noch ein Glas Wein getrunken – diesmal hatte Mr Redsmith keine Einwände, dafür schmeckt der Rotwein so weichgelutscht wie ein gefälliger Merlot aus dem Supermarkt –, da stochert Beverly immer noch an ihrem Bissen.

Carmen versucht sich abzulenken und schaut zu dem benachbarten Tisch hinüber, dessen noch halb volle Teller längst abgeräumt sind. Na klar, denkt sie, mit so Vorzeigefiguren ist man wahrscheinlich zu Miniportionen verdammt, da fällt ihr auf, dass sie alle gespannt zur Bühne schauen. Im Moment bilden die drei Athleten in ihren eng anliegenden, goldfarbenen Anzügen eine Art lebendigen Baum: Einer steht breitbeinig als Stamm mit angewinkelten Knien da, die beiden anderen stützen sich an seinem Körper in einer Art waagrechten Handstand ab. Das muss unendlich viel Kraft kosten, kein Wunder, dass die Models neben ihr so interessiert sind. Der Applaus ist frenetisch, und als die drei mit den beiden Feuerschluckern abgehen, möchte sich Carmen eigentlich eine kurze Auszeit nehmen und zur Toilette gehen. Sie kann Beverlys irritierenden Essstil schlicht nicht mehr ertragen. Vielleicht ist ihr Teller bei ihrer Rückkehr ja endlich abgeräumt.

Aber da kommen zwei junge Männer auf die Bühne, von denen Carmen den einen klar als Tom identifiziert. Und der Rest des Saales wohl auch, denn plötzlich ist es still, als ginge eine Erstarrung durch das Publikum. Nur am Nebentisch sieht Carmen entspannte, erwartungsvolle Gesichter.

Eine junge Frau setzt sich ans Klavier, und Tom stellt Edward als »Chansonnier, direkt aus Paris eingeflogen« vor und tritt dann ein paar Schritte zurück.

Beverly bleibt die Gabel im Brei stecken. »Oh, my God«, flüstert sie mit quiekender Stimme und sieht sich dann heimlich nach hinten um. Carmen mutmaßt, dass sie nach Mr Gladberry, Edwards Vater, schaut. Aber warum eigentlich?

Die Klavierspielerin beginnt, und schon nach den ersten Akkorden weiß Carmen, dass es sich um ein Lied von Jacques Brel handelt: *Ne me quitte pas.* Was ist daran so schlimm? Sie wirft Steffen einen Blick zu, der verzieht kurz den Mund. Irgendetwas geht hier vor sich, soll das heißen, aber das merkt Carmen auch allein.

Edward hat das Mikro in der Hand und beginnt zu singen. Er singt gut, aber es ist auch klar, für wen er singt: für Tom.

»Verlass mich nicht … ich werde eine Heimat schaffen, in der die Liebe regieren wird … ich werde deinen Körper mit Licht und Gold bedecken, lass mich zum Schatten deines Schattens werden, zum Schatten deiner Hand …«

Carmen kennt das Lied auf Französisch, aber Edward singt es auf Englisch, damit es auch wirklich alle verstehen. Und sie verstehen es, die Mimik der Gäste lässt keinen Zweifel daran. Mr Redsmith greift eigenmächtig nach der Flasche und schenkt sich sein Glas randvoll. »Er ist schwul!«, stößt er aus, als wäre das ein Staatsverbrechen. Und seine Frau schaut nicht mehr auf die Bühne, sondern auf den verwüsteten Teller vor sich. Auch Beverly hat die Gabel aus der

173

Hand gelegt, wenigstens ein positiver Effekt, denkt Carmen und muss aufpassen, dass sie nicht einfach nur grinst.

»Ich finde, er singt gut«, sagt sie in die Runde und weiß genau, dass dies wie Verrat klingen muss. Aber was soll's, leben sie hier noch im vergangenen Jahrhundert?

»Es ist also wahr«, flüstert Beverly ergriffen.

»Dass er einen Mann liebt?« Carmen neigt ihren Oberkörper zur Seite, denn jetzt kommt der Kellner und räumt die Teller ab. Endlich.

»Seine Eltern haben ihm beim Debütantinnenball im *Waldorf Astoria* ein Mädchen aus den höchsten Society-Kreisen ausgesucht«, flüstert Beverly und rollt mit den Augen. »Welche Schmach für das Mädchen, deren Eltern und Edwards Eltern. Er führt sie vor.«

Das kommt von arrangierten Ehen, denkt Carmen. Auch das ist ja wie im vorigen Jahrhundert – ein Mädchen ausgesucht? Und da regen wir uns über türkische Zwangshochzeiten auf?

Das Lied ist aus, es herrscht Totenstille. Dann beginnt die hübsche Farbige am Nebentisch ihre langen Hände gegeneinanderzuschlagen – und in ihr Klatschen fallen auch die anderen jungen Leute am Tisch ein. Auch Carmen applaudiert. Steffen hält sich raus, er nickt nur in Richtung Bühne.

Das Klavier setzt wieder ein, und diesmal singt auch Tom mit: »Every man has a man who loves him«, das Lied von John Lennon, das seine Frau Yoko Ono 2004 zu einem Proschwulensong umgeschrieben hat und damit spektakulär die US-Charts anführte.

Carmen findet es bewundernswert. Sicherlich wird der Filius jetzt enterbt, und die beiden bringen in den konservativen Kreisen seiner Eltern keinen Fuß mehr auf den Boden. Aber alle am Nebentisch wippen begeistert mit, nur ihr eigener Tisch schaut offenbar angestrengt zu Mr Gladberry und auf seine Reaktion, um gegebenenfalls Solidarität demonstrieren zu können.

Als die beiden Männer enden, fassen sie sich an den Händen und verbeugen sich. Wieder kommt der Applaus nur von einem Tisch, dafür hört man einen Stuhl rücken und eine Tür schlagen.

Carmen blickt fragend zu Steffen.

»Was für ein Abend«, sagt der und schüttelt den Kopf. »Und was für ein Theater.«

Am Tisch erhebt sich eine heftige Diskussion, an der sich Carmen nicht beteiligen will. Außerdem scheint auch niemand auf ihre Meinung Wert zu legen, alle reden schnell und laut durcheinander. Mr Redsmith ist aufgestanden, und Carmen mutmaßt, dass er der Familie Gladberry nun sein Beileid aussprechen und seine Hilfe anbieten will.

Sie beschließt, die Stimmung auf der Toilette zu prüfen. Vielleicht sind die Damen unter sich ja anders gepolt.

Im Vorraum scheinen tatsächlich nicht alle einer Meinung zu sein. All die Mrs Bills und Mrs Johns vertreten einstimmig die Meinung ihrer Männer, dass man zwar schwul sein, dies aber nicht zeigen dürfe, andere, meist jüngere Frauen halten dagegen. Sie alle haben Schwule in ihren Freundeskreisen und empfinden dies als völlig normal. Carmen fragt sich nur, warum sie nach der Darbietung nicht geklatscht haben. Ganz so normal scheint es doch nicht zu sein.

Als sie aus der Toilette tritt, geht neben ihr die Tür der Herrentoilette. Mr Redsmith. Der hat ihr gerade noch ge-

175

fehlt. Carmen bleibt einen Schritt zurück, um nicht mit ihm gemeinsam den Saal betreten zu müssen, da bemerkt sie es: Er zieht mindestens zwei Meter Toilettenpapier hinter sich her. Aus welchem Grund auch immer – vielleicht hat er den Brillenrand damit abgedeckt – hat sich das Papier in seiner Hose verfangen und schwebt jetzt als lange Fahne hinter ihm her. Bei jedem anderen wäre Carmen hin und hätte ihn auf sein Missgeschick aufmerksam gemacht. Aber hier hofft sie jetzt, dass ihn niemand aufhält, bevor er die Mitte des Saales erreicht hat. Mr Redsmith bleibt unbehelligt und geht gewichtigen Schrittes und mit erhobenem Kopf zwischen den gut besetzten Tischen hindurch. Ein Rascheln, ein Wispern, ein Fingerzeigen, keine der Nummern auf der Bühne hat eine solche Heiterkeit ausgelöst. Redsmith merkt, dass etwas nicht stimmt, er kann es sich aber nicht erklären, und wenn er verunsichert sein sollte, merkt man es seinem festen Schritt nicht an, er zieht nicht nur das Toilettenpapier, sondern auch das unterdrückte Gelächter wie eine Schleppe hinter sich her.

Niemand macht ihn darauf aufmerksam, erst als er am Tisch ankommt und sich setzen will, stößt seine Frau einen kleinen Entsetzensschrei aus und zeigt auf seinen teuren Anzug. Redsmith, im Glauben, es handele sich vielleicht um einen Saucenfleck, reagiert unwillig, aber als seine Frau nach dem herunterbaumelnden Papier greift, verstummt er und wird rot, sein Kopf sieht aus, als wäre er kurz vorm Platzen. Der junge Kellner tritt heran und fragt freundlich, ob er behilflich sein dürfe, und das ist das Letzte, was Redsmith jetzt gebrauchen kann. Er fährt ihn ungnädig an, aber es ist dem dienstbaren Geist anzumerken, dass er innerlich triumphiert.

Carmen bleibt kurz stehen und schaut in den Saal. Die Stimmung ist gelöst, alles lacht und tuschelt fröhlich, und so kommt Mr Gladberry von seiner spontanen Flucht in eine völlig entspannte Atmosphäre zurück. Offensichtlich wirkt sich das auch auf seine Gemütslage aus, denn er lässt sich von seiner Frau bereitwillig zu seinem Stuhl zurückgeleiten.

Carmen will sich setzen, und Steffen rückt ihr den Stuhl zurecht. »Du musst das doch gesehen haben«, sagt er leise. »Du bist doch direkt hinter ihm gegangen?«

»Direkt nicht«, meint Carmen. »Ich habe den nötigen Abstand gewahrt, sonst hätte sich die Szene doch überhaupt nicht entfaltet ...«

Er schüttelt den Kopf. »Vor dir muss man sich ja direkt in Acht nehmen.«

»Ja, merk dir das«, gibt sie zurück und schenkt ihm einen Luftkuss.

Sie ist eingeschlafen, daran erinnert sie sich, als sie mitten in der Nacht aufwacht. Steffen ist noch einmal hinunter, um eine Gutenachtzigarette zu rauchen, und sie hatte sich ausgezogen, abgeschminkt und überlegt, ob sie noch Lust auf ihn hat. Und über ihren Überlegungen muss sie eingeschlafen sein. Als sie jetzt aufwacht, ist der Raum von dem Lichtschein der nächtlichen Großstadt erhellt, der durch das nur halb heruntergelassene Rollo eindringt. Sie muss auf die Toilette und spürt ein unangenehmes Brennen. Bitte nicht die Blase, denkt sie, aber sie hat zu lang gefroren, das ist ihr Schwachpunkt. Und Steffens Angebot, ihr sein Jackett über ihre Schultern zu legen, hat sie abgelehnt, schließlich saßen auch alle anderen Damen leicht bekleidet im eiskalten Luftzug, und das, ohne auch nur eine Miene zu verziehen. Vielleicht glauben sie ja, dass man tiefgefroren länger hält, denkt sie, aber jetzt ist ihr nicht nach Lachen zumute. Jetzt muss sie aufpassen, dass es nicht noch schlimmer wird. Sie wickelt sich eins der weichen, warmen Badetücher um den Unterleib und geht ins Bett zurück. Steffen atmet mit offenem Mund, und Carmen betrachtet sein Profil. Wie schräg, denkt sie, da liege ich neben einem wildfremden Menschen, als sei dies das Natürlichste der Welt. Und der, neben dem ich eigentlich liegen möchte, registriert das nicht mehr.

Und überhaupt, wie sieht mein Leben aus? Wo führt es hin? Was bleibt noch? Will ich die nächsten zwanzig Jahre mit einem Mann verbringen, der mich nicht mehr liebt? Der Gedanke tut so weh, dass sie spürt, wie sich Tränen unter ihren Lidern sammeln. Aber Selbstmitleid, das ist das Letzte, was sie jetzt gebrauchen kann. Und es ist nicht die Gegenwart, die schmerzt, es sind die Bilder aus der Vergangenheit, die plötzlich vor ihr auftauchen. Wie kann etwas, das so schön war, für immer vorbei sein, und wie holt man es zurück? Sie denkt an das Lied von Klaus Hoffmann: *Ich erzähle dir von Verliebten hier, die zweimal erlebt, dass ihr Herz gebebt,* und später im Text: *Man hat oft erlebt, dass wiedererwacht ein Vulkan über Nacht, er schien aufs Neu, und die Erde glüht, und die Erde blüht wie der schönste Mai...* Vielleicht hat er ja recht, der Jacques, denkt Carmen. Bloß, wie stelle ich es an? Und wenn es nicht klappt, was dann? Der Harndrang kommt schon wieder. Fünf brennende Tropfen.

Sex, denkt sie, wunderbar. Jetzt muss ich darüber jedenfalls nicht mehr nachdenken, eher, wo ich entsprechende

Medizin herbekomme und wie ich die nächsten Stunden überstehe.

Den Rückflug treten sie entspannt wie ein altes Paar an, das voll und ganz aufeinander eingespielt ist. Carmens Einkäufe haben sie kilogerecht auf beide Koffer verteilt, und in der riesigen Abflughalle, in der sich eine unendliche Schlange vorwärtsquält, bleiben sie völlig relaxed. Sie haben genügend Zeit mitgebracht und können sogar noch andere Reisende, die kurz davor sind, ihren Flug zu verpassen, vorbeilassen. Ein uniformierter Flughafenangestellter reguliert den Ansturm am Check-in, ruft zwischendurch die noch fehlenden Gäste für die demnächst startenden Maschinen aus und ist in vollem Einsatz.

»Es war schön«, sagt Carmen zu Steffen.

»Was?«, fragt er süffisant, und Carmen weiß genau, was er meint. Sie mit zwei Badetüchern und einer extra gekauften Bettflasche dick gepolstert im Bett, mit Gesundheitstee und Tabletten gegen Blasenentzündung. Und trotz allem kamen sie noch zu seinen Galerien, zu einer Schiffstour zur Freiheitsstatue und rund um Manhattan – und zu diversen Einkäufen. Sogar im heiß umkämpften *Abercrombie & Fitch* war sie drin und trug nun das Foto von ihr und einem halb entblößten muskulösen Strahlemann mit sich herum. Wenn in ihrem zukünftigen Leben gar nichts mehr gehen sollte, dann kann sie sich das auf ihr Nachttischchen stellen.

»Bist du enttäuscht?«, fragt sie.

»Eher müsstest doch du enttäuscht sein«, antwortet er.

Die erste Nacht hatte sie schon völlig vergessen. Offensichtlich war ihr das alles nicht so wichtig. Sie zuckt die Achseln. »Gestern Abend fand ich schön«, sagt sie dann.

Am Vorabend haben sie den geplanten Musicalbesuch gecancelt, weil Carmen jedem klimatisierten Raum misstraute. Stattdessen sind sie in ein italienisches Restaurant, das Carmen in ihrem Reiseführer entdeckt hatte. Eines der wenigen, das ein Atrium besitzt und somit nicht nur »draußen sitzen«, sondern auch »ungehindert rauchen« anbietet. Die Küche war wirklich gut, der Rotwein auch und ihre Stimmung bestens, wenn die Sprachen um sie herum auch darauf schließen ließen, dass sie nicht unbedingt in einem von Einheimischen bevorzugten Lokal gelandet waren. Carmen fand das witzig. Klar, sagt sie, Italiener, Franzosen und Deutsche genießen es, draußen zu sein. Für die Amis ist das zum Dinner wahrscheinlich eher barbarisch und irgendwie unkultiviert.

Endlich kommen sie am Check-in-Schalter an und können ihre Koffer aufgeben. »Hier zu arbeiten muss der Albtraum sein.« Carmen kann es sich nicht vorstellen. Ständig mit nervösen, hektischen Menschen konfrontiert, alles muss schnell, schnell gehen, kaum ist einer abgefertigt, drängt schon der Nächste.

Zwei Stunden hatten sie einkalkuliert, und die haben sie nun tatsächlich auch gebraucht. Nach der Sicherheitskontrolle holen sie sich an einem Stand zwei Becher Cola und zwei Cheeseburger, der Abflug ist um 22.06 Uhr, bis zum Boarding bleiben ihnen noch gut zehn Minuten.

»Adios, Amerika«, sagt Carmen und stößt mit Steffen an. »Es war aufregend und schön!« Sie nimmt einen Schluck Cola, aber die Eiswürfel verhindern das zügige Trinken. »Wir sollten Rosi vielleicht noch eine Postkarte schreiben?«

»Bombenidee.« Steffen lacht. »Und das nächste Mal fliegen wir dann zu viert.«

Über den Gedanken muss Carmen lachen. Ja, das wäre keine schlechte Variante, findet sie. Rosi mit Liebhaber und Ehemann und sie, Carmen, als Alibifrau mit dabei.

Laura wollte sie ursprünglich vom Flughafen abholen, aber Steffen hat seinen Wagen im Parkhaus abgestellt und bietet Carmen an, sie nach Hause zu bringen. Für 12.20 Uhr wurde die Ankunft ihres Fluges berechnet, Carmen ist sich nur nicht so sicher, ob Steffens Idee so besonders klug ist. Falls David doch zu Hause ist, wie soll sie ihm Steffen erklären? Sie hat ihm zwischendurch einige kleine, harmlose Nachrichten gesimst, und er hat gar nicht oder mit kurzen Grüßen geantwortet. Ein »Du fehlst mir« haben sie beide nicht zustande gebracht.

Steffen fährt einen Sportwagen, das hat sich Carmen fast schon gedacht. Einen Zweisitzer, der sie mit ihrem Gepäck vor Probleme stellt. »Ist so ein Auto für einen Kulturdezernenten überhaupt zulässig?« Sie umrundet den knallroten Boxster. »Ist das nicht ein bisschen auffällig? Und vielleicht auch teuer?«

»Ich habe weder uneheliche noch eheliche Kinder, keine Tiere und deshalb weder ein übermäßig großes Haus noch monatliche Verpflichtungen und auch keine finanzielle Verantwortung. Mein Leben gehört mir.«

Carmen nickt. »Wenn eine Frau so was sagt, hört sich das gleich irgendwie asozial an«, sagt sie. »Keine soziale Kompetenz, kein soziales Engagement, eine selbstsüchtige Zicke. Bei einem Mann hat es was von Männlichkeit und Freiheit …«

»Du nimmst mich auf den Arm!« Er droht ihr mit dem Zeigefinger, während er seinen Koffer öffnet und einige sperrige Kunstbücher und den dicken MoMa-Katalog herausnimmt. »So, das balancierst du auf den Knien oder legst es von mir aus in den Fußraum, dann bekomme ich beide Koffer rein, einen vorn, einen hinten.«

»Einen vorn, einen hinten?« Carmen sucht gerade auf dem Betonboden der Tiefgarage in ihrem Koffer nach dem Kosmetikbeutel und schaut auf. »Willst du mich veräppeln? Und wo ist dann der Motor?«

»Gibt es nicht«, sagt Steffen. »Der hier fährt mit spirituellem Antrieb. Das ist wie mit allem: Wenn du dran glaubst, dann geht es auch!«

Carmen wirft ihm ihren Kosmetikbeutel über das flache Autodach zu. »Und der hier kann fliegen, siehst du? Sollte man auch nicht für möglich halten!«

Steffen fängt ihn auf und grinst. »Okay, Mittelmotor. Ist dein Koffer jetzt so knautschbar, dass nichts kaputtgehen kann? Auch nicht deine Parfümflasche?«

»Willst du etwa keinen weiblichen Duft in deinem Auto haben?«

»Kommt auf die Intensität an!«

Carmen will sich nicht vors Haus fahren lassen, das ist ihr doch zu heftig. Aber zu Steffen will sie auch nicht, zumal der auch kein entsprechendes Angebot macht. So bittet sie ihn, am Bahnhof zu halten. Dort kann sie problemlos in ein Taxi umsteigen und sich von dem nach Hause bringen lassen. Es ist fast zwei Uhr am Nachmittag, als sie sich von Steffen verabschiedet. Ein seltsames Gefühl. Ein Fremder, der innerhalb weniger Tage zu einem Vertrauten geworden ist. Sie hat ihn bei einem Anfall von Impotenz erlebt und er sie bei einer üblen Blasenentzündung. Intimer kann man eigentlich nicht werden. Und trotzdem trennen sich ihre Wege jetzt wieder.

»Und jetzt?«, fragt sie, als er ihre Teile aus seinem Koffer nimmt und sie alles, inklusive Kosmetiktasche, in ihrem eigenen Koffer verstaut.

»Und jetzt was?«, fragt er zurück.

»Jetzt stehen wir hier.«

»Gut beobachtet.«

Der Platz zwischen der Kurzparkzone vor dem Bahnhofsgebäude und der Taxischlange daneben ist wenig einladend. Sie stehen vor ihren aufgeklappten Koffern und schauen sich an.

»Fährst du gleich zu Rosi?«

»Sie ist noch unterwegs. Mit ihrem Ehemann, falls du das vergessen haben solltest.«

Ja, das hat sie. »Stimmt.« Eigentlich müsste sie jetzt lachen, denn genau das ist ja der Grund, weshalb sie beide miteinander in New York waren. Aber es ist ihr nicht nach Lachen zumute.

»Komisch«, sagt sie, »wir beide waren miteinander in New York.«

»Ja«, sagt er, »komisch.«

»Es ist, als würde ich dich ewig kennen!«

»Dann sollten wir das jetzt abkürzen.«

Steffen kommt um die Koffer herum und nimmt sie in den Arm. »Es war schön«, sagt er, »und es war einmalig.«

»Ja, es war einmalig«, bestätigt sie, und wegen der Doppeldeutigkeit dieses Wortes schleicht sich ein seltsames Gefühl in ihre Magengegend.

Steffen klappt seinen Koffer zu und verstaut ihn im vorderen Kofferraum.

»Seltsames Auto«, sagt Carmen.

»Ja.« Steffen nickt, und seine braunen Augen schenken ihr ein warmes Lächeln. »Seltsam.«

Dann winkt er ein Taxi her, und nachdem der Taxifahrer ihren Koffer verstaut hat, hält er ihr die Tür auf.

»Es war schön mit dir«, sagt er, bevor sie einsteigt. »Lebwohl, my Dear!«

Carmen steigt ein und unterdrückt die aufsteigenden Tränen, während sie ihm aus dem abfahrenden Taxi zuwinkt.

Gibt's denn das?, fragt sie sich. Ich kenne ihn kaum, habe nichts mit ihm gehabt und trotzdem das Gefühl eines großen Verlustes. Eigentlich müsste ich mich jetzt auf David freuen.

David.

Sie lauscht dem Namen nach. David. Was verbindet sie mit diesem Namen? Eine jugendlich ausgelassene Zeit, eine Zeit der leidenschaftlichen Liebe, des Begehrens, der Zukunftsträume und Luftschlösser.

Aber das gehört alles der Vergangenheit an. Sie liebt ihn der Vergangenheit wegen, nicht wegen der Gegenwart.

Es ist der Verlust, der so schmerzt. Den Mann, den sie jetzt kennt, könnte sie leicht aufgeben. Aber sie weiß, dass er anders sein kann, sie weiß nicht, warum er sich verändert hat. Und noch mehr schmerzt die Ahnung, er könnte es für jemand anderen getan haben, für eine neue Frau. Das ganze Programm, alles, was sie mit ihm erfahren und genossen hat, all das ganz neu für eine andere?

Und vielleicht auch die Reisen, die sie immer miteinander machen wollten und dann doch nicht durchgezogen haben, weil er mal wieder auf einen Auftrag wartete und ihr Geld für zwei einfach nicht reichte? Was wäre, wenn er plötzlich Geld für zwei hätte – und das, worauf sie so lange gewartet hat, mit einer anderen genießen würde?

In ihrem Bauch rumort es. Für Carmen ist er jetzt schon schuldig, obwohl doch sie gerade von einem Abenteuer zu zweit zurückkehrt. Sie beugt sich nach vorn, um dem Taxifahrer den kürzesten Weg zu erklären. Aber er winkt ab. »Ich habe eine pubertierende Tochter, ich kenne jeden Schleichweg in dieser Stadt.«

»Wieso denn das?«

»Weil ich sie ständig suchen muss.«

Carmen lehnt sich wieder zurück. Vielleicht sind ihre Probleme doch nicht die größten, denkt sie und wartet einfach ab, bis er sie vor ihrem hübschen kleinen Häuschen absetzt.

»Wo kommen Sie denn her?«, fragt er, während sie bezahlt.

»New York«, sagt sie und denkt gleich darauf, dass es etwas seltsam anmuten muss: Abflug New York und Ankunft Bahnhof.

»Dann haben Sie das gute Wetter mitgebracht, besten Dank!«

Carmen nickt. »Gutes Wetter und gute Laune, danke für die Fahrt.«

David ist nicht da.

Es ist komisch, in das gemeinsame Haus zurückzukommen. Irgendwie fremd – und plötzlich sieht man es auch mit anderen Augen. Als lägen ganze Wochen zwischen ihrer Abreise und diesem Augenblick. Sie registriert, dass um die Lichtschalter im Flur Flecken von schmutzigen Händen auf der hellen Wand sind, sie sieht, dass der Boden feucht gewischt werden müsste, und findet, dass es irgendwie muffig riecht. Mit dem Koffer in der Hand steht sie da und zögert. Dann trägt sie ihn hinauf, in ihr Schlafzimmer.

Warum nur kommt ihr alles so fremd vor?

Sie wirft den Koffer aufs Bett, um ihn auszupacken, aber dann zieht sie doch erst ihr Handy heraus und ruft Laura an.

»Sorry, Carmen«, erklärt Laura leise, »aber ich bin mitten im Unterricht – ich habe nur vergessen, das Handy auszuschalten«, und sie kichert und drückt Carmen weg.

Carmen lässt sich neben den Koffer auf das ungemachte Bett sinken, und dann ruft sie David an.

»David, ich bin wieder da.«

»Ja? Schön. Ich bin noch im Büro, steht für heute Abend was an?«

»Wenn du was vorhast …?«

»Ich habe keine Termine.«

»Ich wollte damit sagen, falls du für uns beide etwas geplant hast?«

»Nein, eigentlich nicht.«

»Dann könnten wir uns ja was überlegen …«

»Ja, könnten wir.«

Carmen spürt die Leere, die sich plötzlich in ihr ausbreitet. Es ist wie dieser Raum, den sie geliebt hat und der ihr jetzt so bedeutungslos erscheint. Die leichten Vorhänge, die hell gewischten Wände, das Bett mit der weißen Wäsche – wie lange hat sie gesucht, um genau dieses Material zu finden? Alles war ihr wichtig, alles musste stimmen, zu ihrem Liebesleben, zu ihrer Zukunft passen. Und jetzt? Jetzt sieht alles nur noch wie ein farbloser Raum aus. Und der Koffer liegt auf dem ungemachten Bett, und man mag sich fragen, warum David sein Bett nicht machen kann, wenn er doch weiß, dass sie nach Hause kommt?

Es ist so trostlos.

Am liebsten hätte sie sofort Steffen angerufen, aber sein »Leb wohl« war deutlich genug. Sie sollte David über New York aufklären. Sie braucht ja nicht Steffens Namen zu nennen, aber sie sollte ihn mit der Wahrheit konfrontieren, vielleicht wacht David dann ja auf.

Außerdem wäre es unfair, ihm etwas vorzumachen.

Aber was macht sie ihm eigentlich vor?

Was war das für eine Begrüßung? *Ja? Schön.* Ich habe zwar keine Termine, aber ich komme auch nicht gleich.

Hör auf, sagt sie sich. Das war früher. Früher hätte er alles stehen und liegen gelassen, den Kunden vertröstet, wäre über das Autodach gesprungen und in drei Minuten hier gewesen, hätte mich aufs Bett gerissen, und wir hätten uns bis in den Abend hinein geliebt. *Ja, könnten wir.* Waren das seine Worte gewesen? Ja, waren sie gewesen.

Carmen zieht den Sweater heraus, den sie für ihn gekauft hat. Ein kuscheliges rotes Teil mit warmem, hellgrauem Innenfutter, Kapuze und Reißverschluss. So richtig was, um bei kühlerem Wetter durch den Wald zu streifen, im Garten zu sitzen oder den Kamin einzuheizen.

Was soll's, denkt sie sich, formal bist *du* fremdgegangen und nicht er, also hege keine Erwartungen, und mach ihm keine Vorwürfe.

Gut.

Dann geht sie unter die Dusche.

Sie sieht es schon, bevor sie das Wasser aufdreht. In der Seifenschale steht ein Duschgel, das sicherlich nicht sie gekauft hat: grüner Tee in einer ebenso grünen Tube. Animierend frische Haut, hundertprozentig biologisch. Und David hat es auch nicht gekauft, so viel ist mal ganz sicher.

Wo kommt es also her?

Carmen stellt ihren Wunsch nach einer Dusche hintan und geht auf Spurensuche. Das Bettlaken hat schon mal keine Flecken, zumindest kann sie keine entdecken. Aber wer schafft es schon bis zum Bett, wenn er wild auf den anderen ist?

Es kann überall passiert sein. Auf dem Fußboden, auf dem Sofa, im Garten. Nackt, wie sie ist, läuft Carmen durch die Wohnung. Was ist anders? Ist der Tisch verschoben, sieht das Sofaleder verdächtig aus, stehen im Garten noch zwei Gläser, eines davon vielleicht mit Lippenstift?

Carmens Puls rast, und schließlich zwingt sie sich, stehen zu bleiben.

Beruhige dich, sagt sie sich.

Wie verraten sich Männer, wenn sie fremdgehen?

Sie wechseln ihr Rasierwasser, weil sie den neuen Duft meist von der Nebenbuhlerin geschenkt bekommen. Die will nicht, dass er das Rasierwasser benutzt, das ihn mit seiner Frau verbindet. Und dann wechselt er die Marke seiner Unterwäsche. Ähnlicher Grund.

Und sie, die Neue, das kleine freche Miststück, deponiert eines ihrer Kosmetikpröbchen irgendwo leicht auffindbar im fremden Badezimmerschrank, um der nichts ahnenden Partnerin zu zeigen: Hey, ich war hier! Ich habe deine heiligen Hallen nicht nur betreten, sondern auch entweiht.

Und jetzt weiche!

Carmen stürmt wieder nach oben und reißt sämtliche Schubladen ihres Badezimmerschranks auf. Aber darin liegen so viele Kosmetikproben kreuz und quer durcheinander, dass sie längst den Überblick verloren hat. Sie knallt die Schubladen wieder zu. Eine Zahnbürste? Auch das wäre möglich.

Fehlanzeige.

Es bleibt der grüne Tee.

Sie nimmt die Flasche in die Hand. Neu. Es ist einfach zu schräg! Ihr Verdacht war berechtigt, er hat eine Affäre!

Der Computer. Mails!

Sie läuft ins Erdgeschoss und fährt den PC hoch. Aber während ihrer Abwesenheit sind überhaupt keine Mails eingegangen. Das gibt es doch nicht! Gelöscht! Sie schaut in den virtuellen Papierkorb, auch dieser wurde geleert.

David, der Spurenvernichter.

Und da findet sie noch etwas: Seit Neuestem hat er einen eigenen Zugang mit eigenem Passwort.

Carmen holt tief Luft und streift mit beiden Händen ihre Haare nach hinten. Eine Weile bleibt sie so sitzen, ausgestreckt auf dem Stuhl, den Kopf nach hinten, den Blick zur Decke.

Was soll sie tun? Wie soll sie vorgehen?

Sie muss ihn einfach über ihre New-York-Reise aufklären. Ja, sie wird heute Abend David von ihrer Reise erzählen. Und dann kann er mit seiner Geschichte ja auch herausrücken. Danach wird man weitersehen.

Der Gedanke tut ihr gut.

Sie steht auf, gießt sich ein großes Glas Wasser ein und trinkt es in einem Zug leer. Für ihre Blase. Gott sei Dank scheint das wenigstens überstanden zu sein. Dann bleibt sie kurz vor dem großen Spiegel im Flur stehen, dreht sich einmal um ihre eigene Achse, um sich zu vergewissern, dass noch alles beim Alten ist, und geht dann nach oben. Unter der Dusche begutachtet sie das grüne Duschgel noch einmal genau, aber schließlich schraubt sie den Verschluss auf und lässt einen Klecks des grünen Inhalts in ihre Handfläche fließen. Wenn dieses Zeug schon animierend sein soll, dann will sie auch etwas davon haben. Und während sie sich gründlich einseift, spürt sie, wie ihre gute Laune zurückkehrt.

Das ist doch ein Weg, sagt sie sich, entweder kriegen wir unser Liebesleben mit der Ehrlichkeit wieder in die Spur oder... über das *oder* möchte sie gar nicht nachdenken. Zehn Jahre gemeinsames Leben, gemeinsame Anschaffungen und dann – wer würde ausziehen? Wer müsste oder dürfte bleiben? Was wäre mit den gemeinsamen Freunden?

Als David endlich nach Hause kommt, sieht er zum Anbeißen aus. Sein markantes Gesicht, seine sonnengebräunte Haut, die türkisen Augen, seine wilden Haare, seine Figur und die Art, wie er sich bewegt, alles lässt Carmen sofort an ihrem Vorhaben zweifeln. Er ist doch genau der, den sie will. Warum soll sie etwas zerstören, das man vielleicht noch retten kann?

»Hallo, Schatz«, sagt sie und geht freudig lächelnd auf ihn zu.

»Na«, sagt er und küsst sie flüchtig auf den Mund. »Wie war's?«

»Spannend. New York ist faszinierend, wir sollten auch mal gemeinsam hin!«

»Du weißt doch ... die Amerikaner mit ihren Einreise-
methoden sind nicht mein Ding.«

»Aber dafür kann das Land ja nichts!«

»Die Amerikaner machen das Land.«

Carmen beschließt, das Thema nicht weiter zu vertiefen.
Sie kennt seine Einstellung.

»Hast du dir für heute Abend was überlegt?«

Zeit genug hat er ja gehabt, denkt sie. Ihr Telefonat ist
Stunden her.

David schüttelt den Kopf. »Nein, eigentlich nicht.«

Das hat sie sich schon gedacht. Carmen lächelt. »Gut,
macht nichts, ich habe auf der Terrasse für uns gedeckt.«

»Hast du noch was Essbares gefunden?« Er späht an ihr
vorbei zur Terrasse.

Ja, und außerdem ziemlich viele Gläser in der Geschirrspülmaschine und ein fremdes Duschgel im Bad, denkt
sie, aber sie zuckt die Achseln. »Man kann aus allem was
machen.«

»Hat es Laura denn auch gefallen?« Er geht zum Kühlschrank und holt sich eine Flasche Bier. Und wie immer ver-
gisst er, sie nach ihren Wünschen zu fragen, registriert Carmen. Dabei wäre es doch so einfach. Schließlich hat sie den
Tisch ja auch für zwei gedeckt und nicht nur für sich selbst.

Aber sie schluckt einen Kommentar herunter. Keine
schlechte Stimmung aufkommen lassen, sagt sie sich, das
wäre schade.

Er bleibt mit der Flasche Bier vor ihr stehen. Anscheinend wartet er auf eine Antwort.

Das ist jetzt die Gretchenfrage. Entweder ist sie jetzt einfach ehrlich, oder sie verstrickt sich in unendliche Geschichten.

»Laura ist absoluter New-York-Fan«, sagt sie, deutet auf seine Flasche: »Magst du ein Glas dafür?«, und geht zum Schrank, um eine Tulpe für ihn zu holen.

Und am Tisch beginnt sie zu erzählen, von der Frick Collection, der Fifth Avenue und von ihrem Besuch in der *Lenox Lounge* in Harlem. David belegt in der Zwischenzeit ein Brot mit dünn geschnittenem Hartkäse, bestreicht es mit Feigensenf, schneidet ein hart gekochtes Ei in kleine Scheiben, garniert das Brot damit und teilt es schließlich in zwei Hälften. Während er abbeißt und genüsslich kaut, hört er Carmen zu, dann belegt er sich ein zweites Brot. Carmen hat nur an kleinen Tomaten, Gewürzgurken und Peperoni genascht. Sie zeigt ihm die CD von Azar Lawrence und will sie auflegen, damit David verstehen kann, wovon sie spricht. Im CD-Player liegt eine CD von Alicia Keys. Carmen nimmt sie heraus und schaut sie nachdenklich an. Dann geht sie zu David hinaus.

»Seit wann hörst du denn Alicia Keys?«

Er schaut von der Salatgurke auf, die er gerade in dünne Scheiben schneidet, um sein zweites Brot damit zu belegen.

»Alicia Keys?«, fragt er gedehnt.

Carmen legt ihm die CD neben sein Brot. David betrachtet sie stumm.

»Die wollte ich eigentlich zu deiner Begrüßung spielen«, sagt er dann und gibt sie ihr zurück. »Sie handelt doch von New York.«

»Schade, dass dir das jetzt erst einfällt«, sagt Carmen und entschließt sich zur Offensive. »In dem Zusammenhang muss ich dir etwas sagen!« Sie setzt sich zu ihm und schaut ihn an.

David schüttelt den Kopf. »Du hast jetzt so viel erzählt«, beginnt er, »und weißt noch überhaupt nicht, was bei mir los war.«

»So?« Carmen kann den ironischen Unterton nicht unterdrücken. »Was war denn los?«

»Ich habe einen Auftrag!«

Rosi, denkt Carmen. Dass sie nicht gleich darauf gekommen ist, hatte Steffen das nicht sogar prophezeit? Aber bei David war doch vorher schon etwas im Busch, nicht erst die letzten drei Tage. Und grüner Tee? Eher *La mer* oder sonst irgendwas in dieser Preisklasse.

»Erzähl!« Sie greift nach einem Radieschen und steckt es sich in den Mund, obwohl es nicht mehr ganz knackig ist. Aber sie braucht eine Beschäftigung für ihre Hände. Soll sie sich jetzt vielleicht auch ein Brot streichen?

»Es kam ein Anruf von Frau Richter. Du kennst doch Frau Richter? Die Frau vom Baulöwen Richter.«

Das ist zu blöd, denkt Carmen und nimmt noch ein Radieschen. »Ja, ich kenne Frau Richter«, sagt sie. Hatte sie ihm nicht sogar von ihrem Treffen und dem Ring erzählt?

»Sie hat eine bauliche Veränderung an ihrem Privathaus vor und hat mir den Auftrag erteilt.«

Der Hamam, denkt Carmen, als Nächstes landet er im Hamam. »Hast du dich schon mit ihr getroffen?«

»Sie war mit ihrem Mann auf Geschäftsreise, als sie mich anrief. Aber sie hat einen Termin vorgeschlagen.«

»Ach, ja?« Carmen zupft sich noch ein Radieschen vom Bund. »Wann denn?«

»Heute Abend.«

Das ist ja infam, denkt Carmen. Ich komme mit ihrem

Liebhaber aus New York zurück, und sie zieht mir meinen Liebhaber direkt aus der Hütte.

»Heute?« Carmens Blick geht zur Uhr. Es ist noch früh. Kurz nach sieben. »Wieso heute?«

»Weil sie heute erst spät zurückkommt, morgen früh aber schon wieder zu einer neuen Reise startet. Es bleibt also nur dieser eine Abend.«

Wer's glaubt, denkt Carmen. Aber jedenfalls ist nun klar, dass Rosi nicht hier im Haus war. Sie war schließlich mit ihrem Mann unterwegs, das war ja der Grund für ihre New-York-Reise an Steffens Seite.

»Ich weiß nicht«, sagt sie hilflos, dann schaut sie auf. »Aber da kann ich doch mit?« Das würde Rosi vielleicht einen Strich durch die Rechnung machen.

»Das ist geschäftlich, Carmen, keine gesellschaftliche Einladung. Sie zeigt mir ihr Haus und erklärt mir, was sie sich vorstellt. Und ich mache mir Notizen, das ist alles.«

Notizen. Oje. Sie hat ihren Köder schon ausgelegt.

Carmen muss an Steffen denken, ihn dringend anrufen.

»Ich habe dir aus New York etwas mitgebracht«, sagt sie inbrünstig. Es könnte ein guter Schachzug sein. »Vielleicht magst du es gleich anziehen?«

Dann würde Rosi zumindest sehen, dass sie ihren Plan durchschaut hat. Kleiner Gruß aus New York, liebe Rosi? Und sollte sie David ihr kleines Mitbringsel für Rosi gleich mitgeben? Nein, unmöglich.

Bevor David ihr antworten kann, ist Carmen bereits aufgesprungen. Sie kennt seine Bequemlichkeit in solchen Dingen, aber daran soll ihre Taktik jetzt nicht scheitern.

Sie holt den Sweater mit dem eingestickten kleinen *New York* auf Höhe der Brusttasche aus dem Schlafzimmer. Der

Schriftzug ist so dezent, dass es David nicht stören kann – Rosi aber nicht entgehen wird.

»Ja, schön!« David steht auf und schlüpft hinein.

Er passt. Gott sei Dank. Carmen hatte einen Amerikaner mit ähnlicher Figur gebeten, ihn einmal anzuprobieren. Sie hatte sich nicht getäuscht.

»Aber rot?«, fragt David zweifelnd.

»Steht dir gut, sieht sportlich aus – und blau, grau und schwarz hast du schließlich mehr als genug.«

»Hm.« David geht an ihr vorbei in Richtung Flur.

Ein Danke wäre auch nett gewesen, denkt Carmen. Oder vielleicht sogar ein Kuss?

Sein Spiegelbild scheint ihm gefallen zu haben. »Ist gar nicht so schlecht«, sagt er, als er wiederkommt, beugt sich zu Carmen hinunter und küsst sie leicht auf den Mund. »Danke!«

Carmen steht auf. »Bitte.« Sie zieht die Schultern der Jacke gerade, damit die Ärmel nicht so verdreht sind und Falten werfen. Wie bei einem Kleinkind, denkt sie. »Und wann findet dieses Treffen statt?«

»Um acht.«

»Gut, dann ist die Jacke ja gerade richtig.«

»Und was machst du dann noch?«, will er wissen.

»Vielleicht hat eine meiner Freundinnen für einen Schwatz Zeit? Der Abend ist zu schön, um allein zu sein!«

»Du sagst es.« Er lächelt ihr zu. »Ich gehe mal ein paar Sachen zusammensuchen.«

Sachen zusammensuchen? Hat er dafür nicht sein Büro? Was will er denn suchen?

Aber als sie sieht, wie er den PC hochfährt, ist ihr klar,

was er Wichtiges suchen muss: Sicherlich muss er in Farmville ernten und seine Tiere füttern. Fast gönnt sie Rosi, dass sie sich nach ihrem Kulturhengst jetzt einen Bauern geangelt hat.

Als David gegangen ist, geht sie mit einem Glas Wein auf die Terrasse und ruft Laura an. Vielleicht mag sie mit ihrer Tochter ja noch vorbeikommen, sie könnten eine Pizza bestellen, einen Wein – wo ist nur dieser Santenay abgeblieben? – trinken, und Carmen könnte endlich ihre ganzen Geschichten über New York loswerden, denn Laura wird es brennend interessieren, was denn nun mit ihrem Blind Date war.

Laura hört sich nicht gut an. Sie würde fürchterlich gern kommen, sagt sie, aber Ella hat einen Magen-Darm-Infekt und liegt mit Bauchschmerzen, Erbrechen und Durchfall im Bett. Laura kann sie unmöglich allein lassen. Mitbringen natürlich auch nicht.

»Ja, soll ich dann zu dir kommen?«

Laura muss lachen. »Das willst du dir aber nicht wirklich antun, oder? Wenn es ein Virus ist, darfst du deiner schwangeren Mitarbeiterin nicht begegnen.«

So weit hat Carmen nicht gedacht. Aber sie ist ja auch noch in Urlaubslaune.

»Ja«, sagt sie, »du hast recht. Wie schade!«

»Aber du kannst mir doch so ein bisschen von New York und diesem Mister Unbekannt erzählen? Auf die sichere Entfernung?«

Carmen überlegt. Nein, das ist nicht dasselbe. Wenn sie erzählt, muss sie ihre Freundin dabei anschauen, sie müssen anstoßen und gemeinsam lachen können. Das geht nicht übers Telefon.

»Macht nichts«, sagt sie. »Ella wird wieder gesund, und dann machen wir einen drauf!«

»Sag mir doch wenigstens, wer er war.«

»Nein, ganz oder gar nicht!«

»Dann: wie er war.«

»Auch dazu nichts.«

»Bist du nun verliebt?«

Carmen überlegt. Sie hätte Steffen jetzt gern angerufen und den Abend mit ihm verbracht. Aber warum? Nur deshalb, weil David geht und sie allein ist? Oder weil sie wirklich Sehnsucht nach Steffen hat? Sie glaubt nicht, dass sie Sehnsucht nach ihm hat, nicht wirklich.

»Nein«, sagt sie. »Verliebt bin ich nicht. Er ist eben ganz anders als David – schwer zu beschreiben. Eher der galante Begleiter.«

»Ja, gut«, Laura lacht, »das ist David wohl eher nicht.«

»Dafür ist David einfach sexy!«

»Und Mr Unbekannt nicht?«

»Er hat einen guten Körper, sieht gut aus, eigentlich alles bestens. Aber er ist groß und schmal, und du weißt ja, ich stehe auf Kompakt.«

Laura lacht wieder. »Ja, dein Männerbild ist sehr sexistisch!«

Carmen denkt an Rosi. Was sie wohl für ein Männerbild hat? Sie erzählt Laura von Davids Termin. »Ausgerechnet heute Abend. Ich komme zurück, und er geht. Ist das nicht seltsam? Normalerweise müssten wir den tollsten Wiedersehenssex unseres Lebens haben – und da geht er zu einem Termin, wo er wochenlang keinen einzigen Termin hatte!«

»Genau, darum ist ihm der Termin wahrscheinlich so wichtig«, beschwichtigt Laura.

197

»Oder meinst du …?« Carmen stockt und nimmt einen Schluck. »Meinst du, er geht zu einer anderen und schützt Rosi nur vor?«

»Das wäre dämlich«, sagt Laura energisch. »Er muss ja damit rechnen, dass du die Richter mal mit ihm zusammen triffst und das Gespräch irgendwie auf den ersten Termin kommt. Und überhaupt – denkst du immer noch, er hat eine andere? Aber warte.« Carmen hört, wie sie den Telefonhörer kurz aus der Hand legt, dann ist Laura wieder dran: »Es geht wieder los. Ellas dritte Runde …«

»Okay, sag ihr gute Besserung!«

Langsam legt Carmen auf. Gut, dann wird sie den Abend eben allein genießen. Sie legt die Füße auf Davids leeren Stuhl und lauscht in die Sommernacht. Es raschelt im Gebüsch, und ein Vogel kommt neugierig näher. Carmen beobachtet, wie er mit schräg gelegtem Köpfchen aufmerksam das Gelände sichert, bevor er einige weitere Hüpfer zu ihrem Tisch macht. Es ist ein Spatz, und seine neugierigen kugelrunden Augen bringen Carmen zum Lächeln. Es erinnert sie an Steffen, wie er im Café vor dem Rockefeller Center den kleinen Spatz gefüttert hat.

»Bist du mir hinterhergeflogen?«, will sie von ihm wissen und wirft ihm einen Brotkrümel zu. Der kleine Vogel pickt ihn auf und bringt sich in Sicherheit.

»Vielleicht können wir ja Freunde werden«, sagt Carmen zu ihm, »dann habe ich heute Abend wenigstens einen Freund!«

Es ist nach neun, die Sache lässt ihr keine Ruhe mehr. In einem Anfall von Aktionismus schnappt sie sich ihr Fahrrad und schwingt sich in ihrem blauen Jogginganzug, den sie eigentlich nur noch zu Hause zum Rumgammeln trägt, in den Sattel. Sie tritt kräftig in die Pedale, kräftiger als üblich. Der Asphalt strahlt noch die Wärme des heißen Tages ab, und Carmen kommt ins Schwitzen, aber sie wählt die Abkürzung zur Neubausiedlung und biegt bald in einen Hohlweg ab, der zwischen zwei Böschungen liegt. Es ist wie ein Sprung ins kalte Wasser. Zwischen den Büschen und Bäumen ist die Luft kühl, und Carmens Reifen rutschen in den schlammigen Furchen hin und her. Bloß nicht stürzen, denkt sie, denn sie hat die letzten Häuser hinter sich gelassen, und die Dämmerung beginnt sich über die Felder zu senken, die rechts und links ihres Weges liegen. Sie will nicht umkehren, sie hat ein Ziel, zu dem es sie hintreibt. Wenn nötig, würde sie das Fahrrad in stockdunkler Nacht auch schieben.

Sie keucht vor Anstrengung und spürt schmerzhaft, dass sie nicht mehr allein ist: Hunderte von Stechmücken haben sich auf ihre Fährte gesetzt. Am Hals, an den Wangen, an den Handgelenken, an den Fußknöcheln, überall da, wo ihre bloße Haut zum Vorschein kommt, fallen sie über sie her. Carmen tritt noch stärker in die Pedale, da reißt ihr ein tiefes Schlagloch das Vorderrad weg, und sie fliegt schräg über den Lenker. Benommen bleibt sie kurz liegen, bevor sie die Augen wieder öffnet und sich aufrichtet. Sie betastet ihre Beine. Fühlt sich alles intakt an, nur ihre Schulter schmerzt. Und das Handgelenk, auf dem sie sich wohl abgestützt hat. Inzwischen ist es wirklich dunkel geworden, und sie hat Mühe, den Weg vor sich zu erkennen. Vielleicht war die Abkürzung doch keine so gute Idee? Stöhnend richtet sie ihr Fahrrad auf. Sie ist bis hierher gekommen, jetzt will sie den Rest auch noch schaffen. Die Kette ist abgesprungen und hat sich in einem der Zahnräder verklemmt. Fluchend legt sie das Rad an die Böschung und versucht, die Kette durch Vor- und Rücktreten des Pedals zu lösen. Warum bloß fühlt sie sich die ganze Zeit so beobachtet?

Zornig reißt sie an der Kette, und am liebsten hätte sie mit dem Fuß dagegengetreten, aber sie hat Angst, die Kette könnte reißen. Als sie schon aufgeben und das Rad einfach liegen lassen will, löst sich die Blockade.

Gott sei Dank, sagt Carmen laut und überlegt nun doch, ob sie nicht besser umdrehen soll. Sie schaut unwillkürlich nach hinten und erschrickt. Ist es ihre getrübte Wahrnehmung, oder steht da jemand in den Büschen? Sie ist sich nicht sicher, es ist schon zu dunkel. Sie rührt sich nicht und wartet darauf, dass sich etwas tut. Aber – ist da überhaupt jemand? Sie strengt ihre Augen an, möchte sich aber auch nicht in irgendwelche Phantasien hineinsteigern.

Kurz entschlossen steigt sie auf und fährt einfach los. Wenn er jetzt nachkommen will, muss er rennen. Vor der nächsten Biegung schaut sie zurück. Nichts.

Erleichtert sieht sie die ersten Häuser der Siedlung und links außen, am Rand des Naturschutzgebiets, die Villa von Rosi und Wolf Richter. Jetzt kann es nicht mehr lang dauern, bis sie wieder auf einer befestigten Straße fährt, und das lenkt sie von dem stechenden Schmerz ab, den sie im Handgelenk spürt. Eine Stauchung, sagt sie sich, wird bald wieder vorbei sein. Aber sie ärgert sich, dieses ganze Affentheater braucht kein Mensch.

Wütend auf David und darüber, dass sie nur seinetwegen eine solch idiotische Fahrt machen muss und sich dabei vielleicht auch noch verletzt hat, schert sie endlich auf die feste Zubringerstraße ein.

Warum hat sie Rosi eigentlich nicht angerufen? Hätte sie

doch tun können, schließlich steht ein Dankeschön für die Reise noch aus und außerdem das Mitbringsel. Allein für Carlos, den Chauffeur, kann sie mehr als dankbar sein, so was wird ihr wahrscheinlich im Leben nicht mehr passieren.

Oder will Rosi wirklich tauschen, die Gute, und macht gerade David das Angebot einer schnuckeligen Dreitagestour zum Big Apple? Aber David in New York – Carmen kann es sich nicht vorstellen. David auf der Fifth Avenue … er shoppt nicht gern. Und David in einer der Galerien? Unmöglich. Und den Abend in *The Box* hätte er wahrscheinlich abgekürzt, indem er auf die Suche nach einem schottischen Pub gegangen wäre. Sie kann ihn sich in Schottland, in Irland, Island und Norwegen vorstellen. Zwischen alten Steinen sein kleines Zelt aufschlagen und auf seinem Campingkocher eine Dose Ravioli aufwärmen. Sie kann ihn sich auch in Italien, Portugal und Frankreich vorstellen, aber damit hört die Vorstellungskraft eigentlich schon auf. Auf Entdeckungstour im Jemen? In Ägypten? In Thailand oder Vietnam? Carmen muss fast darüber lachen. Rosi wird ihre helle Freude haben.

Da steht sein Auto. Der Jeep, den er schon fuhr, als sie ihn damals kennengelernt hat. In den die Dogge, die er sich vom Nachbarn für die Spaziergänge mit Carmen ausgeliehen hatte, nur unter gutem Zureden hineingeklettert ist. Es hängen so viele Erinnerungen an diesem Mann. An jedem Gegenstand, an jedem T-Shirt, selbst an einigen Gedichten.

Es ist zum Verrücktwerden.

Carmen steigt ab. Klingeln kann sie nicht, aber vielleicht irgendwo durch ein Fenster schauen. Dazu muss sie aber aufs Grundstück kommen, und das ist garantiert gut gesichert. Aber es ist auch groß, und da liegt die Chance.

Wo steht die Trauerweide? Hinter dem Haus, in Richtung Naturschutzgebiet. Carmen erinnert sich, da war ja diese berauschende Mischung aus Urlandschaft und kurz geschorenem Rasen. Und diese üppige Trauerweide steht nicht so sehr weit von der Terrasse entfernt. Diese Weide wäre ein genialer Sichtschutz, und Carmen könnte gut durch die großen Fenster ins Haus sehen. Aber was sieht sie dort? Die Wohnhalle mit dem offenen Kamin. Bringt ihr das was?

Wer weiß?

Vielleicht liegt ein Eisbärenfell vor dem Kamin, extra für David dorthin gezaubert?

Die Auffahrt zum Haus ist beleuchtet, das Tor dorthin verschlossen. Rechts und links schließen sich hohe Hecken an, die sicherlich auch noch irgendwie verkabelt sind. Hier geht es also nicht. Sie muss von hinten, vom Urwald aus hinein. War dort überhaupt eine Hecke zwischen Golfrasen und der natürlichen Landschaft? Sie kann sich nicht wirklich erinnern.

Carmen schiebt ihr Fahrrad am Tor vorbei und drückt es dann in die Hecke. Sie geht weiter, ins Dunkle hinein. Es ist nicht ganz einfach, weil der Weg völlig zugewuchert ist. Flechten, niederes Buschwerk und Schilfgras schieben sich schier undurchdringlich bis zur Hecke vor und machen es jedem Eindringling schwer. Es piekst durch ihre Jogginghose, und sie ist sich sicher, dass die Knöchel jetzt nicht nur Stiche, sondern auch Schürfungen abbekommen. Aber sie will es wissen, noch immer will sie es wissen. So kurz vor dem Ziel kann sie nicht aufgeben, selbst wenn sie morgen völlig zerkratzt sein sollte. Jetzt sind es auch noch kleine Kügelchen, die sich wie Kletten an sie heften. Kurz denkt

Carmen an Zecken und Borreliose, aber dann schüttelt sie den Gedanken ab. Dafür wird ein anderer immer mächtiger.

Warum macht sie das hier eigentlich? Um ihr eigenes Gewissen reinzuwaschen? Um ihm sagen zu können, he, ich war zwar mit einem Kerl in New York, aber was du dir da mit Rosi geleistet hast, ist auch nicht ohne? Was glaubt sie eigentlich zu sehen? Oder hofft sie, nicht zu sehen?

Und wer sagt überhaupt, dass Rosi gleich am ersten Abend über David herfällt? Vielleicht sitzen sie ja wirklich nebeneinander am Küchentisch und studieren Pläne?

Carmen bleibt kurz stehen, aber dann kämpft sie sich weiter. Wenn die beiden harmlos miteinander am Küchentisch sitzen, dann möchte sie das auch sehen – zu ihrer eigenen Beruhigung.

Carmen, du hast sie nicht mehr alle, denkt sie, aber das ist ihr jetzt auch egal – und so ganz neu ist ihr die Erkenntnis auch nicht.

Sie ist schon kurz vor dem Ziel, da nähern sich Autoscheinwerfer von der Straße her. Wie blöd, kommt jetzt etwa Wolf Richter nach Hause? Und taucht er sie dann in grelles Scheinwerferlicht? Carmen duckt sich, aber der Wagen bleibt kurz vor dem Grundstück stehen, dann schießt er rückwärts, wendet und fährt die Straße wieder zurück. Carmen schaut den sich schnell entfernenden Rücklichtern nach.

Was war denn das jetzt? Sie konnte den Wagentyp leider nicht erkennen, der Motor hörte sich stark an, aber was heißt das schon? War es vielleicht Steffen, der Rosi einen Besuch abstatten wollte? War es Wolf Richter, der keine Lust auf einen nächtlichen Gast hat?

Egal, sie ist kurz vor dem Ziel, das konnte sie dank der Lichter sehen.

Aber wenn das grüne Duschgel und die gelöschten Mails und SMS nichts mit Rosi zu tun haben ... Und auch die Gläser in der Geschirrspülmaschine nicht ... Wenn das alles nichts zu bedeuten hat, wie kann sie dann die Beziehung zu David wieder in Ordnung bringen, die frühere Leidenschaft zurückholen? Dieses Prickeln, das Gefühl unvergänglicher Liebe? Wie kann man so etwas wieder beschwören, wiederaufleben lassen? Geht das überhaupt?

Immer wieder die gleichen Gedanken und trotzdem keine Lösung: Sie denkt an seine Computerspiele, sein Desinteresse ihr gegenüber, seine ständige Bettflucht. Macht sie sich da nicht etwas vor? Ist es nicht sowieso schon zu spät?

Sie bleibt stehen. Eigentlich kann sie auch gleich wieder umkehren. Wenn er sie nicht mehr will, spielt es auch keine Rolle, ob und mit wem er sie betrügt. Er würde sie auch nicht mehr wollen, selbst wenn er keinen Ersatz hätte. Es muss an ihr liegen.

Sie späht um die Hecke herum. Wusste sie es doch – der Weg ist frei. Sie haben sich die Aussicht nach hinten nicht durch eine dichte Hecke nehmen lassen. Und von hier aus sieht sie auch die Umrisse der Trauerweide. Und davor im schönsten Licht heller Fenster: die Veranda.

Wunderbar!

Carmen will gerade voranpreschen, als sie etwas flackern sieht. Nur leicht und in einiger Entfernung, aber sie hält den Atem an. Eine Taschenlampe? Haben die Richters etwa einen Securitymenschen, der hier nachts durch den Park streift?

Ja klar, denkt sie. Logisch haben die das. Wer will schon

von irgendeinem übergeschnappten Einbrecher überrascht werden?

Ihr Herz rast. Das wirklich Allerschlimmste wäre, hier in Rosis Park geschnappt zu werden. Nicht auszumalen, wie peinlich das wäre.

Und dafür gäbe es auch keine Ausrede, sondern nur die Wahrheit.

Noch schlimmer.

Sie verharrt in absoluter Reglosigkeit, dann sieht sie, dass sich das Licht nicht weiterbewegt. Es flackert nur. Und daneben glimmt etwas auf. Eine Zigarette. Was ist das?

Carmen überlegt. Aber während sie dasteht, überkommt sie ein unglaublicher Juckreiz. Es juckt in ihren Sneakers und unter der Jogginghose, es juckt am Rücken, an den Oberarmen – eigentlich überall.

Sie muss sich bewegen und sich ablenken. Also schleicht sie wie in den guten alten Kindertagen dem Licht entgegen. Und je näher sie kommt, umso klarer ist es ihr: Das Flackern kommt von einer Kerze, sie steht unter der Trauerweide, höchstwahrscheinlich auf dem kleinen Tisch, an dem sie kürzlich selbst noch mit Rosi gesessen hat. Und der mit der Zigarette ist David. Was Rosi macht, möchte sie sich gar nicht ausmalen.

Ein Zweig knackt unter ihren Füßen. Erschrocken bleibt sie stehen. Nicht zu fassen – das ist doch ein gepflegter Rasen, wo kommt hier ein loser Zweig her?

Sie lauscht, aber alles bleibt ruhig. Nur gut, dass Rosi keinen Hund hat. Der hätte sie längst entdeckt. Und dass der Mond heute nicht aufgehen will. Sie hört keine Stimmen, das irritiert sie.

Auch kein Stöhnen, das beruhigt sie.

Aber dass zwei Leute so ganz schweigend nebeneinandersitzen, kommt ihr auch seltsam vor. Was machen die beiden?

Sie verharrt, dann wagt sie sich weiter vor. Schritt für Schritt nähert sie sich, dann sieht sie ihn. Seine glimmende Zigarette taucht sein Gesicht kurz in rötliches Licht, als er an ihr zieht.

Carmen erstarrt. Sie ist viel näher an ihm dran, als sie gedacht hat. Und es ist nicht David, es ist Wolf Richter. Allein!

Gebannt schaut er auf sein eigenes Haus.

Carmen folgt seinem Blick. Er beobachtet die helle Wohnhalle, in der zwar alle Möbel gut zu erkennen sind, die aber menschenleer ist.

Carmen spürt ihr Herz pochen und versucht eine flache, möglichst lautlose Atmung. Nicht auszudenken, wenn er sie hier entdecken würde. Was soll sie sagen? »Guten Abend, Herr Richter, schön, dass Sie auch da sind?«

Wolf Richter sitzt aufrecht da, sicherlich genauso angespannt wie sie, denn so sitzt kein relaxter Mensch, denkt Carmen und beschließt den vorsichtigen und leisen Rückzug, bevor er spürt, dass jemand in seinem Rücken lauert.

Da geht ein Ruck durch ihn, er schnellt förmlich hoch und zieht noch einmal hastig an seiner Zigarette. Carmen erschrickt. Jetzt steht er. Und das keine zehn Meter von ihr entfernt. Sie bewegt sich nicht und schaut zum Haus. Rosi und David sind in die Wohnhalle getreten. David hat ihr galant die Tür zur Wohnhalle geöffnet – ach, schau an, denkt Carmen, wenn es sich nicht um mich handelt, kann er das also –, und Rosi geht lachend an ihm vorbei, ein Champagnerglas in der Hand. Sie trägt eine lässige Jeans und eine gut geschnittene weiße Bluse mit reichlich Blick auf ihr üppiges Dekolleté.

Wolf Richter lässt sich wieder auf seinen Stuhl sinken, und Carmen hätte sich jetzt am liebsten zu ihm gesetzt und seine Hand genommen. Sie, die ausgeschlossenen Partner.

David hat seine große Mappe unter den Arm geklemmt und hält ein Glas Champagner in seiner Hand. Wo er doch angeblich überhaupt keinen Champagner mag. Rosi lacht und gestikuliert, und auch David scheint recht entspannt zu sein. Carmen versucht, ihre Worte zu erraten, und fragt sich, warum Wolf Richter nicht an eine entsprechende Lautsprecheranlage gedacht hat. Das würde die Sache jetzt sehr vereinfachen.

Rosi deutet zu den Clubsesseln am Kamin, aber David geht zum Tisch. Offensichtlich will er zumindest seine Pläne und Ideen vorzeigen. Rosi gibt nach und rückt zwei Stühle zurecht. Sie setzen sich dicht nebeneinander, mit den Gesichtern zum Garten, und David öffnet seine Mappe, dann schaut er auf. Wenn es möglich gewesen wäre, hätte Carmen geschworen, dass sie sich für einen Moment in die Augen gesehen haben, so direkt hat er in ihre Richtung gesehen. Dann zeigt er kurz in den Garten, und Rosi nickt. Während er einige Seiten auf dem Tisch ausbreitet, steht Rosi auf – und in dem Moment auch Wolf Richter. Hastig verlässt er seinen Stuhl und verbirgt sich hinter dem dichten Blättervorhang der Trauerweide. Sekunden später flammen rund um Carmen Lichter auf.

Sie macht einen Satz hinter den nächsten Strauch und geht davon aus, dass es jetzt passiert ist: Sie ist entdeckt. Sekunden verharrt sie unbeweglich, ohne etwas zu sehen. Sie lauscht angestrengt, hört aber nichts. Kein aufgeregtes Rufen, keine schnellen Schritte, nichts. Dann schaut sie vorsichtig hinter dem Gebüsch hervor.

Rosi hört mit schief gelegtem Kopf zu, was David ihr erklärt. Von Wolf Richter keine Spur mehr.

Steht er noch unter der Trauerweide? Oder ist er heimlich abgezogen?

Was soll sie tun? Will sie die ganze Nacht hinter dem Busch hier stehen? Sie muss sich eine bequemere Position suchen. Sie macht zwei Schritte zurück und stößt gegen etwas Weiches, und bevor sie schreien kann, legt sich eine Hand über ihren Mund.

»Pst«, hört sie zu Tode erschrocken direkt in ihrem Ohr. »Ganz ruhig. Es passiert nichts!«

Erstarrt bleibt sie stehen. Sie braucht ein paar Sekunden. Es kann nur Wolf Richter sein. Aber wenn er sie hätte angreifen oder gar umbringen wollen, hätte er es gleich getan.

Sie dreht sich nach dem Unbekannten um. Es ist Steffen.

»Du?«, entfährt ihr, worauf er ihr sofort wieder den Mund zuhält.

»Pst!«

»Wolf Richter steht unter der Trauerweide«, flüstert Carmen.

Steffen grinst. Im Halbschatten sieht er direkt erotisch aus. Komisch, dass ihr das in New York nicht aufgefallen ist. Vielleicht liegt es aber auch an der aufregenden Situation, dass sie ihn auf eine seltsame Art anziehend findet.

Er beugt sich wieder zu ihrem Ohr. »Ich habe ihn hinausgehen sehen. Vielleicht hat er eine Kamera installiert.«

»Hinaus? Wohin hinaus?«

»Da.« Steffen macht eine kurze Kopfbewegung. »Aus dem Garten hinaus.«

Hat sie einen einfachen Eingang übersehen, und ihr Weg durch die Disteln und Flechten war völlig überflüssig gewesen?

»Eine Kamera?« Carmen schüttelt den Kopf. »Er hat einfach zugesehen und eine geraucht.«

»Gab's denn schon was zu sehen?«

Carmen schüttelt wieder den Kopf.

»Und was machst du hier?«, will sie dann leise wissen.

»Das Gleiche wie du, nehme ich mal an.«

»Und wie Wolf Richter«, ergänzt Carmen. »Warum gründen wir keinen Club?«

»Einen Gartenclub?«

Carmen muss lachen, ist aber sofort wieder still. »Mal im Ernst. Bespitzelst du sie?«

»Ich wollte Rosi einfach nur besuchen. Dann stand der Jeep da. Aufdruck: *Architekturbüro David Franck*. Und Wolfs Auto aber nicht. Das sprach doch sehr für einen Liebhaberwechsel, davon wollte ich mich überzeugen.«

Beide schauen gleichzeitig nach vorn. David scheint ganz in seinem Element zu sein, er hat bereits einen Stift in der Hand und entwirft etwas auf seinem Block. Rosi steht halb über ihm, zeigt mit ihrem Zeigefinger mal hierhin und mal dorthin. Carmen weiß, dass David eine solche Nähe im Normalfall unangenehm ist. Aber was ist hier schon der Normalfall?

Da erstrahlen von der Zufahrt her Autoscheinwerfer. »Aha«, sagt Steffen. »Jetzt kommt Wolf offiziell nach Hause.«

»Warum tut er das? Jetzt werden wir nie erfahren, was gewesen wäre, wenn. Er hätte doch wenigstens ein paar Minuten warten können!«

Steffen zuckt mit den Schultern. »Vielleicht hatte er keine Lust mehr auf irgendwelche Spielchen!«

»Hat er euch beide auch beschattet?«

»Das weiß nur er!«

Mit dem Eintreffen von Wolf ändert sich die Situation. Rosi fährt sich kurz durch die Haare, knöpft sich hinter Davids Rücken einen Blusenknopf zu und geht aus dem Zimmer, um ihren Mann an der Tür zu empfangen.

»Irgendwas hat sie mit ihm vor«, sagt Steffen lapidar. »Ob er sich dem entziehen kann, wenn er den Auftrag wirklich will?«

»Er braucht den Auftrag. Er hat keine Kohle mehr.«

»Hm.« Steffen verzieht kurz das Gesicht. »Dann wirst du deinen Freund für die nächste Zeit wohl teilen müssen.«

Carmen stößt einen Laut aus, den sie selbst noch nicht an sich kennt. Ist es Wut? Enttäuschung? Selbstmitleid? »Ich befürchte, ich teile ihn sowieso schon.«

»Ach? Und mit wem?«

»Wenn ich das mal wüsste!«

Wolf Richter betritt die Wohnhalle, David steht artig auf und reicht ihm die Hand, dann deutet er zu den Skizzen auf dem Tisch, aber Wolf nickt nur und wartet auf Rosi, die mit einem dritten Champagnerglas nachkommt. Seinen Gesten nach zu urteilen, gibt er David zu verstehen, dass das Haus Rosis Sache sei und ihn ein Umbau nur peripher interessiere.

»Oder ist er ein Voyeur, und sie inszeniert das alles nur für ihn?«, sinniert Steffen.

»Dann hättest du den Hauptpreis gewonnen!« Carmen klopft ihm auf die Schulter.

Carmen stellt ihr Fahrrad in der dunklen Seitenstraße ab, in der Steffen seinen Wagen geparkt hat. Als sie einsteigen und das Innenlicht des Wagens angeht, fängt er an zu lachen.

»Stimmt was nicht?«

»Ich weiß gar nicht, ob mein Auto für so wüste Gesellen geschaffen ist. Vielleicht bekommt es ja Angst.«

Carmen schaut ihn verständnislos an, und Steffen klappt den Beifahrerspiegel herunter. »Du siehst aus wie ein Rekrut nach einem Manöver!« Ja, mit der gepflegten Carmen Legg im Versicherungsbüro hat das wenig zu tun, eher mit einem potenziellen Kunden.

Steffen startet den Wagen und fährt los. Carmen betrachtet sich im Spiegel, die Spuren ihres Ausflugs im Gesicht, ein roter Streifen quer über die Wange, dazu die verknoteten Haare.

»Ich gehe gleich in die Badewanne«, sagt sie und nickt Steffen zu.

»Brauchst du jemanden für den Rücken?«

Carmen spürt das Lächeln, das sich in ihr Gesicht stiehlt. »Liebend gern«, sagt sie. Aber sie denkt dabei an David, und ihr Lächeln verschwindet wieder. »Was wäre passiert, wenn Wolf Richter nicht aufgetaucht wäre?«

Sie schaut zu Steffen hinüber, der seinen Wagen zügig die Landstraße entlangschnurren lässt.

»Ja, schade, dass Wolf das abgebrochen hat, hätte mich auch interessiert.«

»Die Ungewissheit ist noch blöder!« Carmen ärgert sich jetzt richtig.

»Die Ungewissheit ist wie Gift, schleichend und tödlich!« Steffen klingt ernst.

Und Carmen betrachtet ihn noch genauer. Im Schein

der Straßenlaternen sieht sie seine zusammengepressten Kiefer.

»Liebst du sie?«

Er schüttelt leicht den Kopf.

»Bist du in sie verliebt?«

Wieder schüttelt er ihn.

»Was ist es dann?«

»Eine Gelegenheit, ein Versuch, eine Verlockung, ein Test?«

Carmen betrachtet ihre schmutzigen Fingernägel. »Ich möchte nie eine Gelegenheit sein. Auch kein Versuch und schon gar kein Test. Vielleicht eine Verlockung, aber ich glaube, das wäre mir auch zu wenig.«

»Was möchtest du dann sein?«

»Eine große Liebe. Die einzige Liebe, das Universum für einen anderen Menschen, den man genauso liebt. Global. Grenzüberschreitend. Maßlos.«

Es ist still. Steffen schenkt ihr einen Blick, mehr nicht.

»Was ist?«, fragt sie nach einer Weile.

»War das bei euch so?«, will er wissen.

»Ich habe gedacht, dass es so sei, ja. Zügellos und unendlich!«

»Und was ist passiert?«

Carmen überlegt. Sie sind schon auf der Hauptstraße, bald würden sie in ihre Straße abbiegen müssen.

»Ich weiß es nicht wirklich. Langsam, schleichend hat sich da was verändert. Ich habe am Anfang in ihm den großen Helden gesehen, einen, der alles kann, der mir das schenkt, was ich mir wünsche ... Romantik, Geborgenheit, breite Schultern, männliches Auftreten, einen Gefahrenvertreiber, einen, mit dem man Pferde stehlen kann, einen, der

212

auf jedem Parkett zu Hause ist. Einen, der mir gefällt, der mein ist, den ich riechen und der tanzen kann.«

»Tanzen«, wiederholt Steffen. »Aha.«

»Ja. Aber alles andere eben auch!«

»Hört sich gut an«, sagt Steffen und fährt an den Straßenrand.

Carmen nickt.

»Und dann?«

»Dann entpuppte sich der große Held halt als kleiner Held, der für sich keinen wirklichen Weg findet, und zudem als kleiner Held mit schlechten Manieren. Oder mangelnder Kinderstube – das weiß ich nicht.«

Steffen nickt. »Und das tut weh?«

»So eine Erkenntnis tut immer weh und stachelt Frauen an, das Ganze auf den richtigen Weg zu bringen.«

»Und das gelang nicht?«

»Er ist ausgewichen und hat seine Zeit lieber in fruchtlose Computerspiele gesteckt, statt sich mit seiner Situation ernsthaft auseinanderzusetzen und nach einer Lösung zu suchen. Lösungen sind anstrengend, das liegt ihm nicht.«

»Und dann?«

»Hat er vielleicht wieder jemanden gefunden, der in ihm den großen Helden sieht.«

»Jeder Mann will angebetet werden!«

»Ja!« Carmen nickt traurig. »Aber dafür muss er auch was tun. Sonst betet man heiße Luft an.«

»Hört sich nicht gut an.«

»Nein, du hast recht!«

Sie sitzen eine Weile schweigend nebeneinander, dann legt Steffen seine Hand auf Carmens Knie. »Soll ich dich nach Hause bringen?«

»Wieso? Wo soll ich sonst hin?«

Er muss lachen. »Ich kenne deine Adresse nicht ... aber du kannst auch gern mit zu mir, wenn du das willst!«

Carmen lacht mit. Das tut ihr gut und löst den Kloß im Bauch.

»Stimmt! Du kannst es ja nicht wissen – dort vorne geht die Straße ab!«

Bevor sie aussteigt, beugt sie sich zu ihm hinüber und drückt ihm einen Kuss auf die Wange. »Ich glaube, du bist ein richtig guter Freund!«

Er greift ihr ins Haar. »Ich weiß, wovon du sprichst.«

Sie schauen sich kurz in die Augen, dann öffnet Carmen die Wagentür. Während er davonfährt und sie seinen kleiner werdenden Rücklichtern nachschaut, denkt sie darüber nach, dass sie über ihn eigentlich überhaupt nichts weiß.

Es ist nach Mitternacht, als Carmen Davids Wagen hört. Sie steigt gerade mit nassen Haaren aus der Badewanne und angelt sich das letzte saubere Badetuch aus dem Regal. Jetzt bin ich mal gespannt, denkt sie, während sie sich abtrocknet, ob ihm mein Winnetou-Look auffällt. Dann betrachtet sie ihre Blessuren vor dem großen Spiegel und macht sich ans Verarzten. Vorsichtig streicht sie ihre wunden Stellen mit einer Tinktur gegen Juckreiz ein, behandelt ihr Handgelenk mit einer Salbe gegen Verstauchung, gönnt ihrem Kopf einen Conditioner für geschmeidige Haare, gibt eine Wundsalbe auf den breiten Kratzer auf ihrer Wange und cremt schließlich ihren ganzen Körper mit ihrer Lieblingslotion ein.

Schließlich hält sie inne und lauscht.

Er müsste doch längst hier oben sein, wo bleibt er nur?

Sie räumt ihre Utensilien weg, wischt die Wanne durch, hängt das Badetuch zum Trocknen auf den Handtuchheizer und schlüpft in ihren Bademantel. Noch immer hört sie keinen Laut. Schließlich geht sie barfuß die Treppe hinunter.

Er hat sich offensichtlich noch einen Tee gemacht und raucht auf der Terrasse eine Zigarette. Als er sie durch die offene Schiebetür kommen sieht, klappt er sein Handy zu.

Carmen wird es flau im Magen. »Und?«, fragt sie möglichst fröhlich. »Wie war's?«

»Ja, ganz gut!«

Sie rückt sich einen Stuhl neben ihm zurecht und versucht, das Handy auf dem Tisch zu ignorieren. »Ja? Ganz gut? Dann erzähl doch mal! Ist der Auftrag sicher?«

»Ich denke schon, denn meine Ideen scheinen ihr zu gefallen.«

»Entscheidet sie das allein?«

»Sieht so aus.«

»Und wie geht es jetzt weiter?«

»Ich mache mir gerade Gedanken über das, was sie sich so vorstellt, und werde ihr das morgen unterbreiten.«

Carmen kann es nicht verhindern, sie muss trocken schlucken. »Morgen?«

»Ja, es soll schnell gehen.«

Carmen sieht Rosis geöffnete Bluse vor sich. Ja, das kann sie sich denken. Und überhaupt, hatte er nicht erzählt, sie müsse morgen mit ihrem Mann auf eine Geschäftsreise und deshalb das erste Treffen schnell arrangieren, noch an dem Abend, an dem sie eben aus New York zurückgekehrt ist? In ihrer Wiedersehensnacht?

Oh! Rosi!

»Wollte sie morgen früh nicht schon wieder weg sein?«

»Hat sich verschoben.«

Carmen muss ihre Gedanken sammeln. »Und? Wie ist sie so?«

»Ganz nett.«

»Sie hat eine erstaunlich gute Figur für ihr Alter«, wirft ihm Carmen als Köder hin.

»Ja?« Er schaut sie überrascht an.

Carmen mag es kaum glauben, aber doch, sein Blick ist tatsächlich erstaunt.

Carmen steht auf. »Kommst du ins Bett? Es ist schon spät!«

»Ich komme nach.« Er fingert in seiner Packung nach einer weiteren Zigarette. »Geh ruhig schon vor, ich mach mir noch ein paar Gedanken zu meinem neuen Projekt.«

Carmen hätte heulen können. Wie er so dasitzt, sein Gesicht, seine Augen, seine Haare – äußerlich ist er noch immer der, auf den sie voll abfährt. Was ist nur passiert, fragt sie sich. Aber vielleicht fehlt einfach nur die eine große Aussprache? Einfach alles auf den Tisch bringen?

»Du, wegen New York«, beginnt sie und will sich wieder setzen, »da muss ich dir dringend noch etwas sagen!«

Er hebt die Hand und stoppt sie mitten in der Bewegung. »Bitte«, sagt er, »hat das nicht Zeit? Ich möchte mich konzentrieren. New York war sicherlich schön, aber das kannst du mir doch auch später mal erzählen.«

»Aber es ist wichtig, es geht um unsere Beziehung!«

»Wenn du diskutieren willst, dann erspar mir das heute Abend. Ich habe den Kopf voll mit anderen Dingen!«

»Aber David!« Am liebsten hätte sie mit der Hand auf den Tisch gehauen. Spürt er nicht, dass ihre Beziehung an

216

einem seidenen Faden hängt? Dass sie kurz vor dem Aus steht? »Es ist wichtig!«

»Ich habe endlich die Chance, einen großen Auftrag zu bekommen, das ist wichtig! Alles andere kann warten, Carmen, ja, *muss* sogar warten! Wir können nächtelang über unsere Beziehung diskutieren, wenn das hier vorbei ist, aber jetzt verschon mich mit irgendwelchen Berichten von New York.«

Wortlos steht Carmen auf. Sie fühlt sich, als wäre sie plötzlich geschrumpft, schmaler geworden, gealtert. Ihr Kampfgeist, mit dem sie wenige Stunden zuvor noch durch die Büsche gefurcht war, ihr Wille, ihre Beziehung auf irgendeine Art zu retten, ihr Bestreben, das Scheitern ihrer Liebe nicht zu akzeptieren – alles entgleitet ihr.

Sie beugt sich zu ihm hinunter. »Ich glaube, dass du mich nicht mehr liebst. Und ich glaube, dass du eine andere hast!«

Wortlos steht David auf. Blickt sie an. »Du täuschst dich«, sagt er leise, nimmt seine leere Tasse und geht hinein.

Carmen will ihm hinterher, da sieht sie das Handy liegen. Während er sich einen weiteren Tee aufbrüht und sie ihn durch die Glasscheibe beobachten kann, geht sie seinen SMS-Eingang durch. Gelöscht. Unter *Gesendet* stehen noch fünf Nachrichten, da hatte sie ihn vorhin wohl gestört. Eine Nummer kennt sie nicht und drückt sie auf. »Daheim. Schlaf schön, Schätzchen.« Ihr Herz rast. Das hatte er ihr immer geschrieben, damals, wenn er nach schönen Stunden und wildem Sex aus irgendwelchen Gründen nach Hause musste. »Schätzchen« – so nannte er keine Bekannte, nicht mal enge Bekannte. So nannte er nur Frauen, mit denen er etwas hatte. Sie schaut auf, er löffelt sich gerade Zucker in

217

seinen Tee. Carmen überfliegt die anderen Nachrichten, alles belanglos. Dann will sie sich die Nummer merken, aber er kommt schon wieder auf die Terrassentür zu, und sie drückt die Position zurück, klappt das Handy zu und legt sein Telefon schnell an seinen Platz.

Als er sich neben sie setzt, ist ihr übel. »Und du bist sicher, dass du keine andere hast?«

»Ganz sicher!«

»Wäre es nicht wichtig, über ein paar Dinge zu reden?«

»Hab ich dir nicht gesagt, dass der Zeitpunkt ungünstig ist? Ich brauche jetzt einen klaren Kopf!«

Carmen nickt. Ihr ist so übel, dass sie gar nicht reden mag. Und wenn sie jetzt anfinge, dann trennen sie sich morgen, denn sie würde ganz sicher übers Ziel hinausschießen. Schlaf mal drüber, hatte ihre Mutter ihr immer gesagt. Sie sollte vielleicht wirklich erst mal drüber schlafen. Sie war mit Steffen in New York gewesen, um ihr Selbstbewusstsein aufzupolieren. Und in der Zwischenzeit hatte David offensichtlich an seinem eigenen Selbstbewusstsein gearbeitet.

Sie musste darüber schlafen. Sie musste das mit klarem Kopf überdenken, sie brauchte eine Freundin zum Reden, eine neutrale Person, sie musste Laura anrufen!

»Gut«, sagt sie und steht auf. »Bis nachher.«

Er gibt keine Antwort, aber als sie sich in der Tür nach ihm umdreht, sieht sie, dass er ihr hinterherschaut.

Es ist zu spät, um Laura anzurufen. Die muss morgens früh raus, da geht nach Mitternacht nichts mehr. Carmen legt sich ins Bett, kann aber nicht schlafen. Sie kann die ganze Nacht nicht schlafen, selbst als David kommt und nach ein paar Augenblicken neben ihr schnarcht, kann sie immer noch nicht schlafen. Normalerweise beruhigt es sie,

wenn er neben ihr liegt, aber jetzt könnte sie auf ihn ein-
schlagen. Mit beiden Fäusten gleichzeitig.

Wie kann er es nur zulassen, dass ihre Beziehung so den
Bach runtergeht? Wieso strengt er sich nicht an, schenkt ihr
ein gutes Wort, Beachtung, macht Zukunftspläne mit ihr?
Sie könnte ihm jede einzelne Frage an den Kopf donnern,
aber sie weiß auch, dass er flüchten würde. Er wäre einfach
weg.

Um sechs Uhr hält sie es nicht mehr aus. Er schläft
neben ihr, bläst ihr seinen warmen Atem ins Gesicht. Er
sieht aus wie ein großer Junge, verwuschelt, sorglos, nur
Unsinn im Kopf. Sie möchte ihn nicht verlieren. Langsam
robbt sie sich an ihn heran, versucht sich anzukuscheln, so
unbefangen und selbstverständlich wie früher. Er liegt ihr
zugewandt in Embryostellung. Geniale Löffelchenstellung,
denkt sie und beginnt ihn zu streicheln. Erst die Schultern,
dann über seine Brust, tiefer bis zum Bauch, und schließlich ist sie zwischen seinen Beinen. Keine Morgenlatte, leider, stellt sie fest. Alles locker, weich und entspannt. Sie beginnt ihn zu massieren, aber er reagiert nicht. Früher ist er
sofort angesprungen.

Sein Atem aber hat sich verändert. Schläft er überhaupt
noch, oder markiert er nur? Müsste eine entsprechende Be-
arbeitung seines Penis nicht automatisch zum Erfolg führen? Oder hat er einfach keine Lust auf sie, weil er eine
andere im Kopf hat? Ist sie für ihn tatsächlich völlig unero-
tisch geworden? Oder denkt er gerade an schmutzige Bau-
arbeiten im nassen Lehm, um nicht zu erigieren?

Will er nicht mit ihr fremdgehen?

Dieser Gedanke lässt sie ihre Hand zurückziehen. Er erzählt irgendeiner dummen Kuh, dass mit seiner Partnerin

sowieso schon lange nichts mehr läuft. Die sei leider völlig frigide. Und er schlafe schon ewig nicht mehr mit ihr, Schätzchen, da läuft überhaupt nichts mehr, du bist die Einzige, die Wahre.

Sie sieht die SMS buchstäblich vor sich. *Daheim. Schlaf schön, Schätzchen.*

Carmen springt aus dem Bett. Um sechs Uhr steht Laura auf. Jetzt kann sie sich Rat holen. Sie wirft noch einen Blick auf David. Blinzelt er unter den Augenlidern hervor? Beobachtet er sie heimlich?

Mit einem Seufzen dreht er sich um und schläft auf dem Bauch weiter.

Carmen geht ins Bad. Sie fühlt sich gerädert und müde, und ein Blick in den Spiegel zeigt ihr, dass sie auch genauso aussieht. Jetzt, wo sie ihren Freund zurückerobern will, sieht sie auch noch scheiße aus. Es passt alles!

Sie verzichtet auf irgendwelche Verschönerungen. Das Haar hängt wirr, der Kratzer glüht, die Augen sind zugeschwollen, die Gesichtshaut ist fahl wie nach einer durchzechten Nacht. Sie sieht aus wie ihre eigene Großmutter und kann sich selbst nicht leiden.

Ohne David eines weiteren Blickes zu würdigen, geht sie am Bett vorbei auf den Flur und läuft die Treppe hinunter. Weg, nur weg. Die Kaffeemaschine ist von gestern Morgen noch an. Bravo, denkt sie, hier achtet keiner mehr auf was.

Sie nimmt Milch aus dem Kühlschrank, greift nach ihrer Lieblingstasse, richtet alles automatisch her, und als sie auf den Knopf drückt und die Maschine zu mahlen beginnt, kommt ihr das große Heulen.

Schluchzend setzt sie sich an den Tisch.

Alles vorbei, alle Träume dahin. Warum nur, warum ist das alles vorbei?

Auf die Frage findet sie keine Antwort, und sie heult weiter, während sie sich ihren Kaffee richtet und nach ihrem Handy greift.

»Laura, bist du schon auf?«

»Klar. Guten Morgen, Carmen, was treibt dich so früh aus dem Bett?«

»Es ist alles zu spät! Er will mich nicht mehr! Und je weniger er mich will, umso mehr will ich ihn – ist das nicht paradox?«

»Jetzt wart mal ...«

»... und außerdem hattest du recht!«

»Womit?«

»Er hat eine andere!« Carmen muss sich schnäuzen, die Nase läuft, sie geht auf die Gästetoilette neben dem Eingang und reißt sich einen Streifen Klopapier ab. Flüchtig muss sie an Mr Redsmith in *The Box* denken, aber auch das bringt ihr keine bessere Laune.

»Jetzt wart mal ...«

»Doch, das hast du doch selbst gesagt! Und dein Tipp war auch richtig! In seinem Handy habe ich eine SMS entdeckt. Das ist eindeutig!«

»Und was?«

»*Daheim. Schlaf schön, Schätzchen.* Das ist eindeutig, das kenne ich. Das war seine typische SMS während unserer ersten Zeit!«

Es ist kurz still.

»Und wem hat er das geschrieben?«

»Keine Ahnung. Die Nummer konnte ich mir so schnell nicht merken!«

»Kein gespeicherter Name?«

»Nur eine Nummer.«

»Dann geh doch noch mal dran!«

»Das hat er doch längst gelöscht – so einen Fehler macht er nicht ein zweites Mal!«

»Lass mich überlegen …« Es ist kurz still.

»Und demnächst ist es dann Rosi. Wenn sie es nicht schon ist! Vielleicht ist es ja auch ihre Handynummer, ich kann sie nicht auswendig.«

»Rosi?« Laura schnaubt. »Wie kommst du denn auf die? Das ist ja ganz schräg!«

»Weil sie ihn mit einem fetten Auftrag ködert!«

»Und … du meinst …«

»Ich habe sie gestern beobachtet!«

»Du hast … *was?*«

»Ja, wenn ich es dir doch sage …«

»Augenblick mal«, Carmen hört durchs Telefon Geräusche, »ich muss nach Ella schauen, es geht ihr noch nicht wirklich gut. Und meine Nachbarin bitten …!«

Carmen nickt, obwohl Laura das nicht sehen kann. »Klar, keine Frage. Sehen wir uns zu Mittag in unserem Café?«

»Muss schauen, wie das mit Ella passt – ich gebe dir Bescheid.«

»Ich bin auch krank. Gemütskrank!«

Da muss Laura lachen. »Wegen eines Kerls? Nie im Leben!«

Britta Berger ist voller guter Neuigkeiten, legt Carmen ein Ultraschallbild hin, erzählt von den jüngsten Einkäufen und wie liebevoll ihr Jürgen doch ist. Wie zärtlich und fürsorglich. »Ach«, sagt sie, während sie Carmen unaufgefordert einen Cappuccino hinstellt, »es ist einfach ein wunderbares Gefühl, geliebt zu werden.«

Sie wirft einen Blick auf Carmen. »Aber wem sage ich das!«

Ja, denkt Carmen, wem sagen Sie das!

»Aber jetzt erzählen Sie doch mal – New York, das ist doch sicherlich berauschend. Eine so gigantische Stadt. War's schön?«

»Ja, das war's«, sagt Carmen.

»Das kann ich mir denken!« Britta ist schon wieder in der kleinen Küche, um irgendwelche Kügelchen abzuzählen, die ihre Homöopathin als Lebenselixir fürs Baby für unabdingbar hält.

Der PC spült ihr unendlich viele Mails auf den Bildschirm, und die Post, die ihr nun Britta nach und nach auf den Schreibtisch legt, ist auch beachtlich.

»Lauter Kleinkram, der viel Zeit kostet«, sagt Carmen nach einer Weile, »ist da kein großer Fisch dazwischen? Muss ich wieder akquirieren gehen?«

Britta lacht, und ihre rosigen Wangen werden noch rosiger. »Das können Sie doch gut«, sagt sie. »Einmal mit den Augen klimpern, und schon dürfen wir ein Firmengebäude versichern!«

Genau, denkt Carmen. Wo ist ihre Augenklimperei geblieben? Die schlaflose Nacht fällt ihr wieder ein. Schade, das war so schön weit weg.

Und diese verfluchte SMS. *Daheim. Schlaf schön, Schätzchen.* Es ist in ihrem Kopf wie eine fortwährende Melodie. *Daheim. Schlaf schön, Schätzchen.* Sie hätte sich die Nummer unbedingt merken sollen. Aber sie weiß nicht einmal mehr, ob sie mit 0170, 0171, 0151 oder 0177 begonnen hat. Sie hat es einfach vergessen!

Mist! Carmen schaut auf die Uhr. Wann ist es endlich zwölf, damit sie ihren Frust bei Laura loswerden kann?

Laura schreibt ihr kurz vor zwölf eine Nachricht, dass sie nicht lange Zeit habe. Das Jugendamt kommt wegen eines auffälligen Schülers, eines armen Kerlchens, dem ein richtiges Zuhause fehlt. Und sie muss als Beratungslehrerin schauen, was das Beste für den Jungen ist.

O Gott, denkt Carmen, während sie Britta ein »bis gleich« zuwinkt. Wie gering ist mein Problem dagegen. Am besten hält sie sich ein bisschen zurück, denn Laura ist ja keine Mülltonne, in die man alle Probleme stopft, damit man sie endlich loshat.

Kaum dass sie das Café betritt, geht es ihr schon wieder besser. Es muss an dieser Atmosphäre liegen, die einem sofort das Gefühl gibt, alles werde wieder gut.

Laura sitzt schon am Fenster an ihrem Lieblingsplatz und wippt auf dem altgedienten Stuhl.

»Lass das«, sagt Carmen mit einem Lächeln, »der geht kaputt!«

»Ja, Mama!« Laura steht auf, und sie umarmen sich. Wie es doch guttut, eine wahre Freundin zu haben, das wird Carmen wieder einmal klar.

»Wie geht es Ella?«

»Besser. Ich habe ein Mordsglück mit meiner Nachbarin, und dass sie sich schon immer eine Enkelin zum Bemuttern gewünscht hat. Das ist ein wahrer Segen für uns beide!«

»Ja, ich weiß!« Carmen setzt sich und schiebt die Kerze auf dem Häkeldeckchen etwas zur Seite. »Hast du schon bestellt?«

»Zwei Cappuccini und zwei Toast Hawaii mit doppelt Käse, wie immer.«

Carmen grinst. »Ich habe schon fast vergessen, weshalb ich mich aufgeregt habe. Es tut so gut, dich zu sehen!«

»Ach.« Laura macht eine wegwerfende Handbewegung. »Das Leben ist, wie es ist, man kann es verstehen oder auch nicht!«

»Was sind denn das für philosophische Anwandlungen? Ist ja ganz ungewöhnlich für dich!«

»Auch ich werde älter!«

»Donnerwetter! Und worin äußert sich das?«

»Dass ich zuhören kann. Also: Schieß los, wie war es in New York? Hast du die Präser gebraucht oder nicht?«

Carmen schaut sich übertrieben um. »Pst! Bist du verrückt?«

»Nein, neugierig!«

»Na gut.« Eigentlich liegt ihr etwas anderes auf dem Herzen. New York ist schon wieder so weit entfernt wie der Mars. Gefühlte Lichtjahre. Sie versucht, einen möglichst genauen Bericht zu geben. Laura unterbricht sie immer wieder und lacht schallend, als Carmen ihr die amourösen Abenteuer schildert.

»Glaubst du, es liegt an mir?«, fragt Carmen unvermittelt, aber da gerade der Toast Hawaii kommt, wartet sie, bis der Kellner außer Hörweite ist.

»Was liegt an dir?«, will Laura wissen, während sie zu Messer und Gabel greift.

Carmen senkt die Stimme. »Erst Steffen, und heute Morgen habe ich auf einen Gutenmorgengruß von David gehofft, und er ...« Sie verzieht das Gesicht und fügt dann hastig an: »... hat nicht mal gemerkt, dass ich ihn berührt habe.«

225

Laura stopft sich einen zu großen Bissen in den Mund und wedelt mit den Händen, weil die Ananas unter dem Käse noch kochend heiß ist.

»Dass du den Mund aber auch immer zu voll nehmen musst!« Carmen schiebt ihr das Glas Wasser hin, das mit den Cappuccini gekommen ist.

Laura trinkt und saugt dann tief Luft ein. »Puh«, sagt sie. »Da platzt einem ja der Schädel!«

»Stimmt, du hast einen knallroten Kopf!« Carmen lacht.

»Erzähl weiter«, animiert Laura, während sie ihren Toast Hawaii auseinanderpflückt.

Carmen erzählt, aber sie hat das Gefühl, dass Laura nicht richtig bei der Sache ist. Macht sie sich Gedanken wegen Ella? Oder wegen ihres Termins mit dem Jugendamt?

»Stimmt was nicht?«, unterbricht sie sich abrupt selbst.

»Du bist eine wunderbare Freundin«, sagt Laura.

»Du auch! Ohne dich stünde ich fürchterlich allein da!«

»Sag so was nicht!«

»Doch!« Carmen bekräftigt es durch starkes Nicken. »Ich liebe dich, wie man einen Menschen nur lieben kann!«

Sie schaut Laura fest an, doch Laura senkt den Blick. »Sag das nicht!«

»Doch, das sag ich! Man braucht doch einen Menschen, dem man vertrauen kann!«

»Sag das nicht.« Laura hebt die Augen. »Das macht alles nur noch schlimmer!«

»Was macht es schlimmer?«

Laura schweigt. »Ich kann es nicht!«

»Du kannst *was* nicht?«, will Carmen wissen.

»Wir wollten es dir nicht sagen!«

»Wer wollte mir was nicht sagen?«

»Carmen.« Laura schiebt den Teller von sich weg und greift nach ihrer Hand. »Da ist etwas, was komplett schiefgelaufen ist!«

»Ja? Was denn?«

Laura schiebt den Teller zur Seite. »Ich bin David über den Weg gelaufen.«

»Du bist ... was?« Carmen überlegt. »Okay, verstehe. Er hat mich nach meiner Rückkehr gefragt, ob der Urlaub mit dir schön gewesen sei ... wieso hast du mich nicht gewarnt? Du hättest zum Flughafen kommen können oder eine SMS schreiben oder sonst was ...«

»Ja, hätte ich ...«

»So eine Scheiße, kein Wunder also, dass er mich schneidet, er weiß genau, dass ich ihn angelogen habe – oh, mein Gott!« Jetzt schiebt auch Carmen den Teller weg. »Was hast du ihm gesagt? Mit wem ich unterwegs bin?«

»Allein! Ich habe ihm gesagt, dass du mal eine Auszeit brauchtest und ich dir wegen Ellas Erkrankung kurzfristig absagen musste.«

»Und ich erzähle ihm Geschichten von uns beiden lustig in New York ...« Carmen schaut Laura an. »Laura, mir ist ganz schlecht. Warum hast du mich bloß nicht vorgewarnt, jetzt ist alles zu spät! Er geht doch davon aus, dass ich ihn betrogen habe!«

Laura holt tief Luft und schaut kurz an die Decke. »Ich habe immer geglaubt, dass mir so etwas nie passieren würde.«

»Was denn? Was denn noch? Hast du ihm gesagt, mit wem? Aber du wusstest es doch selbst nicht – oder wegen der Präservative? Hast du ihm etwa diese Geschichte erzählt?«

»Viel schlimmer, Carmen, unverzeihlich schlimm!«

Carmen stockt, und plötzlich spürt sie, wie sie innerlich gefriert. Sie sagt nichts, weil sie nichts sagen kann.

»Es sollte ein Geheimnis zwischen David und mir bleiben, aber ich kann das nicht. Ich kann nicht mit so einer Lüge leben, ich muss es dir jetzt einfach sagen, egal, was passiert!«

»Dann sag's«, sagt Carmen mit eisiger Stimme.

»Er hat mich in der Stadt gesehen, ich ihn aber nicht. Nachts hat er bei mir geklingelt. Er wollte sich davon überzeugen, dass er sich nicht getäuscht hatte. Er war völlig fertig, er hat dir das nicht zugetraut. Ich habe versucht, ihn zu beruhigen, ihm die Geschichte von der kranken Ella zu verkaufen. Und dass du allein gefahren bist. Wir haben getrunken, zu viel getrunken. Und irgendwann ist es dann passiert.«

»Du? Du? Und er?«

»Carmen! Es war eine Art Kurzschlusshandlung. Eine Frustaktion, ein Ausrutscher! Wir sind irgendwie... plötzlich war es so. Keine Ahnung, das lief irgendwie schief, ich kann es nicht anders sagen!«

»O Gott, Laura!« Carmen schlägt die Hände vors Gesicht. »Das ist... nicht wahr. Unvorstellbar. Du und er! Mir ist so übel, ich könnte kotzen. Oder sterben! Oder beides!«

Laura fasst über den Tisch nach ihrer Hand.

Carmen entzieht sich ihr. »Lass das bitte!«

»Carmen! Es war wirklich ein Ausrutscher. Keiner von uns beiden hat das gewollt. Wir waren traurig, ängstlich, hilflos, beide von Gefühlen bestimmt, die wir selbst nicht kennen, es war keine pure Lust, es war wie unter Geschwistern.«

»Bruderschaftssex!« Carmen schaut sie an. »Also war die SMS für dich bestimmt! *Daheim. Schlaf schön, Schätzchen.*«

»Ja. Aber das war eine hilflose Geste, kein Anfang einer großen Affäre. Wir waren danach beide hilflos. Sind es noch jetzt.«

»Hilflos!« Carmen schaut sie an. »Du bist meine beste, allerbeste Freundin, und dir ist nichts anderes eingefallen, als mit meinem David zu schlafen? Geschwister? Ich glaub's nicht!«

»Es tut mir leid!«

»Und das war am ersten Abend bei dir? Und der nächste Abend dann bei uns? Wieder geschwisterliche Liebe?«

»Bitte, Carmen!«

»Bitte ist gut! Hast du das Duschgel bei uns stehen lassen, dieses Grüner-Tee-Zeugs?«

»Das habe ich mal für dich gekauft und ihm mitgegeben, ja, ich weiß, völlig bescheuert, aber wir waren beide danach völlig bescheuert! Am nächsten Morgen war der Rausch vorbei, und es kam der große Kater, das große Schuldgefühl.«

»Na, immerhin!«, sagt Carmen sarkastisch und überlegt, ob sie wacht oder träumt. Hat ihre beste Freundin sie tatsächlich mit ihrem Freund betrogen? War das tatsächlich möglich?

»Und wo? Wo habt ihr miteinander geschlafen?«

»Wieso willst du das wissen?«

»Unter der Dusche? Mit diesem grünen Zeugs?«

»Ganz bestimmt nicht!«

»Wo dann?«

»Quäl dich doch nicht damit!«

Carmen schaut sie sprachlos an. »Quäl dich nicht damit?

229

Mit der Vorstellung oder mit der Tatsache? Das ist doch wohl völlig idiotisch! Ich will einfach wissen, wo es passiert ist. Ich *muss* es wissen!«

»Auf dem Sofa im Wohnzimmer. Oder davor. Jedenfalls irgendwo da. Es war unspektakulär, Carmen, kein Gefühl von Liebe oder so, einfach nur abreagieren. Wir haben uns aneinander abreagiert, aus völlig unterschiedlichen Gründen. Er, weil er sein Leben im Moment nicht wirklich geregelt und auch seine Beziehung mit dir nicht mehr ins Lot kriegt, und ich, weil ich in einem Käfig sitze und ausbrechen wollte. Keine Ahnung, es war ein übermächtiges Gefühl, ein Gefühl der Trauer und Hoffnung und alles zusammen.«

Carmen steht auf. »Ich muss gehen, sonst flippe ich aus.«

»Kannst du mir verzeihen?«

»Erst schmeiß ich David raus!«

»Tu das nicht!«

»Und dieses scheußliche grüne Duschzeugs auch.«

»Es tut mir leid, Carmen!«

»Und dann denke ich darüber nach, was ich in Zukunft mit meinem Leben mache.«

»Können wir nicht noch mal in Ruhe darüber reden?«

Carmen schüttelt müde lächelnd den Kopf. »Was gesagt werden musste, ist gesagt. Jetzt bin ich am Zug. Du darfst die Rechnung übernehmen!«

Carmen weiß nicht, wie sie ins Büro gekommen ist. Sie weiß auch nicht, was sie Britta erzählt hat. Ihr Kopf ist voller abstruser Gedanken, alles geht durcheinander. Sie hätte genauso gut jemanden umbringen können und hätte sich selbst daran nicht mehr erinnert.

Irgendwann findet sie sich vor Davids Büro wieder. Ist sie bei Rot über die Ampel gefahren? Keine Ahnung. Welchen Weg sie genommen hat, weiß sie nicht mehr. Es ist auch nicht wichtig. Wichtig ist nur, dass David mit ihrer Freundin, mit ihrer allerbesten, ihrer längsten, *ihrer* Freundin, geschlafen hat. Es ist so unsäglich, so fern aller Vorstellungen, so schräg, dass sie es noch immer nicht glauben kann.

Sein Jeep steht da. Sie schaut hinauf zu den großen Fenstern seines Büros.

Was er jetzt wohl macht? Träumt er von Rosi und seiner Zukunft als Stararchitekt? Hat sie ihm das gestern ins Ohr geflüstert? Oder träumt er von Laura und dieser Nacht?

Der Gedanke dreht ihr den Magen um. *Daheim. Schlaf schön, Schätzchen.*

Sie klingelt und schaut in das kleine Kameraauge, das sie direkt neben der Tür anstarrt. Es surrt, und die Tür geht auf. Sie war schon lange nicht mehr da, es kommt ihr ewig vor.

Überhaupt, denkt sie, während sie die Treppe hinaufgeht, wann war er das letzte Mal in meinem Büro? Wie viel Interesse bringen wir eigentlich füreinander auf?

Er steht oben an der Treppe. Sein Gesicht ist eine große Frage. Sie kennt ihn und entdeckt eine unterdrückte Furcht vor dem, was jetzt kommen könnte.

»So ein seltener Besuch«, sagt er leichthin. Betont leichthin, das hört sie genau.

»Pass mal auf«, sagt sie, während sie die letzten Stufen hoch auf ihn zugeht. »Ich versuche seit meiner Rückkehr mit dir über New York zu sprechen. Ich versuche seit Stunden, eine Beichte abzulegen. Ja, ich war nicht mit Laura dort. Ja, ich war mit einem anderen Mann da, weil ich mich von dir vernachlässigt fühlte, ja, ja, ja! Du hast alles abgeblockt! Und warum? Weil du viel mehr Grund zum Schweigen hattest als ich!«

Sie bleibt vor ihm stehen, und er weicht einige Schritte zurück.

»Du weichst mir aus, hast kein Interesse an mir, verschanzt dich hinter albernen Computerspielen. Ein fremdes Duschgel. Und dann: *Daheim. Schlaf schön, Schätzchen.* Diesen Satz hast du immer mir geschrieben, wenn wir eine schöne Nacht hatten! Mir!«

Carmens Erregung ist grenzenlos. Sie schreit, und er tritt noch einen Schritt zurück. »Anstatt mit mir zu sprechen, hast du mit meiner besten, mit meiner allerbesten, mit *meiner* Freundin geschlafen!«

Sie spürt, dass sie in der Lage wäre, ihn zu ohrfeigen. Gleichzeitig ist sie kurz davor, in Tränen auszubrechen. Sie schwebt zwischen Vorwurf, Selbstmitleid und Schuldgefühlen.

Davids Gesicht ist fahl geworden. Er fährt sich ratlos durch die Haare. Alles deutet auf Rückzug hin und darauf, dass er mit der Situation nicht umgehen kann.

»Was ist nur aus uns geworden?!«, schreit sie ihn an, und er schaut sich um, als befürchte er, jemand Unbeteiligtes könne das alles hören.

Carmen registriert es, und in der nächsten Sekunde drängt sie sich an ihm vorbei in sein Büro, das sie mal so geliebt hat, weil es so eine perfekte Mischung aus genialem Chaos und akkurater Arbeit war.

An dem langen Holztisch sitzt Rosi. Carmen bleibt stehen.

»Schön, Sie zu sehen«, sagt Rosi völlig ungerührt und steht auf. »War es schön in New York?«

Carmen ist völlig überrumpelt und muss sich erst mal sammeln. Die rote Schramme auf ihrer Wange wird ihr bewusst und damit das abendliche Intermezzo in Rosis Park.

Vor ihr steht ein Becher Kaffee, kein Sektglas, wie Carmen nebenbei feststellt. Klar, David serviert keinen Champagner, da bleibt er sich treu.

Carmen erwidert nichts, sie dreht sich nach David um, der im Türrahmen steht.

»Carmen«, sagt er flehend.

»Ja, Carmen«, erwidert sie. »Es hat sich ausgecarment!«

Damit dreht sie sich um. Und geht die Treppe wieder hinunter. An der Haustür bleibt sie kurz stehen, aber er kommt ihr nicht nach.

Es spielt auch schon keine Rolle mehr, denkt Carmen. Alles ist aus und vorbei! Sie setzt sich in ihren Wagen und startet den Motor. Seltsamerweise fallen ihr Britta Berger ein und ihr Polizist. So einfach, so klar, so gemeinsam.

Was haben sie selbst nur falsch gemacht?

Sie will gerade losfahren, da sieht sie Rosis Jaguar. Am liebsten hätte sie ihn kurz von allen Seiten demoliert.

Aber was ist mit Laura? Und vor allem: Was ist mit ihr selbst? Sie war in New York mit einem Fremden. Sie hat das Abenteuer gesucht. Und sie hätte mit ihm geschlafen.

Ist sie nicht mindestens so schuldig wie David?

Klar, er hat sie monatelang vernachlässigt. Und hat sie nicht schon lange vorher das Gefühl gehabt, dass da eine andere im Spiel ist? War ihre Reise nicht nur die Antwort auf all diese Verletzungen?

Sie kann keinen klaren Gedanken fassen. Sie legt die CD von Rebekka Bakken ein und hört sich in voller Lautstärke immer wieder ein und dasselbe Lied an:

I never wanted this
I never ever did
I always thought that you would
Never leave me
So after all these years
And many kind of tears
I don't regret a single minute of it

No one can take away
The times I've had with you

I say good-bye to you
And all that's left to do
Is wish you all the things you never had with me

Immer wieder drückt sie auf das Lied, aber dann kommen ihr doch Zweifel. Am Ende wünscht die Sängerin ihrem Lover zum Abschied all die Dinge, die er mit ihr nie gehabt hat? Ist sie so freimütig, so großzügig, so selbstlos?

Sie fährt an den Straßenrand und zieht ihr Handy heraus. »*Daheim*«, schreibt sie. »*Zieh aus, Schätzchen.*«

Als sie die SMS abgeschickt hat, fragt sie sich, ob das nicht vielleicht ein bisschen albern ist. Und ob sie vielleicht doch mehr verlangt, als nötig wäre. Ist sie noch sie selbst?

Sie kennt sich nicht mehr aus, und sie weiß im Moment auch nicht, wer sie ist. Liebt sie ihn, ist sie verbittert? Wurde sie fallen gelassen oder nur im Affekt betrogen? Was davon legt sich auf ihre Seele, und was kann sie einfach wieder wegschieben?

Sie ruft Steffen an.

»Witton.« Seine Stimme klingt geschäftsmäßig.

»Ich bin's, Carmen.«

»Ach, entschuldige, habe deine Nummer nicht gleich erkannt ... was gibt's?«

»Hast du eine Minute Zeit?« Sie hört Stimmen im Hintergrund.

»Eine Minute? Ja. Mehr ... ist schlecht!«

Carmen holt Luft. »David betrügt mich!«

Kurze angespannte Aufmerksamkeit. »Rosi?« Er flüstert.

»Nein. Oder ... ich weiß nicht. Ganz sicher aber mit Laura, meiner allerbesten Freundin. Und zwar, als wir in New York waren.«

Sein Lachen platzt an ihrem Ohr wie ein mit Wasser gefüllter Luftballon. »Ist nicht wahr!«

»Doch! Und was gibt es da zu lachen?«

»Wir wollten, und die tun's!«

Carmen drückt ihn weg. Sie wollte Verständnis, kein Gelächter.

In der gleichen Sekunde piepst es. David hat zurückgeschrieben: »*Okay. Ich zieh ins Büro.*«

Sie starrt auf den Satz. Einfach so. Ohne mit ihr darüber reden zu wollen, ohne eine Aussprache, einfach so. Er hat ohne Widerstand eingewilligt.

»*I always thought that you would never leave me*«, flüstert sie den Songtext, »ich habe immer gedacht, du würdest mich niemals verlassen!«

Sie fühlt sich so klein und unattraktiv wie ein vergessenes Kinderspielzeug am Strand. Die nächste Welle wird sie forttragen, und dann wäre es, als sei sie nie da gewesen.

Carmen fährt nach Hause und verkriecht sich sofort ins Bett. Hier empfindet sie Geborgenheit, Wärme, Zweisamkeit. Hier fühlt sie sich geschützt und sicher. Sie zieht sich die Decke über den Kopf, um den Tag auszuschließen, den Sonnenschein, die Vogelstimmen im Garten und alles, was irgendwie auf sie einstürmen könnte. Sie will nur allein sein mit ihrem Kummer, ihrem Versagen, ihren Zweifeln und ihren Vorwürfen.

Sie spürt es mehr, als dass sie es gehört hätte. Jemand ist im Zimmer. Sie weiß nicht, wie spät es ist, wie lange sie schon in der Bewegungslosigkeit verharrt, aber sie weiß genau, dass sie nicht mehr allein ist. Ihre Vorstellungskraft treibt ihr den Schweiß aus den Poren. Schließlich kommt sie mit einem seltsamen Gefühl unter der Bettdecke hervor.

Es ist David.

Er geht vor dem Bett auf und ab. Als er ihre Nasenspitze sieht, setzt er sich zu ihr auf die Bettkante.

»Ich wollte das nicht«, sagt er. »Ich wollte das alles nicht.«

»Was wolltest du dann?« Carmen rutscht etwas höher.

»Ich wollte, dass alles gut läuft. Dass unser Leben gut läuft, dass ich dich glücklich machen kann.«

»Und dann?«

»Ist es eben nicht mehr so gut gelaufen.«

Carmen runzelt die Stirn. »Was ist nicht mehr so gut gelaufen?«

»Das Geschäft, das weißt du ja selbst, die Aufträge wurden weniger, keiner wollte mehr bauen, jeder sparte für schlechte Zeiten, die Kunden blieben aus.« Er schaut sie Hilfe suchend an.

»Du hast dich auf deinen Hintern gesetzt und auf ein Wunder gewartet, anstatt dir andere Wege zu überlegen.«

»Welche anderen Wege soll es für einen Architekten schon geben? Deine ständigen Vorhaltungen haben mich zermürbt!«

»Ich habe dir keine Vorhaltungen gemacht, ich habe dir nur gesagt, dass du Ideen entwickeln musst. Versicherungen suchen immer Gutachter, habe ich dir gesagt. Das wäre eine Möglichkeit gewesen, um Geld zu verdienen. Aber das war dir nicht fein genug!«

»Ich bin kein Gutachter ... ich baue Häuser.«

Carmen schweigt. »Trotzdem«, sagt sie dann, »jeder im Umkreis von fünfzig Kilometern, der bauen will, muss wissen, dass es dich gibt! Und dass du gut bist. Du musst dich ein bisschen in Szene setzen!«

»Ich kann deine ewigen Vorhaltungen nicht mehr hören!«

Sein Gesicht ist versteinert, als er zur Tür geht. Carmen schaut ihm nach. Vorhaltungen, denkt sie. Was denn für Vorhaltungen? Ich habe nur keine Lust, ständig für zwei zu bezahlen, denn dadurch fühlt er sich doch noch minderwertiger. Aber wenn er seinen Hintern nicht hochkriegen will, ist er halt von mir und meinem Geld abhängig. Ich sorge dafür, dass mein Laden läuft. Kann er doch froh sein!

Sie hört seine Schritte auf der Treppe und dann die Haustür ins Schloss fallen. Kurz danach den Jeep.

Carmen holt tief Luft. Das hat ihr gutgetan, das hat ihr klargemacht, dass das eigentliche Problem nicht irgendwelche Rosis oder Lauras sind, sondern dass es viel tiefer liegt. Er kompensiert sein berufliches Versagen mit anderen Dingen, er verdrängt das. Wahrscheinlich vor allem vor sich selbst.

237

Carmen strampelt die Bettdecke weg und steht auf.

Gut, denkt sie. Bevor ich wegen dieses Kerls eine Depression krieg, pack ich's an.

Sie holt ihren größten Koffer vom Dachboden und beginnt, seine Sachen einzupacken. Erst mal nur Sommerkleidung. Dann würden sie weitersehen. Im Bad räumt sie alles, was er täglich so benötigt, in sein olivefarbenes Neccessaire. Das Rasierwasser, das sie ihm kürzlich noch geschenkt hat, lässt sie stehen. Soll ihm Rosi oder Laura einen eigenen Duft schenken, das hier ist ihr Duft. Dann bettet sie das Neccessaire im Koffer zwischen die Kleider. Zwei Badetücher gibt sie noch dazu, und ganz obenauf kommt das grüne Duschgel. Gruß an Laura, denkt sie, verkneift sich aber ein gelbes Post-it.

Mit dem Handy ruft sie ein Taxi, und als der Fahrer klingelt, lässt sie sich den schweren Koffer von ihm hinuntertragen und bezahlt die Fahrt bis zu Davids Büro im Voraus.

So, denkt sie, als sie wieder zurück ins Bett geht, das war konsequent. Jetzt verdunkle ich hier alles und schau mir ein paar schöne alte Filme an. Vielleicht kommt ja einer mit Ava Gardner, das würde passen!

Es kommt keiner, dafür einer mit Whitney Houston und Kevin Costner: *Bodyguard*. Carmen holt sich ein Glas kühlen Weißwein und beschließt, heute alle anderen Gedanken zu vergessen.

Zwei Stunden später hält sie es nicht mehr aus. Sie ist es einfach nicht gewohnt, nachmittags im Bett herumzuliegen, dazu ist sie viel zu unruhig.

Sie würde so gern mit jemandem sprechen. Soll sie mal wieder zu ihren Eltern fahren? Nein, das stellt sie sich zu mühsam vor. Ihre Mutter wäre sicherlich der Meinung, dass Männer eben so sind. Und ihr Vater würde gar nicht wissen, wovon sie eigentlich spricht. Nein, das ist nichts. Carmen geht nach unten, um sich ein großes Glas Wasser einzuschenken. Sie hat natürlich einige Bekannte, aber will sie denen ihre intimsten Geheimnisse anvertrauen?

Nein. Sie trinkt das Glas in einem Zug aus. Nein, das will sie nicht.

Was soll sie also tun?

Arbeiten. Ausgehen. Sich neu orientieren, nach vorn blicken. Vor ihr liegt das Leben, hinter ihr liegen nur Bilder, die schmerzen.

Eine Reise vielleicht? Wegfahren. Eine andere Großstadt entdecken. Paris. Madrid. Rom. Aber was soll sie dort allein?

Sie könnte etwas für sich tun. Ein Instrument lernen, einen Malkurs belegen. Einer Theatergruppe beitreten. Kindern oder Alten vorlesen.

Sie könnte ein Tier aus dem Tierheim holen. Aber dann kann sie nicht mehr reisen.

Vielleicht zuerst reisen und dann ein Tier? Ein Hund vielleicht? Oder eine Katze, die ist selbstständiger. Oder zwei Kaninchen für den Garten, das stellt sie sich schön vor. Aber was macht man mit Kaninchen im Winter?

Ihre Gedanken lassen sie unruhig durchs Haus laufen, nun ist sie im Badezimmer angekommen.

Es ist Sommer, was macht man im Sommer?

Sie war schon lang nicht mehr am Fluss. Ein gutes Buch, zum Fluss radeln und … halt mal. Ihr Fahrrad steht noch immer in dieser Seitenstraße bei Rosi Richter. Wie kommt sie jetzt dorthin?

Sie ruft Steffen an.

»Hast du vorhin aufgelegt, oder habe ich das geträumt?«, will er wissen.

»Das hast du geträumt.«

»Und hast du deinen David jetzt rausgeschmissen?«

»Das hast du nicht geträumt!«

Steffen lacht wieder, als sei das eine sonnige Sonntagsgeschichte.

»Okay. Und wobei darf ich dir jetzt helfen? Den Rücken massieren?«

»Quatsch. Mich mitnehmen, wenn du zu Rosi fährst. Mein Fahrrad steht noch dort.«

»Wer sagt dir denn, dass ich zu Rosi fahre?«

»Du wirst sie doch zurückerobern wollen?«

»Sie ist erwachsen, sie wird wissen, was sie tut.«

Irgendwie erzürnt das Carmen. Rosi, die Göttin, die Königin, nach deren Pfeife alle tanzen. Und ihr Alter versteckt sich im Park und schaut zu. Was für ein jämmerliches Theater.

»Gut, macht nichts, ich nehme mir ein Taxi.«

»Ich hol dich ab. Halbe Stunde?«

Und was mach ich dann?, überlegt Carmen. Ins Büro? An den Fluss? Dann muss sie sich jetzt eine kleine Tasche mit den Badesachen richten. Sie kann sich einfach nicht entscheiden, so richtig reizt sie der Gedanke auch nicht.

Aber für alle Fälle vielleicht? Besser, die Sachen dabeizuhaben, als wieder herfahren zu müssen, schließlich liegt der Fluss mit seinen sandigen Ufern noch ein paar Kilometer hinter dem Haus der Richters.

Als Steffen klingelt, steht sie in einem kurzen Strandkleid aufgeräumt vor ihm.

»Komm rein. Magst du noch etwas trinken?«

»Schönes Haus. Hat das dein Ex gebaut?«

»Mein Ex?« Carmen braucht ein paar Sekunden, dann lacht sie. »Nein. Und es ist nur gemietet. Du kannst jederzeit einziehen.«

Steffen grinst. »Und dein David zieht in meine Wohnung, oder was?«

»Genau!«

»Interessante Perspektive.«

Sie geht ihm bis zur Küche voraus.

»Nett!« Steffen schaut sich um. »Gut durchdacht. Offen, das gefällt mir.«

Und du gefällst mir eigentlich auch, denkt Carmen, während sie ihn beobachtet. Er ist wieder gut angezogen, ganz offensichtlich hat er einen Sinn für lässig-elegante Kleidung. Und er hat eine selbstsichere Ausstrahlung, das gefällt ihr auch. Er ruht in sich, scheint mit sich und der Welt im Reinen zu sein. Und vor allem lächelt er. Und das Lächeln kommt von innen.

Wie lang hat David schon kein Lächeln mehr für sie?

»Ja, es ist Miete auf Zeit. Irgendwann kommen die Besitzer zurück.«

Steffen ist schon zur Terrasse weitergegangen. »Hochwertig! Mutig, so ein Objekt zu vermieten.«

»Mit uns sind sie kein Risiko eingegangen.«

Er dreht sich nach ihr um. »Nein, sicher nicht!«

»Was magst du trinken?«

Steffen schüttelt den Kopf. »Nein, lass uns gehen. Ich muss nachher noch wohin.«

Sie gehen gemeinsam zur Tür, und Carmen hängt sich

ihre Badetasche über die Schulter. »Keine Zeit für ein Bad im Fluss?«

Er hält ihr die Tür auf. »Keine Zeit«, sagt er und schenkt ihr ein Lächeln. »Bedauerlicherweise. Sehr bedauerlicherweise.«

Carmen schnallt ihre Badetasche auf den Gepäckträger und schaut dem roten Porsche hinterher, der sich rasch entfernt.

Wie sich so schnell alles so verändern kann, denkt sie. Vor wenigen Stunden ist sie hier noch durch Richters Urwald geschlichen, nur um sich von Davids Treue zu überzeugen. Und jetzt ist die Feindin nicht mal die vor Geld strotzende Rosi, sondern ihre eigene beste Freundin. Sie kann es noch immer nicht glauben.

Carmen setzt sich aufs Rad und fährt los. Nun spürt sie das Handgelenk wieder, aber es schmerzt nur noch leicht. Der warme Sommerwind fährt ihr durch die Haare und spielt mit ihrem Kleid. Plötzlich fühlt sie sich seltsamerweise wohl. Es war die richtige Entscheidung, denkt sie, weg vom Büro, weg vom Haus, irgendwohin, wo du mit David noch nicht warst.

Der Parkplatz ist überfüllt, das verheißt nichts Gutes. Carmen steigt ab, dann fällt ihr der sandige Schleichweg zu der einsamen Stelle ein, den sie früher mit ihrer Clique genommen hat. Wie oft haben sie die Schule geschwänzt und sich dort getroffen? Die einen hatten Getränke dabei, die anderen Würstchen und Brot. Mehr brauchte es nicht, um gemeinsam glücklich zu sein. Eine Gitarre, manchmal auch zwei, ein Lagerfeuer und ein paar Schlafsäcke. Manchmal nicht mal das. Wo sie wohl alle sind? Sie haben sich nach dem Abitur noch einige Male gesehen, dann sind sie alle irgendwohin gezogen, studierten, heirateten, hatten ein anderes Leben.

Nur sie ist hiergeblieben, hier in ihrer Heimatstadt. Selbst ihre Eltern sind weggezogen. Sie ist ein Fossil. Eine Übriggebliebene.

Carmen sieht sich um. Wie lang ist sie nicht mehr hier gewesen? Ob sie den schmalen Weg überhaupt noch findet, ob es ihn überhaupt noch gibt?

Die pralle Sonne knallt auf den Platz, und Carmen spürt, wie der Asphalt die Hitze reflektiert. Es ist wie früher, als einem der flüssige Teer an der Schuhsohle klebte, denkt sie plötzlich und bleibt stehen. Es riecht auch wie früher. Diese Mischung aus heißem Asphalt, Staub und dem modrigen Geruch des Flusses, wenn er wenig Wasser führt und eine seiner versumpfenden Biegungen den Pflanzen überlassen muss.

Carmen glaubt, den kleinen Pfad wiederentdeckt zu haben. Die Bäume sind gewachsen, und das Unterholz hat sich breitgemacht, aber der schmale Weg ist trotzdem zu erkennen. Möglicherweise sind heute die Schulschwänzer einer neuen Generation da. Und plötzlich packt sie die Neugierde.

Sie schiebt ihr Fahrrad in das Gestrüpp hinein, lässt es stehen und nimmt nur ihre Badetasche mit. Jetzt kommen zu den gestrigen Kratzern noch ein paar neue hinzu, denkt sie, während sie sich mit den Armen einen Weg bahnt. Gut, dass sie wenigstens Sneakers und keine Flipflops trägt.

War der Weg wirklich so lang? Und hier, diese Krümmung, an die kann sie sich nicht mehr erinnern. Lag diese kleine Badestelle nicht hinter einem Schilfgürtel, der immer voller Mücken war? Aber sie hat bisher kein Schilf gesehen, sondern nur festes Unterholz.

Sie hört etwas und bleibt stehen. Etwas, das hier wirklich nicht hingehört.

Oder täuscht sie sich?

You've got a friend von Carole King, die Parole ihrer Jugendzeit.

Carmen lauscht, ihr Herz klopft. Sie versucht, sich auf die leisen Töne zu konzentrieren, ist sich aber nicht sicher, ob sie es wirklich hört oder ob ihre Phantasie mit ihr durchgeht.

Doch. Eine kräftige Stimme und eine Gitarre. »*... and call out my name loud, soon you hear me knocking on the door...*«

Carmen geht weiter, den Tönen nach. Es wird lauter und klarer. Es ist tatsächlich eine Gitarre. Sie spürt eine Gänsehaut und bleibt stehen. Holt sie jetzt ihre Vergangenheit ein? Ist es ein Spuk, etwas, das ihr vorgaukelt, was nicht mehr sein kann?

Die Musik lockt sie weiter. Der sandige Weg ist schmal, zwischen den Flechten und Gräsern kaum noch zu erkennen, sie hält ihre Badetasche als Schutz gegen Sträucher vor sich und fragt sich, wie weit sie noch kommen wird, ohne im dichten Grün stecken zu bleiben. Gestern und heute schon wieder. Da bricht die Musik ab.

Irritiert bleibt sie stehen. War sie zu laut? Hat sie gestört? Aber dann setzt das Lied wieder ein.

Du brauchst nur meinen Namen zu rufen, und du weißt, wo immer ich auch bin, ich komme angerannt, um dich wiederzusehen. Winter, Frühling, Sommer oder Herbst, alles, was du zu tun hast, ist, mich zu rufen, und ich werde da sein, singt

Carmen leise mit. *Es ist gut zu wissen, dass du einen Freund hast*, bei dieser Passage kommen ihr die Tränen.

Lass das, sagt sie sich. Jetzt fang bloß nicht an zu heulen wie so eine sentimentale Kuh. Schau erst mal nach, was das überhaupt ist. Ob da nicht vielleicht einer mit einem Radio den Fluss hinunterpaddelt oder ob da tatsächlich jemand sitzt in unserer alten Sandkuhle mit einer Gitarre.

Eigentlich unvorstellbar.

Aber dafür erinnert sie sich jetzt wieder an den Weg: Jetzt kommt nur noch diese kleine Biegung, dahinter geht es durch den schmalen Schilfgürtel direkt bis runter zum Ufer.

Sie legt ihre Badetasche ab, schleicht sich so leise wie möglich an, setzt die Füße vorsichtig und gezielt auf und versucht, jedes Geräusch zu vermeiden. Dann sieht sie ihn. Ein Rücken in einem weiten grünen T-Shirt, nackenlange dunkelbraune Haare, die Beine über Kreuz und so sehr in sich versunken, dass sie auch auf einem Elefanten hätte daherreiten können, er hätte es wahrscheinlich nicht bemerkt.

Er schaut auf den breiten Fluss, der träge und moosgrün an das Ufer vor ihm schwappt. Glitzernd bricht sich das Licht im Wasser. Carmen bleibt eine Weile stehen und hört zu. Und dann erkennt sie ihn. Er ist breiter geworden, natürlich, denn damals war er ja ein echter Spargel. Und er hatte eine wilde Mähne mit unzähligen kleinen Locken, die seinen Kopf wie eine Mütze umgaben. Aber es ist seine Stimme, und es ist seine Art, Gitarre zu spielen.

»Mike?«, fragt sie vorsichtig, und als er nicht reagiert, tritt sie näher. »Mike?«, sagt sie lauter und steht höchstens noch zwei Schritte von ihm entfernt. »Mike, brauchst du einen Freund? Ich bin da!«

Er stockt, hört auf zu spielen, dann dreht er sich langsam nach ihr um. Fünfundzwanzig Jahre nicht gesehen, und alles ist, als wäre es gestern gewesen. Feine Linien haben sich in seine Haut gegraben, aber seine Augen sind die gleichen und der sensible Mund mit dem breiten Lachen, das sich jetzt über seinem ganzen Gesicht ausbreitet.

Er legt die Gitarre vorsichtig aus der Hand, steht auf und breitet die Arme aus. »Carmen!«

Sie fallen sich in die Arme und halten sich fest. Eine halbe Ewigkeit, denkt Carmen und genießt die menschliche Wärme, die sie da an seiner Brust empfindet.

Schließlich hält er sie etwas von sich weg und schaut ihr ins Gesicht. »Nicht zu fassen, was machst du denn hier?«

»Hast du's nicht gerade gesungen? *Du brauchst nur meinen Namen zu rufen, und du weißt, wo immer ich auch bin, ich komme angerannt, um dich wiederzusehen*«, wiederholt sie.

»Ja, tatsächlich!« Er lacht noch immer und schüttelt den Kopf. »Wie lange ist das her?«

»Fünfundzwanzig Jahre? Du warst auf keinem unserer Klassentreffen.«

»Ja, ich weiß!« Er zuckt die Achseln, dann weist er auf die Sandkuhle. »Darf ich dir einen Platz anbieten?«

Carmen muss lachen. »Haben sie dir in der Zwischenzeit Manieren beigebracht?«

»Ja, normalerweise hätte ich jetzt auch den roten Teppich für dich ausgerollt, aber ich habe ausnahmsweise keinen dabei.«

»Ist in Ordnung.« Carmen setzt sich in die Kuhle hinein und fährt mit der Hand über den festen Sand. »Die ist noch wie früher«, sagt sie dabei. »Ich hätte gedacht, sie ist zugewachsen oder sonst was.«

»Bist du nie mehr da gewesen?« Mike setzt sich neben sie und zieht die Füße an.

»Nein.« Carmen denkt darüber nach. »Eigentlich komisch. Aber nach dem Abi war das vorbei, ihr wart weg, alles war anders, das Leben lief irgendwie in anderen Bahnen.«

»Und warum bist du jetzt da?«

Carmen schaut ihn an. »Ja, warum?« Sie denkt darüber nach. »Ein Gefühl, ganz plötzlich auf dem Parkplatz. Ich wollte ganz normal zum Badeufer – und dann hat es mich hierher gezogen.«

Sie schauen sich an.

»Und warum bist du hier?«, will Carmen wissen. »Wo warst du all die Jahre? Was hast du gemacht?«

»Ja …« Mike nimmt eine Handvoll Sand und lässt die Körnchen langsam durch seine Finger rinnen. »Wo war ich? Was habe ich gemacht?« Er greift zu seiner Gitarre und zupft ein paar Lieder, die Carmen an früher erinnern.

Carmen schweigt. Im Sand vor ihnen steht eine geöffnete Rotweinflasche, und ein prall gefüllter Rucksack liegt daneben.

»Hast du vor, hier einzuziehen?«, fragt Carmen. Es sollte wie ein Scherz klingen, aber sie spürt, dass irgendwas passiert sein muss.

»Hast du schon mal alles verloren?«, fragt Mike unvermittelt, während er die Melodie von *Starry, starry night* von Don McLean zupft. »Deine Arbeit, deine Liebe, deine Familie, dein Geld? Einfach alles?«

Carmen schaut ihn an und schüttelt den Kopf. »Nein, habe ich nicht.« Und Mike sieht eigentlich auch nicht so aus. Nicht wie einer, dem es finanziell schlecht geht. Sie wirft einen Blick auf das Etikett der Flasche. Dafür ist auch der Wein zu teuer. »Die Liebe vielleicht«, fügt sie hinzu. »Aber alles? Nein.«

»Das tut weh, sehr weh«, sagt er.

»Erzähl mir, was passiert ist«, sagt Carmen und deutet auf die Flasche. »Darf ich?«

Mike zieht sie aus dem Sand und reicht sie ihr. »Habe leider keine entsprechenden Gläser dabei.«

Carmen nickt und nimmt einen Schluck. »Das wird er uns verzeihen!«

»Wer?«

»Der Wein!«

Mike lächelt. »Du bist immer noch die Alte. Frech, vorlaut und abenteuerlustig. Gar nicht auf den Mund gefallen. Und hübsch. Dir geht es bestimmt verdammt gut! So, wie du es verdient hast!«

Carmen verschluckt sich und muss husten. »So wie ich es verdient habe, damit hast du wahrscheinlich recht!«

»Klingt auch nicht gerade fröhlich.«

»Ich bin heute auch nicht gerade fröhlich.«

»Was ist passiert?« Mike greift nach der Flasche.

»Zuerst bist du dran!« Carmen schaut ihm zu, wie er einen großen Schluck nimmt und sich anschließend mit dem Handrücken über den Mund fährt.

»Ich bin hierher gefahren, weil ich gedacht habe, das sei für alle Beteiligten das Beste ... in alten Liedern und Erinnerungen schwelgen, guten Wein trinken und dann irgendwann in den Fluss gehen und nicht mehr auftauchen!«

Carmen starrt ihn an. »Du willst dich umbringen? Hier? Bist du verrückt?«

»Nein.« Er lacht kurz auf. »Oder vielleicht doch. Aber dann kreuzt du hier auf, und alles ist anders.« Er nimmt einen weiteren Schluck. »Und vielleicht bist es nicht mal du, sondern nur dein Geist. Dein guter Geist.«

»Na, jetzt ... Mike! Die wievielte Flasche ist das?«

Er reicht sie ihr herüber. »Die erste ... ich bin nicht betrunken.«

»Bist du unheilbar krank? Oder ist dein Leben so aus den Fugen geraten?«

»So könnte man es sagen.«

»Was?«

»Dass mein Leben aus den Fugen geraten ist. Vorsichtig ausgedrückt.«

Eine kleine Ente hat Mut gefasst und watschelt aus dem Wasser heraus auf sie zu. Ihre Artgenossen halten sich etwas entfernt und beobachten die Situation, immer zur schnellen Flucht bereit.

»Hast du etwas Brot in deinem Überlebensrucksack?«, fragt Carmen. »Mut muss schließlich belohnt werden.«

»Oder sie wird zu vertrauensselig, und der Nächste brät sie dann«, sagt Mike und zieht seinen Rucksack zu sich heran. »Einen alten Whisky, ein Baguette, eine Salami am Stück und Käse.«

»Wie früher.«

Er nickt, während er auspackt. »Und ein Geschirrtuch als Tisch und eine leichte Decke, aus dem Flugzeug geklaut.«

»Deine Henkersmahlzeit?«

Carmen kann es sich nicht erklären, aber plötzlich muss sie lachen. Sie hält sich den Bauch, so schüttelt sie der Lachkrampf, und sie kann nicht mehr aufhören.

Dann lacht Mike plötzlich mit. Sie kugeln sich vor Lachen in der Sandkuhle.

Die Ente ergreift entsetzt die Flucht, was Carmen nur noch mehr zum Lachen bringt. »Die wird ihren Freunden jetzt erzählen, dass die Menschen nicht mehr alle Tassen im Schrank haben.«

»Weiß sie denn, was Tassen sind?«, krächzt Mike, und schon wieder lachen sie, bis ihnen die Tränen über die Wangen laufen.

»Du bist albern!«

Sie brauchen eine Weile, bis sie sich beruhigt haben.

»Und du willst ins Wasser gehen?«, fragt Carmen.

»Ja, ich konnte ja nicht mit dir rechnen!«

»*You've got a friend* …« Carmen deutet auf die Gitarre. »Los, das singen wir jetzt gemeinsam! Vielleicht kommt ja noch einer.«

Fast erwartungsvoll dreht Mike sich nach dem kleinen Fußweg um. »Meinst du? Wo soll der denn herkommen?«

»Wo bist du denn hergekommen?«

Er zuckt die Achseln. »Aus einem fernen Leben.«

»Sehr geheimnisvoll.« Carmen tippt sich an die Stirn.

»Ja, jetzt kommt es mir auch idiotisch vor!«

»Aus welchem fernen Leben?«

»Eine Frau, zwei wunderbare Töchter, ein Hund, ein Eigenheim, ein selbst gepflanzter Baum, ein Beruf und zwei Mal Urlaub im Jahr.«

Carmen nickt. »Gut. Das haben viele. Und dann?«

»Dann habe ich mich verliebt.«

Carmen denkt an David: »Soll auch öfter mal vorkommen. Aber deswegen bring man sich doch nicht um!«

»Besser mich als sie!«

250

»Sie? Deine Frau?«

»Nein, diese Frau … diese … meine …« Er greift wieder nach der Flasche. »Es ist wie eine Sucht, ich krieg sie nicht los!«

»Okay«, sagt Carmen leichthin. »Dann bringe ich deine Suchtfreundin um und du meinen Freund. Bingo!«

»Wie im schlechten Film«, sagt Mike und streckt ihr die Flasche hin. »Was ist mit deinem Freund?«

»Er hat mit meiner besten Freundin geschlafen.«

»Dann müsstest du doch sie umbringen. Immerhin ist sie deine beste Freundin!«

Carmen schüttelt den Kopf. »Ich bin mir nicht sicher. Vielleicht beide?«

»Gut«, sagt Mike, »siehst du, und aus jenem Grund müssten die beiden Frauen mich umbringen, und da mache ich es doch besser gleich selbst!«

»Also mit der besten Freundin deiner Frau!«

»Ich habe sie im Internet kennengelernt. Unter einem anderen Namen. Ohne Gesicht. Ich habe ihr meine geheimsten Wünsche offenbart. Und sie hat mich angeheizt, es wurde immer wilder, und ich kam von diesem Scheißinternet nicht mehr los … ständig war ich darauf begierig, musste die Seite anklicken.«

»Und sie hat dich von Anfang an verarscht?«

»Schlimmer. Wir haben uns getroffen …«

»… und seid dann übereinander hergefallen …?«

»Nein.«

»Ihr habt euch geschämt?«

»Nein, schlimmer. Sie hat ihre beste Freundin mitgebracht, weil sie dem tollen Typen aus dem Internet nicht so ganz getraut hat …«

»Deine Frau?«

Mike nickt und greift nach der Flasche.

»Und das war's dann?«

»Das war's dann!« Er nimmt einen tiefen Schluck.

»Wie schräg kann's im Leben eigentlich laufen?«

»Meine Frau hat mich sofort rausgeschmissen!«

»Und was ist mit deinem Job?«

»Die Firma gehört meinem Schwiegervater.«

Carmen beginnt zu lachen.

»Das ist nicht lustig!«

»Vielleicht nicht, aber eigentlich doch!«

Mike zieht die Beine an, legt seine Arme auf die Knie und betrachtet mit melancholischem Blick die Entenfamilie.

»Hey«, Carmen streicht ihm über den Rücken, »Mike, komm, jetzt bin ich dran. Jetzt erzähle ich dir den letzten Schwank aus meinem Leben, und dann darfst du mal so richtig lachen!«

Carmen nimmt sich Zeit, der Abend ist mild, der Sand warm, und überhaupt tut ihr dieses Zusammentreffen gut. Mike schneidet inzwischen Salami und Käse auf und verscheucht zwischendurch die Enten, die längst das Baguette als die Quelle ihrer Krümel ausgemacht haben und nun auch gern in die Sandkuhle kommen würden.

Als Carmen endet, schüttelt Mike den Kopf. »Das ist ja noch bekloppter als bei mir!« Er steckt Carmen ein Stück Salami in den Mund. »Also, dein Kerl kümmert sich mehr um das Internet als um dich … das kommt mir bekannt vor. Du zischst mit einem fremden Kerl ab, um dich mal selbst zu erfahren, dein Kerl pennt derweil mit deiner Freundin … und was ist denn nun mit diesem Steffen? Nimm doch den!«

Carmen kaut und überlegt. »Hm, was mit dem ist, weiß ich auch nicht.«

»Warum nicht?«

Carmen schildert Mike das nächtliche Zusammentreffen in Rosis Garten, und jetzt lacht er wirklich. »So, wie du mir den schilderst, ist er schwul.«

»Schwul?« Carmen zieht die Augenbrauen hoch. »So ein Quatsch! Er hatte was mit Rosi und hat mich angebaggert – wie soll er da schwul sein.«

»Gebaggert hat er, aber da ist ja nichts gelaufen.«

»Na, gut.« Carmen greift nach einem Stück Käse, das auf dem rot-weiß karierten Geschirrtuch liegt. »Das kann ja jedem mal passieren.«

»Aber nicht bei einer so sexy aussehenden Frau wie dir!«

Carmen grinst und richtet sich etwas auf. »Findest du wirklich?«

»Finde ich.« Er wirft ihr einen bestätigenden Blick zu. »Oder er ist bi.«

Carmen wiegt den Kopf. »Ist ja eigentlich auch egal«, sagt sie dann. »Und wenn man bi ist, ist die Auswahl jedenfalls größer.«

Mike muss wieder lachen. »Ich stelle fest, du tust mir gut.« Er legt seine Hand auf ihr Knie. »Du hast mich aus einem wahnsinnig schwarzen Loch rausgeholt.« Er wackelt ihr Knie hin und her. »Und? Es wird immer später – was fangen wir mit dem angebrochenen Abend an?«

»Wir stehen am Wendepunkt unseres Lebens, und das«, Carmen hält die leere Flasche hoch, »geht so nicht!«

»Was schlägst du vor?«

»Wir gehen zu mir!«

253

Sie zerbröseln das restliche Brot für die Enten, sammeln alles andere ein und stecken es in den Rucksack.

»Wir waren nicht mal im Wasser.«

»Da wäre ich heute schon noch rein!«, sagt Mike.

»Ach, komm, wärst du nicht!«

»Wäre ich doch!«

Carmen lacht, greift nach seiner Gitarre, geht zu dem schmalen Sandweg voraus und stolpert gleich darauf über ihre eigene Badetasche.

»Ach, sieh mal«, sagt sie über die Schulter zu Mike, »die habe ich ganz vergessen!«

»Wahrscheinlich sind zwanzig Entschuldigungsnachrichten auf deinem Handy«, mutmaßt Mike und wirft sich den Rucksack auf den Rücken. »Zehn von deinem Freund und zehn von deiner Freundin.«

»Nie im Leben!« Carmen wartet auf ihn. Er war schon immer ein guter Typ, denkt sie. Komisch, dass ihr das in ihrer Schulzeit nie wirklich aufgefallen ist. »Die freuen sich, dass sie mich loshaben. Rosi schmeißt bestimmt eine große Party!«

»Aber doch nicht für die Konkurrenz!«

Carmen muss lachen. Mein Gott, wie plötzlich alles so leicht ist. Liegt es am Wein oder an ihrer Situation oder an Mike?

»Mich nennt übrigens kein Mensch mehr Mike«, sagt er, während er hinter ihr hergeht. »Und in diesem Sommerkleidchen siehst du zum Anbeißen aus!«

»Wie nennen sie dich dann? Michi?«

»Michael. Ganz seriös Michael. Aber Mike klingt schön aus deinem Mund. Es kommt alles zurück mit diesem Namen, die Unbeschwertheit, der Geruch, die Bilder.«

254

Carmen läuft still weiter und denkt darüber nach.

»Ja«, sagt sie dann. »Mir ging es so mit deinem Gitarrenspiel. Plötzlich waren wir alle wieder da – in dieser Sandkuhle.«

»Was die anderen wohl so machen?«

Carmen hält die Badetasche zum Schutz vor das empfindliche Gitarrenblatt und überlegt, ob man nicht ein Sandkuhlentreffen organisieren sollte. Ob die anderen so ein Revival cool fänden? Und ob die Partner mit so etwas Probleme hätten?

Auf dem Parkplatz bleibt sie stehen, bis Mike neben sie getreten ist. »So«, sagt sie, »da im Gebüsch ist mein Fahrrad!«

»Und da mein Wagen.« Michael deutet auf einen weißen Mercedes-Kombi. »Firmenfahrzeug. Hätte ich eigentlich direkt abgeben müssen.«

Carmen prustet los. »Gut, dann nehmen wir mein Fahrrad, das ist wenigstens mein Eigentum.«

»Oder wir legen dein Eigentum in mein Firmenfahrzeug.«

Mit einem Song von Peter Gabriel, der lautstark aus den Lautsprechern dröhnt, fahren sie Richtung Stadt. Bei der Abzweigung zu Richters Villa zögert Carmen kurz. Soll sie Mike um einen kleinen Abstecher bitten? Aber was gibt es ihr, wenn sie Davids Jeep dort stehen sieht? Oder wenn er nicht dort steht? Oder vielleicht Steffens Porsche?

»Kannst du hier rechts abbiegen?«

Mike nickt. Der Wind der offenen Seitenfenster fährt ihm durch die Haare, und er sieht geradezu verwegen aus.

Und wenn er diese seltsame Internetgeschichte nur erfunden hat?

Die Zufahrtsstraße führt an dem neuen Wohnviertel vorbei direkt auf Richters Anwesen zu.

»Wow! Da wohnst du?« Mike ist sichtlich beeindruckt, als er merkt, wo der Weg endet.

»Nein, das ist Rosis Villa.«

»Und was tun wir hier?«

Ja, was? »Fahr langsam, da vor der Einfahrt kannst du wenden.«

»Ach?« Er schaut sie von der Seite an. »So ganz hast du deinen David doch noch nicht abgeschrieben?«

»Doch, klar! Ich fände es nur besonders schön, wenn er nun Laura mit Rosi betrügen würde!«

»Und Steffen Rosi mit ihrem Mann!« Mike schnalzt mit der Zunge. »Hier drin steht ein Bentley. Gehört der deinem David?«

Tatsächlich, hinter dem schmiedeeisernen Tor steht ein dicker Wagen vor der Doppelgarage der Richters.

»Nein, David fährt einen alten Jeep.«

»Das macht ihn sympathisch«, erklärt Mike und wendet den Wagen.

»Hoffentlich hat Steffen Rosi zwischenzeitlich nicht umgebracht oder der Hausherr seine Frau aus Eifersucht oder Rosi David, weil er sie verschmäht hat.«

»Du hast eine blühende Phantasie!« Carmen wirft noch einen letzten Blick auf den Bentley. »Hast du deine Frau umgebracht oder die Freundin deiner Frau?«

»Beide.« Mike zwinkert ihr zu. »Aber das ist nur die eine dunkle Seite an mir. Die andere offenbare ich dir erst, wenn ich mit dir allein bin!«

»Du bist mit mir allein!«

»Aber nicht richtig.«

Er hat tatsächlich nur den Rucksack dabei, den er sich über den Rücken wirft, nachdem er Carmens Fahrrad aus dem Kofferraum gehoben hat.

»Hübsch«, sagt er und bleibt mit prüfendem Blick vor dem kleinen Haus stehen.

»Leider nur gemietet«, sagt Carmen und schiebt das Fahrrad zum Hauseingang.

»Dann gibt es bei einer Trennung wenigstens kein Problem.«

Carmen dreht sich im Gehen nach ihm um. Er grinst sein altes Schülergrinsen.

»Ja, ja«, sagt sie, »spotte du nur.«

»Bei mir gibt es nichts zum Spotten«, sagt er. »Ich bin schon raus aus dem Geschäft.«

Carmen stellt das Fahrrad an die Hauswand und schließt die Tür auf. »Quatsch! Darüber kann man doch reden. So was lässt sich wieder einrenken.«

»Hast du kein Zimmer frei, zur Untermiete?«

»Ich habe ein ganzes Haus frei!« Carmen geht ihm voraus. »Aber hast du was Gescheites gelernt? Kannst du kochen? Bist du Handwerker?«

Mike folgt ihr, bleibt stehen und schaut sich um. »Kochen kann ich, und ein Zimmermann wird noch nicht gebraucht, wie ich sehe. Aber, gratuliere, es ist wirklich ein sehr geschmackvolles Haus!«

»Was magst du denn trinken?« Carmen geht zum Kühlschrank.

»Am liebsten ein kühles Bier!«

»Ich auch.« Ich muss dringend einkaufen, denkt sie, während sie in ihrem Kühlschrank nach den zwei Flaschen Bier greift. Und überhaupt muss ich einiges umstrukturieren. Trauer erfasst sie unvermittelt, während sie die Flaschen öffnet, und sie versucht, ihr Verlustgefühl niederzukämpfen. Bloß jetzt nicht heulen, nur weil der Kühlschrank leer ist und dich an David erinnert. Sie beißt sich auf die Lippen. »Aber du hast doch irgendwas ganz Seltsames studiert – Mathe … Physik?«

»Informatik!« Mike winkt ab, als sie nach einem Bierglas greifen will. »Nein, danke, ich trinke es lieber aus der Flasche!« Er nimmt Carmen die Flasche ab und zeigt damit auf den Computer. »Hier, solche Gesellen haben mir den Schlaf geraubt – bis mein Schwiegervater mir den Einstieg in seine Firma anbot.« Nachdenklich geht er zum Tisch und bleibt vor dem PC stehen. »Und nachher war es wieder der Computer, der mich nicht losließ!«

»Das waren doch wohl eher deine eigenen Sexphantasien.« Carmen schenkt sich eine Biertulpe ein und tritt hinter ihn.

»Tja, das Gerät an sich ist ja völlig harmlos!« Er lächelt und dreht sich nach ihr um. »Manchmal verwechselt man Ursache und Wirkung!«

Carmen will ihm schon voraus auf die Terrasse gehen, da bleibt sie mitten in der Bewegung stehen. »Hast du eigentlich Ahnung vom Hacken?«

»Hacken?« Mike schüttelt den Kopf. »Nö, ich habe ganz seriös Programme entwickelt.«

»Aber du kennst dich gut aus?«

»Klar, war ja schließlich mein Job!«

»Wie komme ich an Davids Mails ran?«

»Davids Mails?« Mike runzelt die Stirn. »Was willst du denn damit?«

»Schauen, was vor Laura war. Oder trotz Laura. Und vor allem: neben mir.«

Mike zuckt die Achseln. »Und was bringt es dir, wenn du es weißt?«

»Gewissheit.«

»Tut das gut?«

»Mir schon!«

Mike seufzt und setzt sich vor den PC. »Soll ich wirklich einem Artgenossen in den Rücken fallen?«

»Ob es wirklich ein Artgenosse ist, wird sich herausstellen.« Carmen schaltet den Computer ein. »Aber sicherlich ein Geschlechtsgenosse …«

»Haarspalterei. Nur weil du einen Deutsch-Leistungskurs hattest!«

»Das weißt du noch?«

Mike lacht, dann zieht er sich die Tastatur heran. »Sein Account ist also durch ein Passwort geschützt?«

Carmen nickt.

»Also hast du es schon selbst versucht?«

Carmen nickt wieder.

»O Gott, die Frauen!«

»Was soll denn das jetzt heißen?«

»Ohne euch Frauen würde uns niemand hinterherschnüffeln, würde uns niemand sagen, was wir tun und lassen sollen, würde uns niemand kritisieren, würde uns niemand …«

»… verführen, wolltest du sagen?«

»Willst du das?« Mike schaut vom Bildschirm weg direkt in ihre Augen.

259

»Ne, ehrlich gesagt, nicht.«

»Schade!«

Er schaut wieder auf den Bildschirm. »Also, okay, jetzt will er das Passwort. Was könnte denn infrage kommen? Wie ist er so drauf, dein David? Geburtsdatum, Büroadresse, Vornamen, Lieblingsgestalten?«

»Lieblingsgestalten?«

»Na ja, Falballa aus *Asterix und Obelix* oder Frodo aus *Herr der Ringe* oder sonst eine Figur aus einer Geschichte.« Als er ihren ungläubigen Gesichtsausdruck sieht, fügt er an: »Männer spielen halt gern.«

»Ja, am liebsten mit Frauen«, sagt Carmen gedehnt, denkt aber gleichzeitig darüber nach, was es sein könnte. »Als wir hier eingezogen sind, hat er bestimmte Spiele noch nicht gespielt.«

»Hat er damals seine Mails schon geschützt?«

»Ne. Eben nicht. Du hast recht!«

»Ja, klar!« Mike nimmt einen Schluck aus seiner Flasche. »Er fing erst damit an, als es etwas zum Schützen gab.«

»Du sprichst aus Erfahrung!«

»So ist es.«

»Und wie war dein Kennwort?«

»Sex.«

»Sex?«

»Sex.«

»Sehr originell!«

»Das konnte ich zumindest nicht vergessen.«

Carmen muss lachen. Mike tut ihr gut, keine Frage. »Dann probier es halt mit Sex.«

»Aber gern.« Er zwinkert ihr zu, aber *Sex* öffnet Davids Mailkonto nicht.

»Ist er so ein Vorsichtiger, einer mit Zahlen und Ziffern, Groß- und Kleinschreibung? Dafür gibt es entsprechende Programme, die das recht schnell knacken.«

Carmen schüttelt den Kopf. »Ich glaube, es wäre ihm zu umständlich, sich so etwas zu merken.«

Mike nickt, und dann beginnen sie alles Mögliche aus ihrem Umfeld auszuprobieren. Carmen hat sich ein Blatt Papier geholt und schreibt auf, was ihr so einfällt, aber nichts funktioniert.

Schließlich rutscht Mike auf seinem Stuhl ratlos in Liegeposition. »Da müsste ich dann anscheinend wirklich professionell rangehen.« Er schaut sie noch einmal nachdenklich an. »Willst du das wirklich?«

Carmen nickt.

»Aber wahrscheinlich hat er doch schon alles gelöscht!«

Carmen nimmt seine leere Flasche Bier. »Noch eine?«

»Wenn du mir noch eine gönnst?«

»Welche Frage!« Carmen steht auf und geht die wenigen Schritte zur Küche hinüber. Und während sie den Kühlschrank öffnet, fällt ihr ein, dass vielleicht noch eine Packung Chips da sein könnte oder wenigstens ein paar Grissini. Sie bückt sich und zieht die unterste Schublade auf – und in diesem Moment fällt es ihr ein, sie schießt hoch, knallt mit dem Kopf gegen die Ecke der offen stehenden Kühlschranktür und gibt nur ein lautes »Autsch!« von sich. »Verdammt!«

Mike blickt hoch. »Kämpfst du mit dem Kühlschrank?«

Carmen fasst sich an den Hinterkopf. »Das gibt 'ne Beule, ich dumme Nuss«, aber gleich danach ruft sie triumphierend: »Probier *Auszeit*!«

»Auszeit?«

»Kennst du das Lied *Irgendwann bleib I dann dort?*«

»Klar, von STS.«

»Seine Hymne! So eine Auszeit nimmt er sich irgendwann, hat er immer gesagt. Auszeit!«

»Mach den Kühlschrank zu, das ist Energieverschwendung! Aber vergiss das Bier nicht!«

Auszeit passt. Die Seite geht auf. Aufgeregt stellt Carmen die Flasche Bier hin und bleibt hinter Mike stehen.

»Und ruf auch gleich die Neuesten ab!«

Ihr Herz schlägt gewaltig. Eigentlich müsste Mike das hören können, denkt sie, so nah, wie sie hinter ihm steht. Ihr bricht der Schweiß aus. Es ist, als stünde ihr ganzer Körper unter Strom.

»Kannst du die vielleicht auch öffnen?« Mike hält ihr die Flasche hin.

»David kann so was mit einem Feuerzeug!«

»Hab ich ein Feuerzeug?«

Mit einem schnellen Blick auf die Mails läuft sie zur Küchenschublade, um den Flaschenöffner zu holen.

»Lösch bloß nichts«, ruft sie von dort.

»Wieso sollte ich?«

»Männersolidarität!«

»Die gibt es nicht. Wir sind allesamt Wölfe im Kampf um die Beute!«

»Jetzt will ich lieber nicht wissen, wer die Beute ist!«

Sie hält ihm den Öffner hin.

»Wer ist *Traumfänger?*«, will Mike wissen und schaut zu ihr hoch.

»Traumfänger?« Carmen beugt sich zu ihm hinunter. »Wieso?«

»Die Mailadresse. Kein Name, nur *Traumfänger*.«

»Lass sehen! Und mach mal eine auf!«

Carmen liest zuerst leise, bevor sie den Text laut wiederholt. »Mein Liebster, bist Du noch im Büro? Wollen wir noch kurz etwas trinken gehen? Oder kommst Du zu mir? Ich habe schon Tagträume, schau irgendwo hin und sehe nur Dich! Kuss!«

Carmen schluckt. »Also doch! Wie alt ist die Mail?«

»Eine Woche …«

»Geh bitte mal unter *Gesendet*.«

Auch hier das gleiche Bild, Davids Mails gehen alle an *Traumfänger*.

»Denk gerade an Dich. Hab ich Dir schon gesagt, dass Du gestern große Klasse warst?«

Carmen spürt eine seltsame Kälte im Gesicht. Bestimmt ist sie totenblass geworden.

»Noch eine!«

»Schätzchen, Du fehlst mir!«

»Noch eine!«

»Was ich Dir noch sagen wollte, auch auf die Gefahr hin, mich zu wiederholen: Ich bin rasend in Dich verliebt!«

»Verliebt«, wiederholt Carmen. »Noch eine!«

»Hey, Schätzchen, wo steckst Du denn? Ich krieg ja gar nichts mehr von Dir mit. Du vernachlässigst mich, schäm Dich!«

»Bei mir ist es ihm egal, wo ich stecke«, sagt Carmen leise.

»Ja, der Fall scheint klar!«

»Aber wieso ist er dann noch bei mir?« Carmens Kehle ist trocken, sie nimmt einen Schluck aus Mikes Bierflasche. »Noch eine!«

»Weißt Du, wie sehr ich an Dir hänge? Du tust mir gut, Du bist meine Sonne!!!!«

»Klar. Bei mir muss er den Müll raustragen! Aber bei ihr wahrscheinlich auch bald!« Carmen räuspert sich. »Noch eine!«

»Nein, da ist nichts mehr. Meine Gefühle sind bei dir, die Umstände regele ich bald.«

Carmen denkt an ihren Sex auf der Terrasse. Da ist nichts mehr.

»Die Umstände, das bin wahrscheinlich ich ...«

»Wahrscheinlich«, bestätigt Mike.

»Mir ist übel.«

»Nimm noch einen Schluck!«

Aber Carmen greift sich an den Hals, dann stürzt sie zur Toilette und muss sich erbrechen. Mein Gott, denkt sie, während es sie schüttelt und sie vor dem Brillenrand auf die Knie sinkt, warum spielt David dieses Spiel? Warum ist er nicht einfach ehrlich?

Am Waschbecken spült sie sich den Mund aus, klatscht sich mit der hohlen Hand Wasser ins Gesicht und geht dann zu Mike zurück.

Er ist aufgestanden. »Geht es besser?«

»Oh!«

Mike schließt sie in die Arme, und eine Weile bleiben sie so stehen.

»Und wer ist sie?«

»Habe ich noch nicht herausbekommen ... sie reden sich nie mit Vornamen an, immer Kosenamen.«

»Kosenamen«, wiederholt Carmen tonlos, und prompt fällt ihr Britta ein. Die sagt zu ihrem Mann sicherlich auch nur Schnuckibärchen und er zu ihr Zottelmäuschen oder so. »Früher war *ich* sein Schätzchen. Das tut weh!«

»Willst du noch mehr?«

»Nein, mehr ertrage ich jetzt nicht, das wäre zu viel!«

Mike nickt und geht zum PC zurück.

»Aber lass das offen! Und kannst du die Mails sichern, so dass er sie nicht von woanders löschen kann?«

»An die kommt er nicht ran, die hat er ja als Kopie gespeichert. Er kann höchstens seinen Briefkasten löschen, aber das ändert an diesen Mails hier nichts.«

»Sicher?«

»Hat er noch einen Hausschlüssel?«

Carmen nickt.

»Dann kann er sie von hier aus löschen!«

»Nur über meine Leiche!«

Es ist inzwischen dunkel geworden, aber Mike möchte sein Bier noch gern auf der Terrasse genießen. Carmen hat für ihn eine Aufbackpizza in den Ofen geschoben, sie selbst kann nichts essen. Und sie kann auch nicht klar denken. Alles geht ihr durch den Kopf und lässt keinen klaren Gedanken mehr zu. Wann hat das angefangen?

»Warum hat er es mir nicht gesagt?«, fragt Carmen ein ums andere Mal.

»Woher willst du wissen, dass er das mit dieser Traumschleuder überhaupt ernst meint?«

»Traumfänger.«

»Was?«

»Traumfänger, nicht Traumschleuder.«

»Na, eben. Die hält er sich als Affäre und erzählt ihr sonst was!«

»Aber nicht mit unseren Worten, das glaube ich nicht.«

»Unsere Worte?«

»Ja, solche Sätze hat er mir damals geschrieben.«

»Wie einfallsreich!«

Sie sitzen da, wo sie mit David noch vor Kurzem gesessen und ihn verführt hat. Genau so. Carmen betrachtet Mike im Halbdunkel des Gartens und dem flackernden Schein des Kerzenlichts. Soll sie es mit Mike machen? Ihn verführen? Kleiner Racheakt?

Aber sie verwirft den Gedanken wieder, zu kindisch.

»Holst du die Gitarre und singst ein paar traurige Lieder?«

»Irgendwann bleib i dann dort?«

»Wenn du das kannst?«

»War auch meine Hymne, als mir das alles über den Kopf gewachsen ist. Die Firma, meine Verantwortung für die Familie, das Gefühl, nichts und keinem mehr gerecht zu werden, und vor allem: es keinem mehr recht machen zu können.«

»Und dann bist du in diese Internetbeziehung geflüchtet?«

»Geflohen. Genau!«

Carmen schaut ihn an. »Wieso sind wir alle auf der Flucht?«

Mike zuckt die Schultern. »Weil wir spüren, dass uns das Wesentliche entgleitet – und das wollen wir wiederhaben.«

»Was ist das?«

»Liebe? Zärtlichkeit? Wärme? Ein freundliches Miteinander? Ein Lächeln am Morgen, ein liebes Wort?«

Carmen zieht ihre Beine unter ihren weiten Pullover. »Also sind wir nicht auf der Flucht, sondern auf der Suche.«

»Ja, vielleicht sind wir alle auf der Suche. Und zwischendurch hält das Rad an, dann glauben wir, angekommen zu sein, und dann dreht es sich weiter.«

Carmen legt ihre Arme auf die Knie und betrachtet ihn. »Wieso bist du so weise?«

»Weil ich so alt bin!«

Sie muss lachen. »Danke! Wir sind gleichaltrig.«

»Schön, dass du wieder lachst!«

»Das war ein Ausrutscher. Eigentlich bin ich todtraurig!«

»Das kann ich verstehen.«

»Wieso denn du? *Du* warst doch der Fremdgänger in eurer Beziehung!«

»Ich wollte ausbrechen. Ein einziges Mal ausbrechen, so richtig wie früher, als ich noch ungebunden war und jeder Abenteuerlaune nachgeben konnte. Denn plötzlich war ich nur noch der dressierte Mann, der Weg war vorgezeichnet, jede Lebensstufe absehbar, meinst du, das macht immer Spaß?«

Carmen seufzt und schaut nach oben in den von Sternen übersäten Nachthimmel, der im August zum Greifen nah erscheint.

»Und was sind wir schon?«, fragt sie und macht eine ausholende Bewegung.

»Jeder ist für sich ein ganzes Universum«, entgegnet Mike.

Carmen senkt ihren Blick und betrachtet ihn. Er sieht wirklich aus wie früher, denkt sie. Lausbubenhaft, wie er immer war.

»Seit wann bist denn *du* der Philosoph? *Ich* hatte doch Deutsch als Leistungsfach und habe mich durch die Philosophen gelesen!«

»Aber es ist nichts davon hängen geblieben!«

»Sag das nicht! Wenn ich nicht gerade betrogen werde, kann ich sehr philosophisch sein!«

Mike steht auf. »Ich hole jetzt die Gitarre, damit wir noch mal so richtig über uns und die Welt heulen können. Und wenn wir dann ins Bett gehen, geht es uns bestimmt besser!«

»Ins Bett?« Carmen schaut zu ihm auf. »In welches Bett?«

»Na, in deines, oder hast du einen besseren Vorschlag? Wollen wir hier auf der Wiese schlafen? Hast du Luftmatratzen und Schlafsäcke?«

Carmen kann die ganze Nacht nicht schlafen. Ständig spuken ihr Bilder durch den Kopf, am liebsten wäre sie runter an den Computer, aber sie will sich nicht noch weiter quälen. Mike liegt im Tiefschlaf neben ihr auf Davids Seite. Er hat sich, nachdem sie frühmorgens ins Bett gegangen sind, gleich eingerollt und schneller zu schnarchen angefangen, als es Carmen lieb war.

»Ist schon in Ordnung«, hatte sie ihm gesagt, als er die Gitarre endgültig weglegte und ihnen im Sitzen die Augen zugefallen waren. »Kannst gern bei mir im Bett schlafen. Rechte Seite, Davids Seite. Das hält die Geister fern!«

»Danke, dann bin ich also auch so ein Traumfänger – oder besser ein Albtraumabhalter!«

»Du sagst es.«

Aber er kann nichts abhalten, stellt sie fest, während sie sich von einer Seite auf die andere dreht, ihr Kopfkissen zusammendrückt, neu hinlegt, ganz wegschiebt, von der Seitenlage auf den Bauch und schließlich auf den Rücken wechselt. Löffelchen, denkt sie. Die Löffelchenstellung mit

David war immer so schön, und schon wirft sie sich wieder auf den Rücken.

Als es draußen hell wird, ist sie fast froh. Sie schaut zu den Vorhängen, die sich vor dem offenen Fenster bewegen, und erinnert sich, wie sie noch vor wenigen Wochen zu David hinübergegriffen hat und seine Seite leer war. Kein Morgensex, kein Nichts. Sex am Computer. *Schätzchen, ich denke an Dich und die vergangene Nacht, Du warst große Klasse!!* Die Gedanken sind wie Raubtiere, die sich festkrallen und sie einfach nicht mehr loslassen wollen. Egal, wohin sie schaut, dort der Vorhang, da ein Foto, hier ein Andenken, alles in diesem Zimmer riecht nach ihrer Zeit mit David. Nach ihrer glücklichen Zeit mit David!

Carmen steht auf und dreht den Bilderrahmen um. Venedig. Wie haben sie sich da noch geliebt. Selbst der Gondoliere konnte nicht kitschig genug singen, alles war willkommen, um ihre Liebe zu preisen. Unter jedem Torbogen mussten sie sich küssen, in den Geschäften haben sie sich gegenseitig beschenkt, das quietschende Bett hat die Zimmernachbarn protestieren lassen, sie haben über das heftige Geklopfe gelacht und weitergemacht.

Ihr Blick streift Mike und seine zusammengekugelte Gestalt unter der dünnen Decke.

Embryostellung, denkt sie. Eigentlich witzig bei so einem großen Mann. Irgendwie hat diese Stellung wohl etwas Beruhigendes, das sichere, das warme Gefühl in Mutters Bauch. Carmen steht am Bett und betrachtet Mike. Dann fällt ihr ein, was sie tun muss. Am liebsten hätte sie Mike sofort geweckt, denn der Gedanke ist ungeheuerlich. Ungeheuerlich perfekt!

Sie schaut auf die Uhr. Kurz nach sechs.

Das macht keinen Sinn. Wenn David jetzt bei seiner Traumfängerin schläft, wäre es völlig daneben.

Sie muss sich gedulden.

Aber sie ist so aufgeregt, dass sie sich unmöglich wieder zu Mike legen kann. Vielleicht ist die Zeitung schon da, denkt sie, dann mach ich mir einen schönen Kaffee. Oder noch besser geh ich direkt eine Runde joggen, dabei lässt es sich gut abreagieren, und trinke erst anschließend meinen Morgenkaffee. Und gegen zehn Uhr kann ich die Sache dann angehen. Noch vier Stunden! Und vielleicht sollte ich heute auch mal wieder ins Büro.

Mike rührt sich nicht. Er schläft tief und fest, schnarcht kaum noch, schnappt nur zwischendurch nach Luft. Wie ein Karpfen, denkt Carmen.

Wie wäre Morgensex mit ihm?

Aber irgendwas hält sie ab. Sie betrachtet seine verwuschelten Haare, die zwischen den weißen Kissen und der hochgezogenen Decke hervorlugen, und macht einen Schritt näher an ihn heran. Sein Gesicht ist zur Hälfte von der Decke verborgen, aber trotzdem sieht sie da ihren Schulkameraden liegen, und das Gefühl ist wie früher – eine warme Freundschaft, aber nicht mehr. Sie stellt sich Sex mit einem ehemaligen Schulkameraden, der plötzlich erwachsen ist, irgendwie komisch vor. »Keine gute Idee, Carmen«, sagt sie leise und geht ins Badezimmer, um sich die Zähne zu putzen. Davids Zahnbürste steckt noch im Glas. Sie nimmt sie mit zwei Fingern und tritt auf den Abfalleimer.

»Weg«, sagt sie dabei. *»Du hast mir so gefehlt, Schätzchen!«*

Als sie vom Joggen zurückkommt, ist die Nachbarschaft schon erwacht. Dass so viele Menschen so früh zur Arbeit gehen, ist ihr noch nie bewusst geworden. Ständig muss sie grüßen, und sie ärgert sich, dass sie kein Geld mitgenommen hat, denn jetzt hätte sie noch einen kleinen Spurt zum Bäcker einlegen können.

Vor der Haustür bleibt sie kurz stehen. Sie schwitzt, aber sie möchte auch ein schönes Frühstück richten, bevor sie Mike in ihren Plan einweiht. Und dazu fehlen nicht nur die Brötchen. Carmen holt sich Geld und einen Korb und schwingt sich auf ihr Fahrrad. Die Luft ist schon warm, und es verspricht erneut ein wunderschöner Sommertag zu werden. Fast könnte man vergessen, dass die Liebe gekappt und die Beziehung verraten wurde.

Und zum ersten Mal denkt sie an Laura. Hat David nun seinen Traumfänger mit Laura betrogen? Ja, natürlich! Sie, Carmen, ist ja gar nicht mehr die einzige Betrogene, Madame Traumfänger ist es ja genauso! Die Vorstellung reizt sie zum Lachen, aber dann findet sie es doch eher zum Heulen. Bevor sie sich entscheiden kann, ist sie beim Bäcker angekommen.

Es ist acht Uhr, und Mike schläft noch immer. Carmen hat geduscht, den Tisch im Garten gedeckt, alles bereitgestellt, lässt jetzt zwei Tassen Kaffee aus der Maschine und geht damit nach oben.

»Der Kaffee ist fertig«, flötet sie, als sie die Tür aufmacht.

Mike öffnet zunächst nur ein Auge, und es ist ihm anzusehen, dass er keine Ahnung hat, wo er gerade ist.

»Du bist nicht bei deiner Internetschönheit, sondern bei mir, deiner Abischönheit!«

Jetzt öffnet er auch das zweite Auge. »Und?«, fragt er und gähnt. »War da was?«

»War da *was*?«

»Ja, eben …«

»Weißt du es nicht mehr?«

Er überlegt und reibt sich die Augen. »Nein«, sagt er.

»Dann war wohl auch nichts, sonst wüsstest du es noch!«

Er grinst und setzt sich auf. »Ein Kaffee ans Bett, du bist ein Schatz! Wann habe ich das zuletzt …«

Er streckt die Hand nach ihr aus, und Carmen bleibt mit den beiden Tassen vor dem Bett stehen.

»Ich habe eine Idee!«

»Oh!« Er zieht den Arm wieder ein. »Ist das jetzt so eine Art Bestechungsversuch?«

»Kein Versuch!«

Er lacht, und sie reicht ihm die Tasse. »Na, dann lass mal hören!«

»Frauen sind ganz schön erfinderisch, wenn sie was herausfinden wollen.«

»Ja, da gibt es eine ehemalige CIA-Agentin, die heute arabische Regierungen berät, Melissa Mahle oder so ähnlich. Vielleicht bin ich ja mit ihr verwandt.«

Mike nickt. »Scheint wohl so! Also, Fräulein Mahle, was soll ich tun?«

Sie sitzen wieder am PC, und Carmen hat vorher einige Mails von David an *Traumfänger* gelesen, um sich in seine Sprache einzustimmen.

»Ich schreibe jetzt: Hi, Schätzchen, hilf mir mal kurz. Mein Automuggel soll mal schnell vorbeikommen, der Jeep röhrt komisch – ich erreiche ihn nicht und hab gleich einen Termin – 0151 2 89 25 35 – Kuss!!!«

»Und darauf fällt sie rein?«

»Warum nicht?«

»Weil ich als Mann keine Frau bitten würde, sich um mein Auto zu kümmern!«

»Chauvi!«

»Quatsch, ich würde meinem Automechaniker eine SMS schicken!«

»Hast du denn eine bessere Idee?« Carmen schaut auf die Uhr. »Halb zehn. Bestimmt eine perfekte Zeit, aber eigentlich sollte ich dringend ins Büro.«

»Wir können das ja auf heute Abend vertagen.«

Carmen schüttelt den Kopf. »Heute Abend sind sie vielleicht zusammen, dann macht so eine Mail erst recht keinen Sinn! Außerdem – wie lange willst du denn bleiben?«

Mike lacht. »War ein schwacher Versuch, ich geb's zu! Also los, wir schreiben deine Version. Aber was ist das für eine Handynummer? Deine?«

»Ich bin doch nicht beschränkt! Die kennt sie sicher längst!«

Er schaut sie an, und Carmen legt ihm ihre Hand aufs Knie. »Deine, Schätzchen, deine. Und ich nehme dein Handy mit. Und du darfst so lange hier bleiben und dir einen schönen Tag machen. Und wenn du kochen kannst, dann haben wir heute Abend vielleicht einen Grund zum Feiern.«

»Wir? Du!«

»Und dann gehen wir *deine* Beziehung an!«

»Wieso?«

»Na ja, du kannst ja nicht den Rest deines Lebens davonlaufen.«

»Kann ich wohl!«

»Ist aber nicht männlich!«

»Aber bekömmlich.«

Der Anruf kommt, als sie gerade mit Britta die neuesten Schadensfälle durchgeht. Zuerst nimmt sie es gar nicht wahr, bis Britta auf ihren Schreibtisch zeigt: »Da drunter surrt was.« Tatsächlich. Carmens Herz macht sofort einen Satz. Es könnte nun natürlich auch Mikes Ehefrau sein, dann käme es zu neuen Verwicklungen, aber auf dem Display erscheint weder »Mama« noch »Schnucki«, auch kein Vorname, sondern einfach nur eine Nummer.

Britta sitzt auf einem Stuhl neben Carmen und ordnet einige Briefe in verschiedene Stöße, und Carmen überlegt schnell, wie sie unauffällig wegkommen könnte.

»Ja, bitte«, sagt sie in das fremde Handy und spürt Brittas Blick.

»Bin ich mit der Autowerkstatt verbunden?«

»Wer spricht denn da?«

»Ich rufe in David Francks Auftrag an. Habe ich mich verwählt?«

»Haben Sie nicht. Darf ich trotzdem Ihren Namen erfahren?«

»Bin ich jetzt mit der Autowerkstatt verbunden oder nicht?«

»Ja, sind Sie!«

»Dann melden Sie sich bitte bei David Franck – er hat ein Problem mit seinem Wagen und kann Sie oder einen Ihrer Männer nicht erreichen.« Und damit legt sie auf.

»Shit!«

Britta runzelt die Stirn. »Ist etwas passiert?«

Na, denkt Carmen, in ihre heile Babywelt passt so ein Manöver natürlich nicht. »Nein«, sagt sie und überlegt, ob eine weitere Erklärung erforderlich ist. »Das ist Davids Handy. Aus Versehen habe ich das heute Morgen ... na, egal, Britta, ich komme gleich wieder!«

Britta steht auf. »Soll ich die leichteren Fälle schon mal selbst bearbeiten?«

Das ist eine liebenswürdige Geste, das fällt Carmen selbst in ihrer fieberhaften Hektik auf, denn in Wahrheit ist Britta längst genauso gut wie sie selbst. »Die schwereren auch«, sagt sie deshalb, zwinkert Britta zu und stürzt aus der Tür.

Draußen zwingt sie sich zur Ruhe. Sie hat angerufen. Carmen hat die Nummer im Display gesehen. Irgendwo muss die jetzt abgespeichert sein. Aber wo? Und sie muss schnell reagieren, denn sonst ruft sie David an und fragt, ob die sich schon gemeldet haben – und alles fliegt auf. Wie kann sie jetzt Mike bloß erreichen?

Gar nicht. Sein Handy hält sie ja in ihren Händen. Über ihr Festnetz? Da wird er nicht rangehen. Warum auch?

Sie muss zu ihm fahren oder das Handy begreifen, ein Smartphone. Mike hat ihr gezeigt, was sie tun muss, wenn ein Anruf kommt – okay. Aber jetzt? Hauptsache, sie löscht nicht versehentlich die Nummer.

Sie geht ins Büro zurück und ignoriert Brittas erstaunten Blick. Ach, wie sie so dasteht in ihrem hellblauen Babydoll-Kleid, man möchte sich an ihren dicken Busen stürzen und einfach nur heulen. Irgendwie ist sie schon jetzt mehr Mutter, als es ihre eigene Mutter je gewesen ist.

Carmen streckt ihr das Handy hin. »Britta, kennen Sie sich mit Smartphones aus?«

»Das ist ein ganz neues Modell«, sagt sie. »Also ich ...«

»Okay«, schneidet Carmen ihr das Wort ab. Blöde Idee auch, dass sich ausgerechnet ihre altmodische Britta mit einem solchen Teil auskennen soll.

»Was suchen Sie denn?«

Carmen will ihr das Ding schon entreißen, da sieht sie, dass das Display plötzlich hell ist. Sie stockt.

»Zugverbindung, Landkarte, Wetterkarte oder ein bestimmtes Musikstück? Dafür gibt es dann auch noch die entsprechenden Boxen, die ...«

»Die Anrufliste«, sagt Carmen schnell.

»Der letzte Anruf? Vorhin? Der eingegangene?«

»Genau der«, sagt Carmen atemlos und denkt: Gehaltserhöhung! Die Frau braucht dringend eine Gehaltserhöhung!

»Auch gleich wählen?«

Carmen nickt, greift hektisch nach dem Telefon und denkt im Hinausgehen, dass vielleicht auch mal eine Flasche Champagner fällig wäre.

»Ja, bitte?«

Verdammt, schon wieder kein Name!

»Sie haben eben gesagt, ich soll einen meiner Männer schicken.«

»Ja, und was ist damit?«

»Sie haben ihn schon. Meinen Mann.«

Es ist kurz still.

»Sind Sie ...«

»Ja!«

»... noch ganz knusper?«

»Ich bin Carmen, Davids Freundin. Seine Lebenspartnerin, wenn Sie so wollen.«

Es ist still. Carmen befürchtet schon, die andere hätte sie weggedrückt. »Sind Sie noch dran?«

»Ja, ich frage mich gerade, was Sie wollen.«

»Was ich will? Sie sind gut!« Carmen muss fast lachen. »Sie nehmen mir meinen Mann weg und fragen mich, was ich will?«

»Moooment. Augenblick!« Dann wird sie leiser. »Augenblick mal, ich muss nur die Tür zumachen.« Und dann: »Wieso wegnehmen?«

»Na, wie würden Sie das denn nennen, wenn *Ihr* Mann ein Verhältnis mit einer anderen hätte? Eine Zweitbeziehung?«

»Wie bitte?«

»Na, Sie haben mit David doch ein Verhältnis, ist es nicht so?«

»Ja, natürlich!«

»Ja ... natürlich?«

Carmen lehnt sich gegen die Hauswand und schaut auf die Fußgänger und auf den Verkehr vor ihr, ohne etwas zu registrieren.

»Sagten Sie eben: Ja, natürlich?«

»Ja, natürlich!«, kommt es wie aus der Pistole geschossen.

»Aber, entschuldigen Sie mal, Sie nehmen mir meinen Mann weg!«

»Da sind meine Informationen aber etwas anders!«

»Ihre Informationen lauten anders? Hör ich richtig?«

»Nun, wenn Sie wirklich Carmen sind, dann sind Sie doch seine Ex! Ihre Beziehung sei auf Eis gelegt, hat er gesagt. Als *Unbeziehung* hat er es bezeichnet, und Ihr Zusammenleben sei nur noch wirtschaftlicher Natur.«

»Ja.« Widerwillig muss Carmen lachen. »Da hat er allerdings recht. Unser Zusammenleben ist tatsächlich nur noch wirtschaftlicher Natur. Ich bezahle, weil er nichts verdient.«

»Wieso? Er hat doch gute Aufträge?«

»Ach so? Davon weiß ich nichts!«

»Bei Richters hat er einen großen Auftrag bekommen – falls Ihnen Richter etwas sagt!«

Carmen schluckt. »Richter sagt mir was, und unser Zusammenleben war mitnichten nur wirtschaftlicher Natur. Es war eine ganz normale Beziehung, bis ich ihn gestern rausgeschmissen habe.«

Auf der anderen Seite ist es still. Dann kommt ein leises: »Das heißt?«

»Ja, das heißt!«

»Und warum haben Sie ihn rausgeschmissen?«

»Weil er mit meiner besten Freundin geschlafen hat!«

»Weil er was?« Das Entsetzen ist der Frau anzuhören.

»Mit meiner besten Freundin!«

»Verwechseln Sie uns beide da nicht?«

»Ganz und gar nicht!«

Es ist kurz still. »Und wie kommen Sie überhaupt auf mich?«

»Eine *Schatzi-Mail*, die er nicht schnell genug hat verschwinden lassen.« Notlüge darf sein, denkt Carmen.

»Ich fasse es nicht!«

»Ich auch nicht!«

Carmen würde jetzt gern das Gesicht der anderen sehen. Zwei betrogene Frauen, wie originell.

»Darf ich noch wissen, wer Sie sind?«, schiebt Carmen hinterher, aber da ist die Leitung schon tot. Soll sie gleich noch einmal anrufen?

Carmen ist sich nicht sicher. Sie betrachtet das Display, das wieder dunkel ist, und entscheidet, das mit Mike zu besprechen. Dann geht sie zu Britta hinein. Die hat den Telefonhörer am Ohr und beschwichtigt offensichtlich gerade einen aufgebrachten Kunden. Oje, denkt Carmen, vor lauter Männerproblemen kommt sie nicht mehr zum Arbeiten.

»Nein, Frau Legg hat gerade einen wichtigen Außentermin, und nein, das Handy hat sie bei solchen Terminen ausgeschaltet, diese Nummer würde Ihnen gar nichts nützen!« Sie gestikuliert in Carmens Richtung, die sofort nickt.

»Ja, aber dieser Schaden fällt nicht in Ihren Versicherungsschutz, ich kann Ihnen das gern genau erklären, aber diese Leistung ist eben nicht im Vertrag enthalten. Da kann Ihnen auch die Frau Legg nicht helfen … auch nicht, wenn Sie sie persönlich kennen!« Britta rollt ihre großen Augen, und Carmen verbeißt sich ein Lachen.

Sie greift nach ihrer Handtasche und macht Britta ein Zeichen, dass sie kurz nach Hause fährt. Britta deutet auf Carmens unerledigten Papierkram, während sie weiterredet. Eine Stunde, gibt Carmen ihr zu verstehen. In spätestens einer Stunde will sie zurück sein.

Aber ihr Büro liegt mitten in der Altstadt, und der Ferienmonat August ist besonders mühsam, findet sie, während sie sich jetzt auf ihr Fahrrad schwingt. Man muss höllisch aufpassen, dass einem kein Fußgänger vors Rad läuft oder man zur unfreiwilligen Kühlerfigur eines Autos wird. Besonders wenn man es eilig hat wie sie jetzt, ist es die pure Hindernisfahrt, dazu kommen die groben Pflastersteine, die sich vor allem durch ihre tückische Unebenheit auszeichnen.

Nachdem sie jedoch die Altstadt hinter sich gelassen hat, geht es schnell, und so biegt sie in kurzer Zeit in ihre Straße ein. Mikes Auto steht noch da, Gott sei Dank! Sie überrascht ihn beim Gemüseschnippeln.

»Ich habe eingekauft«, sagt er und zeigt auf zwei prallvolle Tüten, aus denen allerlei Grünzeug hervorschaut. »Heute Abend gibt es ein Gemüserisotto. Einen Wok habe ich bei dir nicht gefunden, aber ein Gemüserisotto ist auch was Feines, dazu einen guten Rotwein, habe drei Flaschen gekauft«, er zeigt auf die Anrichte, »und überhaupt ist es schön, ein paar neue Geschäfte zu entdecken. Vor allem der Türke ist klasse, den gab es damals noch nicht!«

Carmen nickt. »Ich bin begeistert!«, sagt sie und drückt ihm einen Kuss auf die Wange. »Sie hat angerufen!«

»Wer?«

»Na, sie!«

»Ach!«

»Ja, ach!«

»Und was hat sie gesagt?«

»Sie war platt. Sie war von einer *Unbeziehung* ausgegangen. Freie Bahn sozusagen.«

»Das hat sie gesagt?«

»Ja!«

»Und das hast du ihr geglaubt?«

»Warum nicht?«

Mike hält mit dem Schneiden inne und fährt mit dem Daumen prüfend über die Klinge des Messers. »Schrott«, sagt er dann. »Hat dein David nicht gekocht?«

»Doch, schon! Was hat das mit dem Anruf zu tun?«

»Nichts. Aber mit solchen Messern kann man einfach nicht arbeiten.«

»Ich kenne ihren Namen nicht.«

»Wieso nicht?«

»Weil sie ihn mir nicht gesagt hat.«

»Dann bist du so weit wie vorher.«

»Nein, ich weiß jetzt, dass er uns beide betrogen hat. Mich mit ihr und sie mit mir.«

»Ist nun auch nicht besonders ungewöhnlich!« Mike bückt sich zu den Tüten runter und zieht zwei Stangen Lauch hervor. »Schau dir mal diese beiden Prachtexemplare an!«

»Erektion durch Blähung«, kommentiert Carmen.

»Wie bitte?«

»Blähungen können Erektionen verursachen, hab ich mal in so einem alten Hexenkräuterbuch gelesen. Damals wollte ich ... na ja, vergiss es!«

»Auf eine Erektion mehr oder weniger kommt es jetzt auch nicht mehr an«, sagt er trocken und legt den Lauch vor sich aufs Schneidebrett.

»Kannst du mal ernst sein?«

»Ich bin ernst!«

»Ich muss den Namen dieser Frau herausfinden.«

»Dann ruf sie noch mal an.«

»Aber wenn sie nicht will? Ich renne ihr doch nicht hinterher.«

»Nein, zwei auf einmal wären wohl auch zu viel«, sagt Mike scharfsinnig.

»Wie?«

»Na, tut David das nicht schon?«

Carmen steckt sich eine Karotte in den Mund und beißt krachend ab. »Ich könnte ihn umbringen!«

»Wenn es stimmt, was sie dir vorhin gesagt hat, erledigt sie das.«

Carmen nickt und beißt nochmals ab. »Nur ein toter Mann ist ein guter Mann!«

»Hüte dich!« Mike droht mit dem Messer. »Für die Frau könnte das auch gelten!«

»Drei betrogene Frauen – das heißt, deine auch ... also vier? Nie!«

»Vielleicht seid ihr nur die besseren Geheimnisträger? Könnt es besser vertuschen?«

Carmen denkt an Steffen und New York. Es kommt ihr vor, als sei das schon Jahre her. Und Lauras Begegnung mit David in der Stadt – und das Resultat daraus.

»Na ja ... fremdzugehen bedeutet normalerweise, dass in der Beziehung was nicht stimmt!« Sie sagt es und denkt sofort an ihre eigene Beziehung. Klar hat was nicht gestimmt, David hat sie überhaupt nicht mehr bemerkt, aber warum? Das muss er ihr noch sagen, das will sie noch wissen. Ganz so kommt er ihr nicht aus.

Mike zuckt die Achseln. »In meiner Beziehung war eigentlich alles okay, bis ich an diese Internetseite geraten bin. Wenn man drei Stunden täglich freiwillig am PC sitzt, nennt man so was Sucht. Und es war gar keine Begierde, es war das Spiel. Ein Spiel ohne Folgen. Und eigentlich wollte ich sie gar nicht treffen, ich wollte dieses Spiel nicht real werden lassen, vor allem weil ich nicht enttäuscht werden wollte. Die Bilder waren so stark, die Vorstellung, die Phantasie war gnadenlos. Aber ein Hotelzimmer am Stadtrand ist etwas anderes, das ist ... beschämend.«

Carmen hält das letzte Stück ihrer Karotte in der Hand.

»Hast du deiner Frau das so gesagt?«

»Sie hat nicht zugehört!«

»Hm…« Carmen wendet sich ab und schaut zum PC hinüber. In diesem Moment klingelt Mikes Handy in ihrer Handtasche. »Vielleicht ist das ja deine Frau…«, sagt sie und reicht ihm sein Smartphone.

Er schüttelt den Kopf, bevor er auf das Display schaut. »Andere Melodie«, sagt er, dann geht er ran. »Ja?« Er zögert und meint dann erstaunt: »Warum ich ein Mann bin? Weil ich nun mal eben einer bin!«

Carmen legt den Kopf schräg.

»Ach so? Die steht neben mir!« Mike reicht ihr das Handy.

»Ich habe David angerufen, und er bestätigt nur, dass es Sie gibt. Ansonsten findet er es unglaublich, dass Sie offensichtlich in seinen Mails geschnüffelt haben.«

Carmen glaubt, sich verhört zu haben. »Hey, er geht fremd und findet es unglaublich, dass ich das aus seinen Mails erfahren habe? Er hätte mir das schließlich auch sagen können, dieser feige Hund!«

Es ist kurz still am anderen Ende.

»Also, wissen Sie was?«, hört sie dann, »ich glaube, dass da jemand Schicksal spielen will. Jemand, dem es permanent zu langweilig ist und der genug Geld hat, um den lieben Gott zu spielen!«

Die Stimme ist aufgebracht, und Carmen hätte gern auf »Lautsprecher« geschaltet, wenn sie nur gewusst hätte, wie. Mike steht mit dem Messer in der Hand abwartend neben ihr.

»Wen meinen Sie? Ich versteh nicht.«

»Waren Sie mit Steffen in New York?«

Carmen zögert. »Wer will das wissen?«, fragt sie dann.

»Ich!«

283

»Wer ist ich?«

»Waren Sie, oder waren Sie nicht?«

»Woher kennen Sie Steffen?«

Kurze Pause. »Das ist es ja eben ...«

Nun muss sich auch Carmen sammeln. »Heißt das, Steffen hat mit Ihnen zu tun? Ist er etwa Ihr Freund?« Sie überlegt kurz. »Betrügen Sie ihn, und David betrügt mich?«

»Sie hätten ja auch David mit Steffen betrogen!«

Carmen fuchtelt herum, um Mike darauf aufmerksam zu machen, dass sie ihn mithören lassen will. Er tippt an ihrem Mund vorbei gezielt auf eine Stelle im Display.

»Und woher wissen Sie das?«

»Ich weiß es eben«, erschallt es laut.

Carmen holt tief Luft. »Ich weiß nicht, wäre es nicht besser, wir würden uns treffen?«

»Haben Sie gerade ein Messer in der Hand?«

Carmen dreht sich nach Mike um. Er hält das Messer tatsächlich noch immer in der Hand.

»Wie kommen Sie darauf?«

»Wie ich darauf komme? Ich kann es sehen!«

Instinktiv dreht sich Carmen um ihre eigene Achse, aber Mike nimmt ihr das Handy ab. »Mist«, sagt er. »FaceTime.«

»FaceTime, was ist denn das?« Carmen schaut auf das Display und sieht das leicht verzerrte Gesicht einer Frau. Erschrocken hält sie es von sich weg. Gleich darauf ist das Display dunkel.

»Mike«, sagt sie und gibt ihm das Handy. »Das ist unheimlich. Diese ganze Geschichte wird immer unheimlicher. Was wollte sie mir sagen? Hast du das kapiert?«

»Du hast mich ja erst zum Schluss mithören lassen.«

»Wer ist sie?«

»Keine Ahnung!«

Carmen lehnt sich gegen die Arbeitsplatte und legt das Smartphone auf das Ceranfeld. »Da ist jemand, der ein Spiel mit uns treibt.«

»Das sagt sie?«

»Ja, das behauptet sie!«

Mike öffnet einige Schubladen. »Mit mir spielt sie nicht.«

»Was suchst du denn?«

»Einen Messerschleifer. Irgendwas wird doch wohl da sein.«

»Ein Messerschleifer, wo es hier um mein Leben geht!« Carmen schüttelt den Kopf.

»Carmen!« Mike stellt sich gerade vor sie hin und schaut sie an. »Da erzählt dir die Liebhaberin deines Freundes eine Geschichte, und du siehst direkt Gespenster!«

»Ich weiß nicht, was ich davon halten soll!«

»Nichts!«

»Nichts?«

»Nichts! Was meinst du, wie viele Geschichten ich in meinem Leben schon erzählt habe?«

Als Carmen wieder ins Büro zurückfährt, hat sie das Gefühl, total neben sich zu stehen. Der Versuch, Steffen zu erreichen, endete auf seiner Mailbox. Der Versuchung, direkt zu David ins Büro zu fahren, hat sie widerstanden. Auf keinen Fall will sie dort dieser Frau in die Hände laufen. Nun versucht sie, sich auf das zu konzentrieren, was dringend erledigt werden muss und schließlich für ihren Verdienst sorgt. Sie ignoriert Brittas fragende Blicke und fragt sie, ob sie mit 50 Euro mehr im Monat einverstanden wäre.

Aber Verdienst hin, Verdienst her. Wenn sie ehrlich ist,

ist es ihr egal, ob Herr Schwarz eine Lebensversicherung abschließen oder Frau Rot ihren Zehennagel versichern lassen will. Sie will im Moment nur eins: Gewissheit.

Als sie abends nach Hause kommt, empfängt sie der Duft nach Gemüserisotto bereits an der Haustür, und Mike hat nach allen Regeln der Kunst den Tisch im Garten gedeckt, die heruntergebrannten Kerzen erneuert und einen Aperitif vorbereitet.

»Mmhh!« Carmen schnuppert und küsst Mike auf die Wange. »Das ist ja unglaublich! Brauchst du einen neuen Job?«

Er lacht. »Es macht mir Spaß! Und du hast auch wieder scharfe Messer!«

Mike sieht tatsächlich völlig entspannt und vergnügt aus, ganz anders als am Abend zuvor. Es tut ihm tatsächlich gut, denkt Carmen und mustert ihn verstohlen, während er zwei bauchige Gläser mit Eiswürfeln, Sekt und Apérol füllt. So fröhlich hat sie David lange nicht gesehen. Ob man zwischendurch einfach mal die Männer austauschen sollte? Tapetenwechsel für alle, denkt sie und spürt, wie seine Fröhlichkeit auf sie überspringt.

Er reicht ihr ein Glas und stößt mit ihr an. »Skol«, sagt er und dann: »Ich habe meine Frau eingeladen.«

Carmen muss husten. »Du hast was?«

»Ja, du hast doch gesagt, ich soll meine Beziehung retten!«

»Aber doch nicht auf der Stelle – dann stehe ich doch völlig allein da!«

Mike lässt die Eiswürfel tanzen. »Aber mich willst du doch nicht wirklich, oder doch?«

»Ist das jetzt eine Fangfrage?«

Er schüttelt den Kopf.

»Wann kommt sie?«

Er schaut auf die Uhr. »In etwa einer Stunde?«

»Dann gehe ich!«

»Wie – du gehst?«

»Ja, glaubst du, ich setze mich bei eurer Versöhnung zwischen euch aufs Bänkchen?«

»Ich weiß ja noch gar nicht, ob wir uns versöhnen!«

»Warum sollte sie sonst kommen?«

»Vielleicht, um zu schauen, wie du aussiehst, wie du wohnst, wie du kochst?«

»Ha, ha!«

»Und wo ich die letzte Nacht verbracht habe?«

»Ich gehe!«

»Carmen!«

»Kein Problem, echt, sorry, aber das wäre mir jetzt zu viel! Bezieh das Bett frisch, feiert Versöhnung, aber lasst mich da raus!«

»Und wo gehst du hin?«

»Zu meiner Freundin.«

»Laura? Die dich betrogen hat?«

»Ich weiß nicht mehr, wer wen betrogen hat, irgendwie ist hier alles durcheinandergeraten, aber ich kann jetzt keine Versöhnung gebrauchen. Im Notfall übernachte ich im Hotel.«

»Da können meine Frau und ich doch hin.«

»Jetzt verkomplizier doch nicht alles. Du hast sie eingeladen, sie kommt, Happy End. Ich finde schon was. Im Notfall arbeite ich meine alten Fälle auf, da liegt mehr als genug!«

»Eine Nacht im Büro?«

»Es gibt Schlimmeres!«

Carmen läuft nach oben, stopft alles Mögliche in eine kleine Tasche und kommt schnell wieder zurück in die Küche. Mike gönnt dem garenden Risotto gerade einen guten Schluck Wein.

»Das Hotelzimmer bezahle ich«, sagt Mike.

»Klar! Ich nehme das beste Haus am Platz!«

Carmen lacht, und sie schließen sich in die Arme.

»You got a friend«, sagt Mike und küsst sie kurz auf den Mund.

»You got a friend«, sagt Carmen und erwidert den Kuss.

Im Auto überlegt sie, wo sie nun eigentlich hin soll. Zu Laura, das hat sie nicht wirklich durchdacht. Will sie das? Eigentlich hat sie es nur so schnell dahingesagt. Was sie wirklich will, ist, dieser seltsamen Geschichte auf die Spur zu kommen. Sie sind die Marionetten in einem Spiel? Aber wer spielt? Und wer spielt mit wem?

Hat sie sich bei Rosi eigentlich schon für New York bedankt?

Nein, vor lauter Eifersucht und Aufregung hat sie das vergessen. Und das ist nicht gerade *comme il faut*. Und auch nicht nett.

Jedenfalls hatte sie es offensichtlich nicht auf David abgesehen.

Oder etwa doch? Von seiner Gespielin kann sie ja nichts wissen.

Carmen fährt an den Straßenrand. Es hat keinen Sinn, jetzt ohne einen Plan durch die Gegend zu fahren.

Wer ist die Frau an Davids Seite?

Carmen zieht ihr Handy heraus. Mist, die Nummer ist auf Mikes Smartphone gespeichert. Dann muss er ihr die Nummer schicken. Aber seine Nummer hat sie auch nicht. Verdammt, klar, sie hat seine Nummer in die Mail geschrieben, aber selbst nur auf einen Zettel notiert und nicht gespeichert. Soll sie umdrehen? Zurückfahren? Aber will sie seiner Frau begegnen? Nicht wirklich. Wie heißt sie eigentlich? Sie hat Mike nie danach gefragt.

Carmen schaut auf die Uhr. Sieben, der Abend ist noch lang, die Nacht schier unendlich. Sie wählt Steffens Nummer. Mailbox. Dann beschließt sie, zu Davids Büro zu fahren. Vielleicht sieht sie ja dort seine neue Spielgefährtin, die mysteriöse Frau.

Der Weg dorthin verursacht ihr einiges Magenzwicken. So viele Erinnerungen kommen hoch, als würde jemand immer in dieselbe Wunde stechen.

Jetzt fährt sie an dem Park vorbei, in dem sie oft mit dem Wolfshund von Davids Nachbarn spazieren gegangen sind. Wann hat sie daran zuletzt gedacht? Keine Ahnung. Die Jahre sind so schnell vergangen, und jetzt hat sich alles verändert. Kain, dieser fliegende Flokati, ist irgendwann gestorben und mit ihm die Spaziergänge durch den Herbstwind, die Frühjahrsnebel und die blühenden Wiesen.

Warum haben sie sich damals nicht selbst einen Hund angeschafft?

Warum haben sie kein gemeinsames Kind?

Carmen bremst. Was ist eigentlich wichtig? Ist das, was passiert ist, wichtig? Oder ist das, was hätte sein können, wichtig? Warum weiß sie nicht, was wirklich wichtig ist?

Sie beschleunigt wieder und fährt langsam auf Davids modernes Architektenhaus zu. Was erhofft sie sich jetzt eigentlich, fragt sie sich. Ein knutschendes Paar, das zur Haustür herauskommt und auf Davids Jeep zugeht? Womöglich mit einem eigenen Hund?

Oder ein Paar, das schweigend nebeneinander auf die Straße tritt, schwarz gekleidet, alles kaputt, was hoffnungsfroh begann?

Sie horcht in sich hinein. Keine der beiden Vorstellungen gefällt ihr.

Aber jetzt kommt tatsächlich jemand aus dem Haus. Eine blonde Frau, schlank, groß, sportlich, in kurzem Jeansrock und aufgekrempeltem Männerhemd und sichtlich aufgebracht. Sie steigt in einen asphaltgrauen Mini und fährt so schnell an, dass Carmen kaum hinterherkommt.

Ist sie das?

Warum sollte sie sonst aus Davids Haustür kommen? Und wieso war von ihm nichts zu sehen?

Carmen muss sich konzentrieren, die da vorn ist offensichtlich die bessere Autofahrerin. Sie schlängelt sich durch, gibt bei dunkelgelber Ampel noch Gas und zwingt Carmen in Situationen, die sie in ihrem ganzen Autofahrerdasein noch nicht erlebt hat. Aber jetzt will sie es wissen, und da können sie auch eine rote Ampel und der drohende Führerscheinentzug nicht bremsen. Nach einigen Kilometern ahnt sie, wohin die Fahrt geht.

Wollte sie heute nicht sowieso zu Rosi?

Was aber hat diese Frau mit Rosi zu tun?

Auf der Zubringerstraße verschwindet der Mini fast in der Staubwolke, die er hinter sich herzieht. Carmen duckt sich hinter der Windschutzscheibe, aber es nützt nichts, sie wird im offenen Cabrio völlig eingenebelt. Schon wieder, denkt sie und fasst sich an die Wange. Der Kratzer ist fast verheilt, nur die zarte Kruste zeugt noch von ihrem letzten Abstecher zu Rosis Anwesen. Sie trägt ein hellgraues T-Shirt zur hellgrauen leichten Sommerhose und muss fast darüber lachen: weise Voraussicht! Beim letzten Abzweig fährt sie rechts ran. Dort hatte Steffen damals seinen Wagen geparkt, und auch ihr erscheint es als ideales Versteck. Schnell springt sie aus dem Cabrio und schaut an der Hecke vorbei zum Grundstück der Richters. Der Mini scheint keinerlei Hemmungen zu kennen – eben öffnet sich das Tor zur Einfahrt.

Carmen glaubt es nicht. Wer hat ihr geöffnet? Rosi? Oder Wolf, Rosis Mann? Wie war das? *David hat einen dicken Auftrag – von Richters – kennen Sie Richters?*

Wo war diese versteckte Tür in den Park, die sie damals bei ihrer Anschleichtour übersehen hat? Es ist schwierig, sie muss erst an der von Kameras bewachten Auffahrt vorbei. Aber Rosi hat keine Bodyguards, und wer schaut schon ständig auf Monitore? Außer David, denkt sie noch, aber da joggt sie schon lässig an dem Grundstück entlang. Immer schön locker bleiben.

Es ist noch verdammt hell, um locker zu bleiben, aber der Gedanke, dass da drin etwas vor sich geht, das sie unbedingt wissen muss, treibt sie voran.

Und diesmal erkennt sie die schmale Eisentür in der Hecke, durch die sie das letzte Mal mit Steffen hinausgegangen ist. Sie ist durch ihren Bewuchs tatsächlich kaum von der Umgebung zu unterscheiden.

Vorsichtig drückt sie die Messingklinke hinunter. Offen. Bestens. War sie in der Nähe der Trauerweide? Sie kann sich nicht recht erinnern, es war stockdunkel gewesen, und sie war Steffen einfach hinterhergelaufen, ohne sich auf Details zu konzentrieren.

Zentimeter für Zentimeter schiebt sie die Tür auf.

Ungeschickt, dass sie nach innen aufgeht. Nach außen wäre unauffälliger gewesen.

Aber als sie endlich ihren Kopf hindurchstecken kann, erkennt sie, dass vor ihr ein Busch steht, der die Tür vom Haus aus gut verdeckt. Und sie gleich mit.

Ihr Herz pocht mit voller Wucht. Und da hört sie auch schon aufgeregte Stimmen, die auf sie zukommen. Die werden doch nicht zu meiner Gartentür wollen, denkt Carmen und hält die Luft an. Aber die Stimmen verlieren sich wieder, und Carmen schaut hinter ihrem Busch hervor. Die Blonde und Rosi gehen auf die Trauerweide zu, aber ganz offensichtlich ist die Blonde ziemlich erregt und hat nicht die Absicht, sich gemütlich an das Tischchen zu setzen.

»Wie kannst du so was tun?«, hört Carmen ihre scharfe Stimme, und Rosi hält abwehrend beide Hände nach oben.

»Es soll dir doch nur gut gehen!«

»Hör verdammt noch einmal auf, dich in mein Leben einzumischen! Wenn ich einen Mann liebe, brauche ich keinen Begleitschutz und keine Regie!«

Carmen taxiert die blonde junge Frau aus ihrem Versteck heraus. Sie ist etwas größer als Rosi und hat noch mehr Busen, was in dem freizügig geöffneten Hemd gut zu sehen ist. Typisch David, denkt Carmen – für eine üppige Oberweite ist er ja immer zu haben.

»Nein! Ich habe mit ihr telefoniert!«

Was Rosi erwidert, kann Carmen nicht hören, weil sie sich von ihr weggedreht hat, aber die Blonde insistiert.

»Doch, *sie* hat mich angerufen!«, sagt sie so betont und nachdrücklich, dass Carmen den Eindruck hat, sie würde direkt neben ihr stehen. »Und nichts stimmt! Sie haben noch ganz einträchtig zusammengelebt, von wegen *Unbeziehung* und der ganzen anderen Scheiße! Nichts davon wahr! Und diese ganze Aktion mit Steffen war doch voll für die Katz!«

Wieder antwortet Rosi etwas, das Carmen trotz höchster Konzentration nicht verstehen kann.

»Klar bin ich draufgekommen! Ich habe ihn angerufen, und er kann nicht lügen. Logisch, für eine eigene große Ausstellung fährt der auch mit seiner Großmutter nach New York! Und sie hat es mir bestätigt!«

Wieder eine Unterbrechung und wieder die Blonde völlig aufgebracht. »Ja, wer wohl? Sie! Carmen! In unserem Telefonat!«

Woher kennen die beiden sich, denkt Carmen, und was soll das heißen: Für eine Ausstellung fährt der doch auch mit seiner Großmutter nach New York?

»Ja, das ist dir ja dann wohl aus dem Ruder gelaufen!«, schreit die Blonde da. »Das hast du nicht einkalkuliert in deinem blöden Spiel – und ich sag dir jetzt was, wenn David mich wirklich liebt, dann braucht es dich und deine idiotischen Schachzüge nicht!«

Carmen tritt einen Schritt zurück, denn die Blonde dreht sich genau in ihre Richtung. Hat sie sie gesehen? Offensichtlich nicht. Mit großen Schritten stapft sie in Richtung Haus.

»Maya«, ruft ihr Rosi hinterher. »Maya, lass dir doch erklären, ich will doch nur von meinem Glück etwas abgeben!«

»Von deinem Glück!?« Maya dreht sich abrupt nach ihr um. Carmen ist sich sicher, wenn sie jetzt einen Gegenstand in der Hand hätte, würde sie ihn nach Rosi werfen. Aus ihrem Gesicht sprechen Hohn, Spott und Wut. »Von deinem Glück!?«, schreit sie. »Du kaufst dir Menschen und machst Spielfiguren aus ihnen, und dein Mann schaut zu und geilt sich daran auf! Sag mir bitte mal, wo da das Glück ist? Wovon redest du?«

Carmen zieht erschrocken den Kopf ein.

Was war das? Ein Spiel? Sie denkt an Steffens Worte an ihrem ersten Abend in der *Lenox Lounge*, an die Inszenierung rund um den Ring und an ihr Zusammentreffen auf der Parkbank im Wald. Klar war das minutiös geplant, aber sie hatte sich nichts dabei gedacht.

Was sollte das Ganze dann also?

Rosi ist reglos stehen geblieben, während Maya über die Terrassenstufen ins Haus stürmt. Carmen geht die wenigen Schritte lautlos zur Gartentür zurück, dann rennt sie los. Sie kommt gerade rechtzeitig zur Hauseinfahrt, als der Mini aus dem geöffneten Tor herausbrettern will. Mit ausgebreiteten Armen bleibt Carmen mitten auf der Straße stehen. Ein Qietschen der Reifen, und der Wagen hält knapp vor ihr.

»Sind Sie wahnsinnig?« Maya reißt die Fahrertür auf.

Aber Carmen ist schneller. Sie öffnet die Beifahrertür und schwingt sich auf den Sitz, bevor Maya ihre eigene Tür wieder zuhat.

»Was ist denn das jetzt …?« Maya starrt sie an.

»Gestatten, Carmen Legg«, sagt Carmen und hält ihr die Hand hin. »Davids Lebensgefährtin … oder doch wahrscheinlich eher seine Ex!«

In Mayas Gesicht kommt zu den zusammengezogenen Augenbrauen ein ungläubiger Ausdruck.

»Carmen?«

»Carmen!«

»Was machen Sie denn hier?«

»Ich suche die Wahrheit!«

Maya reicht ihr zögernd die Hand, dann schaut sie in den Rückspiegel. »Ich muss weg von hier, sonst bekomme ich Zustände«, schnaubt sie und fährt los. »Und wieso setzen Sie sich einfach in mein Auto? Vielleicht will ich Sie ja gar nicht hierhaben?«

»Das kann gut möglich sein.« Carmen nickt ihr zu. »In der nächsten Seitenstraße steht mein Wagen, wir können gern wechseln.«

Maya bremst und bleibt am Straßenrand stehen. »Ich glaube, Sie wechseln besser allein!«

Carmen schaut ihr direkt in die Augen. Sie sind sich so nah, wie man sich in einem Mini nur nah sein kann.

»Woher kennen Sie Rosi?«

Maya antwortet nicht.

»Und was war das mit Steffen?«

»Wie – was war das mit Steffen?«

»Was Sie vorhin im Garten gesagt haben. Großmutter in New York, Schachfiguren, abgekartetes Spiel!«

Mayas Augenbrauen treffen sich noch immer über der Nasenwurzel. Sie ist hübsch. Ein ebenmäßiges, gut geschnittenes Gesicht mit einer ausgeprägten Nase und lustigen Sommersprossen. Carmen schätzt sie auf Ende dreißig, einige Jahre jünger als sie selbst.

»Ich habe Ihnen nichts zu sagen und will jetzt einfach, dass Sie aussteigen!«

»Und wenn ich nicht aussteige?«

»Dann steige ich aus und lasse Sie einfach hier sitzen!«

Carmen nickt. »Schade! Wir hätten wie zwei erwachsene Frauen darüber reden können.«

»Raus!«, schreit Maya, und Carmen steigt langsam aus. Die Autotür ist noch nicht richtig ins Schloss gefallen, da gibt Maya Gas und rast davon.

Eine Staubwolke nebelt Carmen ein. Sie schaut zum Haus – bloß jetzt nicht von Rosi erwischt werden – und joggt schnell die Straße hinunter und ab in die Seitenstraße. Bei ihrem Auto bleibt sie stehen.

Die Enttäuschung schlägt ihr auf den Magen. Was soll sie überhaupt noch glauben? Sie denkt an Mike. Die Stunden mit ihm haben ihr gutgetan, und am liebsten wäre sie nach Hause gefahren und hätte sich mit ihm getröstet. Aber das geht ja auch nicht, denkt sie. Da sitzt nun seine Frau.

Irgendwie kommt sie sich wie ausgesetzt vor. Einfach furchtbar allein. Sie muss Steffen treffen. Er muss ihr das alles erklären! Zumindest diesen Teil der Geschichte muss sie jetzt erfahren.

Sie greift nach ihrem Handy, um ihn anzurufen. Eine Nachricht ist eingegangen. *Carmen, Schatz, Dani und ich sind auf gutem Weg. Sind Dir so dankbar! Küsschen, Mike.*

Phantastisch, denkt sie. Warum kann ich anderen so gut helfen, nur mir selbst nicht? Sie sucht eben Steffens Nummer und nimmt sich vor, sich auf keinen Fall abwimmeln zu lassen, da hört sie, wie ein Auto die lange Straße heranrast. Gleich danach schießt es um die Kurve und kommt knapp hinter Carmens BMW zum Stehen.

Der asphaltgraue Mini.

Maya springt heraus. »Mist!«, sagt sie und geht auf Carmen zu. »Ich war kurz überfordert. Aber jetzt denke ich, Sie haben recht. Zwei erwachsene Frauen sollten miteinander reden können.«

Carmen nickt und zeigt auf die niedrige Mauer, die das Gartengrundstück eines Einfamilienhauses eingrenzt.

Maya setzt sich, schlägt ihre langen Beine übereinander und schaut zu Carmen auf, eine Hand beschwichtigend erhoben.

»Ich wollte Ihnen David nicht wegnehmen«, beginnt sie hastig, während sich Carmen neben sie setzt. »Ich liebe ihn einfach. Und er sagte, es sei aus zwischen Ihnen beiden.«

»Nur dumm, dass ich davon nichts wusste.«

»Dass Sie nichts ... dass die Beziehung ... war da noch was?«

»Zumindest hat er mir nicht mitgeteilt, dass da nichts mehr ist. Und ich habe es auch nicht so empfunden.«

Mayas Kinnlade sackt etwas nach unten. »Ich kann es einfach nicht glauben!«

Carmen nickt. »Ich auch nicht. Aber gut, dass Sie noch mal umgedreht sind!«

Eine Weile sitzen sie nachdenklich nebeneinander, Maya stößt mit ihrer Schuhspitze einen Kieselstein hin und her. Dann schaut sie hoch und Carmen in die Augen.

»Es tut Ihnen weh, nicht wahr?«

»Ja, es tut weh! Sehr weh!«

»Und was besonders?«

»Dass seine Persönlichkeit einen Riss bekommen hat. Er ist nicht mehr der aufrechte, anständige Mann, den ich immer gesehen und bewundert habe.«

Maya schweigt. »Das kann ich verstehen«, sagt sie langsam. Und nach einer Weile: »Warum sind Männer nur so feige?«

»Weil sie bequem sind«, antwortet Carmen. »Und beides zu haben ist einfacher. Und schöner. Und aufregender.«

Dass Maya mit sich ringt, ist ihr leicht anzumerken. Unruhig rutscht sie auf der Steinplatte hin und her. Dann kommt es: »Lieben Sie ihn noch?«, fragt sie schnell, und es ist ihrer Stimme anzumerken, dass sie sich vor der Antwort fürchtet.

»Ja«, sagt Carmen. »Eigentlich schon. Tief im Inneren. Aber es hat sich verändert.«

Maya hält die Luft an. »Und wie?«

»Die sorglose Fröhlichkeit ist weg, das unbelastete Miteinander. In so vielen Jahren gibt es viele kleine Erkenntnisse, die dem Idealbild, das man sich von so einer großen Liebe gemacht hat, nicht entsprechen. Und was man sich gewünscht hat, kommt nicht. Und eins kommt zum anderen, und irgendwann ist der Schatten so groß, dass er die Sorglosigkeit, die leichtfüßige Liebe verdunkelt.«

»Ich dachte immer, Liebe wächst mit den Jahren!«

Carmen schaut sie an und kommt sich ihr gegenüber uralt vor. »Hatten Sie schon mal so eine Liebe?«

Maya schüttelt den Kopf. »Meine Schwester zieht überall ihre Fäden. Wie eine Spinne in ihrem Spinnennetz. Und wenn du nicht aufpasst, bist du gefangen, ohne es zu wissen!«

»Ihre Schwester?«

Maya macht eine Kopfbewegung zur Hecke des Anwesens hin. »Rosi!«

»Rosi?« Carmen kann ihre Überraschung nicht verber-

298

gen. Darauf wäre sie nie gekommen. Wie war Mayas Satz am Telefon gewesen? *Ich glaube, dass da jemand Schicksal spielen will. Jemand, dem es permanent zu langweilig ist und der genug Geld hat, um den lieben Gott zu spielen.* »Deshalb Ihr Satz vom lieben Gott, der Schicksal spielt?«

»Genau das!« Maya schaut sie an. »Aber ist es jetzt nicht irgendwie seltsam, dass wir beide hier zusammensitzen, ausgerechnet wir beide?«

»Na ja, wir haben ein verbindendes Element!«, sagt Carmen trocken, und Maya muss lachen.

Es hört sich allerdings nicht fröhlich an, eher verzweifelt. »Ich habe gedacht, ich habe endlich mal einen Mann für mich, und jetzt hat sie schon wieder ihre Finger drin!«

»Wie denn? Ich kapier's nicht!«

Maya schaut die Straße hinunter. »Sollen wir nicht besser hier wegfahren? Sonst steht sie plötzlich da. Oder ihr famoser Mann, der die Spielchen seiner Frau erotisierend findet.«

»Dann lassen Sie uns doch zu Steffen fahren«, Carmen folgt ihrem Blick zur Straßeneinmündung, »damit ich weiß, weshalb wir beide nach New York geflogen sind.«

»Dazu brauchen wir nicht zu Steffen.«

»Nein? Ich wollte ihn eben anrufen.«

Maya schüttelt den Kopf. »Das macht keinen Sinn.« Sie nimmt das Steinchen vor ihrem Fuß auf und betrachtet es. »Ich habe David übers Internet kennengelernt. Zufall, dass wir in derselben Stadt wohnen. Dumm, dass ich das meiner Schwester erzählt habe, denn sie hat gleich recherchiert.«

»Aha?«

»Sie ist ein Kontrollfreak. Alles muss irgendwie über sie laufen. Sie glaubt nicht an Schicksal oder so was. Ihren

Mann hat sie geheiratet, weil sie ihn sich gezielt ausgesucht und genau darauf hingearbeitet hat. Da wurde nichts dem Zufall überlassen. Sie hat all seine komischen Seiten bedient – und so ist er nach außen zwar ein großer, starker Baulöwe, aber in Wahrheit steuert sie ihn wie eine Maschine.«

Carmen schaut sie sprachlos an.

Maya stockt. »Vielleicht mach ich jetzt einen Fehler und sollte Ihnen das alles gar nicht erzählen.« Sie wirft den Stein weg. »Am Ende richtet es sich ja doch nur gegen mich.«

»Wie kommen Sie darauf?«

Maya verzieht das Gesicht, ihre glatte Stirn legt sich in Falten. »Ich habe ein Verhältnis mit Ihrem Mann. Das ist doch eigentlich Grund genug.«

»Das ist Ihre Sicht. Von ihm habe ich zu diesem Thema noch nichts gehört.«

»Aber er ist fremdgegangen!« Maya schaut Carmen dabei nicht an.

»Und da ist jetzt auch noch die Dritte!« Carmen beobachtet Mayas Reaktion. »Das ist Laura. Meine beste Freundin!«

Maya nickt. »Das haben Sie am Telefon schon gesagt. Und jetzt weiß ich: Das ist auch Rosi zu verdanken!«

Carmen betrachtet sie ungläubig. »Was? Wenn David mit Laura ins Bett geht, ist das Rosi zu verdanken?«

»Verstehen Sie denn nicht?« Maya schaut sie an, als sei sie völlig begriffsstutzig.

Carmen zuckt die Schultern. »Entschuldigung, aber wie soll ich das denn verstehen können?«

»Na ja!« Maya seufzt. »Die kleine Schwester Maya hat sich endlich mal wieder verliebt. Sofort will die große

Schwester das richten. Die Kleine soll jetzt endlich einen Mann haben, vor allem einen in der Stadt, dann kommt sie nämlich nicht auf die Idee, von der großen Schwester wegzuziehen. Das erträgt die nämlich nicht. Merke, unsere Eltern haben sich früh getrennt, und sie hatte die Verantwortung, merke: Kontrollfreak.«

Carmen nickt.

»Also wird recherchiert. Die Freundin des Wunschmannes wird eingeladen, taxiert und geködert. Dem zukünftigen Schwager wird ein gutes Angebot gemacht. Das bindet ihn ans Haus. Und damit der Zukünftige auch einen Grund hat, sich an sein neues Dasein zu gewöhnen, schickt man seine Freundin mit einem anderen nach New York und sorgt dafür, dass er von diesem Treuebruch erfährt.«

»Wie bitte?«

»Na, klar! Angeblich ist die beste Freundin mit auf dem Trip. Da bestellt man die beiden unter irgendeinem Vorwand zu einer bestimmten Uhrzeit in die Stadt – und schon weiß der liebende Mann, dass seine Frau sicher nicht mit der besten Freundin in New York ist.«

Carmen sieht Steffen vor sich, die schönen, fröhlichen Stunden in New York, aber auch den gescheiterten Versuch, sie zu verführen.

»Und warum hat Steffen sich zu so was hergegeben?« Das tut weh. Fast so sehr wie Davids Verrat. War sie nur noch die Marionette in einem Familiendrama? Zählte sie selbst, Carmen, gar nichts mehr?

»Steffen gehört zu Rosis Galionsfiguren. Sie fördert ihn mit ihrem Geld, und er sorgt dafür, dass es ihr gut geht. Da gehören kleine Gefälligkeiten dazu. Auch mal ein bisschen Rücken kraulen im Hamam, das gefällt wiederum Wolf,

301

dann hat er einen Kick und hinterher einen Steifen. Und so hat jeder, was er braucht.«

Carmen holt tief Luft. »Dass Sie mir das alles so frei erzählen.«

Maya verzieht das Gesicht. »Das hat mit meinem schlechten Gewissen zu tun. Ich wollte nie in eine intakte Beziehung einbrechen. Und so ein Gefühl will ich auch in meinem ganzen Leben nicht mehr haben!«

Carmen nickt und denkt nach.

Maya sitzt neben ihr, die Arme zwischen die Beine gesteckt, nachdenklich. »Nur dass David tatsächlich direkt zu Ihrer Freundin fährt, um Gewissheit zu haben, damit konnte Rosi nicht rechnen. Und auch nicht, dass die beiden sich so betrinken, David sagt, weil sie beide Schuldgefühle hatten – wenn auch jeder aus einem anderen Grund. Und irgendwie ist es dann passiert ...«

»Tut Ihnen das nicht weh?«

»Das fragen Sie mich?«

Sie schauen sich an.

»Wollen Sie ihn zurück?«, fragt Maya dann.

»Er hat mich belogen und getäuscht und betrogen.«

»Sie ihn auch.«

»Betrogen nicht!«

»Weil es nicht dazu kam!«

Carmen überlegt. Sie hat auch gar nicht richtig gewollt. Zumindest hätte sie sich mit Steffen keine weitergehende Beziehung vorstellen können.

»Ich wollte nur testen, ob es mich noch gibt. Ob ich noch attraktiv bin!« Sie schüttelt den Kopf und lacht bitter auf. »Und ausgerechnet mit einem dafür bezahlten Typen. Es ist so hirnrissig!«

Maya nickt. »Wollen Sie David zurück?«

Carmen holt tief Luft. »Ich glaube, David hat sich bereits entschieden. Er hat sich in Sie verliebt, er schreibt Ihnen Liebeszeilen, wie er sie mir seit Jahren nicht mehr geschrieben hat, er lügt für Sie, also schlägt sein Herz für Sie. So ist es eben!«

»Wie ertragen Sie das?«

»Weiß ich auch noch nicht!« Carmen schluckt. »Und wenn wir jetzt noch lange drüber reden, fang ich an zu heulen.«

»Wollen Sie nicht mit ihm darüber reden?«

Carmen schüttelt langsam den Kopf. »Im Moment nicht. Es ist noch zu frisch. Ich würde heulen oder ihn beschimpfen, vielleicht würde ich ihn umbringen, immerhin hat er ja ein doppeltes Spiel gespielt. Das muss sich erst setzen, und ich muss mein neues Leben planen.«

Maya schaut auf ihre Hände. »Und alles nur wegen mir!«

»Ja, vielleicht. Vielleicht auch nicht. So ganz intakt war unsere Beziehung nicht mehr, es hat schon geknirscht, wir wollten es nur nicht wahrhaben.«

Maya steht auf. »Wenn noch was ist, dann rufen Sie mich bitte einfach an.«

Carmen steht ebenfalls auf. Sie reichen sich die Hände.

»Es ist noch was. Ist der Santenay bei Ihnen gelandet?«

Maya nickt. »Den hat er zu unserer vierten Kennenlernwoche mitgebracht.«

»Ja«, sagt Carmen langsam. »Wenn noch was ist, rufe ich Sie an.«

Dann schaut sie dem davonfahrenden Mini nach und wartet, dass die Welt untergeht. Langsam lässt sie sich auf

303

die Steinmauer sinken, schlägt die Hände vors Gesicht und weint, wie sie schon lange nicht mehr geweint hat.

Mitten in ihre Verzweiflung hinein klingelt ihr Handy. Auf dem Display erscheint Steffens Name. Carmen zögert lange, bevor sie abnimmt.

»Carmen?«

»Ja«, schnieft sie.

»Ich muss etwas aufklären, das bin ich dir schuldig! Wo bist du?«

»Ich sitze … auf einer Steinmauer.«

»Wo?«

»Hinter Rosis Haus.«

Es ist kurz still. »Okay«, sagt er dann. »Gib Rosenweg 34 in dein Navi ein und komm. Es ist wichtig!«

Wie in Trance fährt sie los. Unterwegs versucht sie sich zusammenzureißen, aber es gelingt ihr nicht wirklich. Alles geht ihr durch den Kopf. David weg. Sie allein in der Wohnung, in ihrem alten Liebesnest. Aus mit der Liebe. Maya. Wie konnte das passieren? Was soll nun werden? Hat sie David noch geliebt, oder war es Gewohnheit? Wird er sich jetzt finanziell erholen, weil er von Rosi Aufträge bekommt? Wird er diese Aufträge nach allem, was war, noch annehmen? Wird Maya das akzeptieren? Und wenn nicht, wovon würden sie leben – was arbeitet Maya überhaupt?

Was geht es mich an, fragt sie sich bei einer roten Ampel, die sie schon wieder um ein Haar überfahren hätte, es ist vorbei! Aber allein dieser Gedanke bringt sie wieder zum Weinen.

Ich muss fürchterlich aussehen, denkt sie, als sie in den Rosenweg einbiegt, und klappt den Schminkspiegel herun-

304

ter. Ihre Augen sind rot und verschmiert, sie ist um Jahre gealtert. Wo ist die strahlende, frische Carmen geblieben?

Egal. Jetzt geht es mir auch mal schlecht, denkt sie, warum immer nur anderen? Sie möchte auch mal bemitleidet werden, auch mal die Schwache sein.

Die Häuser am Rosenweg sind völlig unterschiedlich. Kleine, alte Villen neben modernen Würfeln mit viel Glas und Stahl und Siedlungshäusern, die liebevoll restauriert wurden. Nummer 34 ist ein Holzhaus. Dünne Balken ziehen sich an der Fassade entlang, selbst über die Fenster, das ganze Ding sieht von außen aus wie ein Kaninchenstall.

Carmen parkt auf dem schmalen Grünstreifen und steigt aus. Den Versuch, sich noch zu verschönern, unterlässt sie. Sie nimmt nicht einmal ihre Handtasche mit ins Haus, nur ihr Handy steckt sie ein.

Steffen hat sie offensichtlich kommen sehen, er steht bereits an der Haustür, als sie das Gartentor aufstößt. Auch er sieht nicht besonders gut aus, sein Gesicht ist blass, und seine Körperhaltung verrät, dass er sich in seiner Haut nicht besonders wohlfühlt.

»Schön, dass du gekommen bist«, sagt er und geht ihr entgegen. »Danke!«

Carmen nickt nur. Sie hätte auch nicht gewusst, was sie erwidern soll. Er legt kurz seine Hand auf ihren Oberarm, dann dreht er sich um und geht voraus ins Haus. Das ganze Erdgeschoss ist ein einziger Raum, die Wände hängen voller moderner Gemälde und Fotografien, in der Mitte glänzt eine Liegelandschaft aus verschiedenen hellen Leinenelementen und farbigen Kissen, ansonsten besteht die Einrichtung aus hypermodernen Musikboxen, die optisch wirkungsvoll im Raum verteilt sind.

»Hier wohnst du?«, fragt sie Steffen und kann ihr Erstaunen kaum verbergen.

Steffen nickt. »Ich habe uns im Garten einen frischen, leichten Sommerwein bereitgestellt. Das tut uns jetzt bestimmt gut.«

Carmen zieht die Nase hoch. Was ihr jetzt guttun kann, weiß sie selbst nicht. Wahrscheinlich überhaupt nichts mehr.

Erstaunlicherweise sieht man durch die Holzlatten ganz gut ins Freie, und tatsächlich: Dort steht ein alter, kleiner Holztisch unter einem Obstbaum. Eine weiße Stoffserviette liegt ausgebreitet darauf, und neben dem Tischbein steht ein Champagnerkühler im halbhohen Gras.

»Ich weiß nicht«, sagt Carmen, »das erinnert mich an was.«

»Es ist keine Trauerweide«, sagt Steffen, und zum ersten Mal beobachtet sie bei ihm einen Anflug von Lächeln.

Carmen nickt, da dreht er sich impulsiv nach ihr um und nimmt sie in den Arm. Carmen weiß nicht, wie ihr geschieht, aber sie weiß, dass es jetzt passiert ist: Die Tränen schießen los.

Steffen hält sie fest in den Armen. Und allein diese Geste und dass er sie nicht schon gleich wieder verlegen loslässt, sondern sie mit all ihrem Schluchzen, Weinen und Rotzen umarmt, ihr durchs Haar streicht und das Gefühl gibt, für sie da zu sein, steigert ihre Empfindungen schier ins Unerträgliche. Jetzt geht die Welt wirklich unter, denkt Carmen und ergibt sich ihrem Schmerz.

»Komm«, sagt Steffen schließlich und reicht ihr sein Taschentuch.

Ein echtes Taschentuch, denkt Carmen, während sie

kräftig hineinschnäuzt. »Entschuldige«, sagt sie schließlich und blickt zu ihm hoch. »Ich bin zurzeit eine fürchterliche Heulsuse. Weiß auch nicht, warum. Ist eigentlich überhaupt nicht meine Art!«

»Du musst entschuldigen«, sagt er und küsst ihre Tränen. »In diesem Spiel bin ich der Bösewicht, und es tut mir unendlich leid!«

»Du?« Ihre Augen stehen voller Tränen, aber sie spürt, wie ihre gewohnten Reflexe zurückkehren. Warum er, denkt sie. Klar, Rosi hat ihn geschickt, aber ... sie kann sich keinen Reim auf seine Worte machen.

»Komm.« Er reicht ihr die Hand, und sie gehen gemeinsam die hölzernen Terrassenstufen hinunter in den Garten, der wild und fast verwunschen wirkt.

»Setz dich bitte.« Steffen rückt ihr einen Stuhl zurecht und öffnet die Flasche, während Carmen auf das dritte Glas schaut.

»Drei?«, fragt sie und dreht sich zum Haus um.

»Langsam. Lass uns erst mal reden!«

Steffen schenkt ein, dann setzt er sich ihr gegenüber hin und hebt sein Glas. »Mal wieder, Carmen, wenn auch nicht in New York!«

»Trotzdem war New York schön!« Fast trotzig stößt Carmen mit ihm an. Sie trinken einen Schluck, schauen sich dabei in die Augen, dann stellt Steffen unvermittelt sein Glas ab.

»Pass auf, Carmen, ich bin eine feige Sau, und ich vertusche die Wahrheit, weil es mir nützt. Aber bei dir habe ich eine Grenze überschritten, und seitdem fühle ich mich schlecht! Ich kann das nicht mehr gutmachen, aber zumindest musst du die Wahrheit kennen!«

Carmen starrt ihn an. »Noch eine Wahrheit? Wie viele Wahrheiten gibt es denn?«

»Unendlich viele, fürchte ich. Jeder Mensch hat seine eigene Wahrheit, aber wenn er andere dadurch verletzt, ist es ... einfach nur schäbig. Und charakterlos.« Er nickt ihr zu. »Kurz: erbärmlich! Und so fühle ich mich dir gegenüber!«

Carmen beugt sich über den Tisch zu ihm hin. »Was ist denn? Sag es mir bitte, im Moment ... kann eigentlich nichts mehr kommen!«

»Vielleicht!« Steffen lehnt sich kurz zurück, schaut in den Birnbaum und sieht sie dann wieder an. »Ich bin schwul!«

Carmen sagt zunächst nichts, dann geht auch ihr Blick in das grüne Blätterwerk des Baumes. Schließlich schüttelt sie den Kopf. »Aber du hast doch ... du hast mich so angebaggert, so verliebt getan ... so ...« Sie bricht ab. »Wie kann das sein?«

»Ich hatte einige Freundinnen und sogar feste Beziehungen, bis ich vor zehn Jahren draufgekommen bin, dass ich anders ticke. So fremd ist mir das Thema Frau also nicht!«

»Und wieso outest du dich nicht – ich kenne viele Schwule ...«

»Ich bin frisch hergezogen, Rosi hat ein Auge auf mich geworfen, und damit begann eine phantastische Zeit und meine Karriere – plötzlich standen mir alle Türen offen!«

Carmen schüttelt langsam den Kopf. »Aber wie kannst du ... ich meine, du und eine Frau ... wie geht das dann?«

»Gar nicht. Hast du doch gesehen ...« Wieder diese Andeutung von einem Lächeln. Als würde er um Verständnis bitten.

»Aber bei Rosi hat das funktioniert?«

»Ja, wie gesagt, ich finde eine Frau ja nicht abstoßend,

ich habe nur kein wirkliches Verlangen! Es geht mit Tabletten. Chemie. Und Phantasie! Und dem Weg zum Ziel, dem Willen, schnell aufzusteigen!«

»Und warum hat das dann bei mir nicht geklappt? War ich kein Weg zum Ziel?«

Sein Lächeln wird zu einem selbstironischen Grinsen. »Bei dir war es ganz anders – ich war ja tatsächlich erregt, aber dann hat es nicht funktioniert, ich glaube, ich habe dabei zu viel über mich selbst nachgedacht. Es war seltsam.«

»Na ja.« Carmen seufzt. »Es ist sowieso alles total verfahren. David hat mit meiner besten Freundin geschlafen und außerdem seit Längerem ein Verhältnis mit Maya – da spielt es auch keine Rolle mehr, ob du schwul bist oder nicht. Am Schluss bin ich so oder so die Verliererin.«

»Deshalb habe ich dich hergebeten!«

»Ja?« Carmen zuckt mit den Schultern. »Was soll jetzt noch kommen?« Sie beobachtet ein Eichhörnchen, das neugierig von einem Ast herüberlinst. Macht sich das auch schon Gedanken, warum da eine Frau sitzt und kein Mann?

»Ich weiß nicht, ob mir so was nach allem noch zusteht, aber ich möchte dir meine Freundschaft anbieten!«

»Deine Freundschaft?«

Jetzt sieht er wieder verlegen aus. »Na ja«, sagt er. »Echte Freundschaft. Ich habe dich auf unserer Reise nämlich zu schätzen ge… Quatsch, ich hab dich liebgewonnen, ich mag dich ganz außerordentlich gern, Carmen. Und wäre ich noch Hetero, dann hätte ich mich bis über beide Ohren in dich verknallt!«

»Und warum bist du es nicht mehr?«, sagt Carmen trocken, aber schon spürt sie, wie es ihr besser geht und ihre Miene sich aufhellt. »Und deine dummen Machosprüche?«

309

»Die hat jeder Kerl drauf!«

Carmen denkt an die Duschszene in dem kleinen Zimmer. Da hätte sie sich keine solchen Gedanken zu machen brauchen.

»Magst du mich als ...«, er sucht nach dem richtigen Wort, und Carmen betrachtet sein fein geschnittenes Gesicht und seine liebevollen Augen, »... Busenfreund haben?«

Er zögert kurz, aber als Carmen nickt, steht er auf und nimmt sie in die Arme. So stehen sie, und Carmen spürt, wie er sie sacht hin und her wiegt. »Danke«, flüstert er in ihr Ohr, »das ist ein großes Geschenk.«

»Für mich auch!«

»Und darf ich dir als dein Busenfreund schon etwas sagen?«

Carmen nickt und beobachtet das Eichhörnchen, das mit spitzen Ohren und buschigem Schwanz noch immer aufmerksam zu ihnen herüberschaut.

»Ich habe Laura eingeladen. Ich finde, ihr müsst miteinander reden. Ihr geht es schlecht!«

Carmen rückt von ihm ab und schaut in sein Gesicht. »Woher willst du das wissen? Du kennst sie ja gar nicht!«

»Aber David kennt sie – und Maya kennt David und nun auch dich ... und sie hat Laura angerufen und hierher bestellt.«

»Hat sie dich auch wegen mir angerufen?«

Steffen nickt. »Ja, hat sie.«

Carmen runzelt die Stirn. »Eine Networkerin auf der ganzen Linie! Und du hättest mich von allein nicht angerufen?«, hakt sie nach.

»Ich hätte mich wohl nicht getraut!«

»Und warum tut sie das?«

»Warum wohl? Weil sie sich schuldig fühlt natürlich. Sie ist glücklich, sie hat das, was sie sich sehnlichst gewünscht hat, und du hast dabei alles verloren!«

»Wie wahr!«

Steffen nickt ihr zu und geht zum Haus, während Carmen sich wieder hinsetzt und einen tiefen Schluck nimmt. Der Wein tut ihr gut, und vielleicht ist ja auch alles richtig so, denkt sie. Maya sieht in David den leuchtenden Stern, seine mürrischen und lethargischen Seiten kennt sie noch nicht – wie auch, am Anfang einer neuen Liebe. Sie aber sah in den letzten Monaten immer mehr den David, mit dem sie so nicht alt werden wollte – der sie kaum noch als Frau wahrnahm, der sie mit seiner schlechten Laune runterzog, der von ihrer Stärke profitierte, aber nichts zurückgab. Carmen holt tief Luft. Vielleicht ist es eine Chance für jeden von uns, noch einmal ein neues Glück zu finden.

Ein Rascheln lässt sie aufblicken. Das Eichhörnchen flitzt artistisch durch das Blätterwerk.

»Stör ich dich hier irgendwie?«, fragt sie nach oben, und dabei fällt ihr Blick auf das Haus. Laura steht in der Terrassentür.

Ihre Augen finden sich, dann steht Carmen auf, und sie gehen aufeinander zu.

»Kannst du mir je verzeihen?«, fragt Laura, als sie sich gegenüberstehen.

»Hinter jeder Biegung ist ein Weg«, sagt Carmen und breitet die Arme aus, »was wäre unsere Freundschaft wert, wenn wir diesen Weg nicht suchen würden?«

Liebe ist die Antwort!

Hier reinlesen!

Gaby Hauptmann

**Zeig mir,
was Liebe ist**

Roman

Piper Taschenbuch, 256 Seiten
€ 9,99 [D], € 10,30 [A]*
ISBN 978-3-492-30680-5

Ist Geld wirklich alles? Findet Leska nicht. Valentin schon. Buchstäblich. Denn seine Eltern sind reich – nur eines kommt in ihrem Leben nicht vor: die Liebe. Leska hat weder Liebe noch Geld. Nur ihren Instinkt. Den braucht sie auch, als Valentin mit ihr im Ferrari seines Vaters durchbrennt. Denn der seltene Oldtimer ist zehn Millionen wert. Doch während die beiden sich auf ihrem verbotenen Ausflug nach Venedig näherkommen, lockt der kostbare Ferrari die Mafia an. Statt der erträumten gemeinsamen Nacht sind die zwei nun auf der Flucht – und Leska wird Valentin den wahren Grund, mit ihm durchzubrennen, nicht mehr lange verheimlichen können ...

Leseproben, E-Books und mehr unter **www.piper.de**

Hilfe, mein Mann hat zuviel Zeit für mich!

Hier reinlesen!

Gaby Hauptmann
Liebling, kommst du?
Roman

Piper Taschenbuch, 288 Seiten
€ 9,99 [D], € 10,30 [A]*
ISBN 978-3-492-30539-6

Sie hat den Mann fürs Leben – was sucht sie dann noch?

Früher war er nie da. Schrecklich. Jetzt ist Björn immer da – und das ist noch schrecklicher, findet Nele. Denn seit er mit einer satten Abfindung zu Hause sitzt, bringt er nicht nur ihre schöne häusliche Routine durcheinander, sondern auch ihr gesamtes Leben. Dabei hat Nele ihre eigenen Pläne. Zu denen auch Enrique gehört, der attraktive Student in ihrem Sprachkurs …

Ein herzerfrischender Roman über neues Glück und alte Lieben.

PIPER

Leseproben, E-Books und mehr unter www.piper.de

Für immer, aber nicht für ewig

Gaby Hauptmann

Ich liebe dich, aber nicht heute

Roman

Piper Taschenbuch, 320 Seiten
€ 9,99 [D], € 10,30 [A]*
ISBN 978-3-492-30313-2

Liane braucht eine Auszeit. Sie liebt Marius, aber das Prickeln ist weg – und sie möchte es wiederfinden! So verordnet sie sich und Marius eine Trennung auf Zeit. Jeder soll ohne den anderen wieder Schmetterlinge im Bauch spüren. Einzige Bedingung: sie erstatten einander haargenau Bericht. Marius fliegt direkt nach Ibiza. Liane sucht nicht, aber findet mehr, als sie ahnen kann – nicht nur den Sex, von dem sie immer geträumt hat, sondern auch ein Abenteuer, auf das sie gern verzichtet hätte …

Leseproben, E-Books und mehr unter www.piper.de

Frau mit zwei Töchtern sucht Mann ohne Frau.

Gaby Hauptmann
Ran an den Mann
Roman
Piper Taschenbuch, 320 Seiten
€ 9,99 [D], € 10,30 [A]*
ISBN 978-3-492-27470-8

Eingebildeter Schönling! Mehr fällt Eva wirklich nicht zu dem Typ ein, der sie in der Bar unverwandt anlächelt. Aber doch, irgendwas hat er. Zugegeben: Manchmal wäre es doch ganz schön, einen Mann an ihrer Seite zu haben. Oder wenigstens einen, der sie auf das Frühlingsturnier ihres Golfclubs begleitet. Und wie sagen ihre frühreifen Töchter immer? »Ran an den Mann!«

PIPER

Leseproben, E-Books und mehr unter www.piper.de